一百万步

[美] 宾·韦斯特◎著　卓今◎译

版贸核渝字（2015）第 258 号
ONE MILLION STEPS: A MARINE PLATOON AT WAR By BING WEST
Copyright ©2014 by Francis J. West, Jr.
Maps copyright ©2014 by David Lindroth Inc.
Simplified Chinese edition copyright ©2017 Chongqing Publishing House Co., Ltd.
All rights reserved.

图书在版编目（CIP）数据

一百万步 /（美）宾·韦斯特著；卓今译 . — 重庆：重庆出版社，2017.10
ISBN 978-7-229-11606-4

Ⅰ.①一… Ⅱ.①宾… ②卓… Ⅲ.①长篇小说—美国—现代 Ⅳ.① I712.45

中国版本图书馆 CIP 数据核字（2016）第 230019 号

一百万步
YIBAIWAN BU

[美] 宾·韦斯特 著 卓 今 译

责任编辑：罗玉平
责任校对：刘小燕

重庆出版集团
重庆出版社 出版

重庆市南岸区南滨路 162 号 1 幢 邮政编码：400061 http://www.cqph.com
重庆市国丰印务有限责任公司印刷
重庆出版集团图书发行有限公司发行
E-MAIL:fxchu@cqph.com 邮购电话：023-61520646

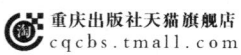

重庆出版社天猫旗舰店
cqcbs.tmall.com

全国新华书店经销

开本：710mm×1000mm 1/16 印张：14 字数：185 千
2017 年 10 月第 1 版 2017 年 10 月第 1 版第 1 次印刷
ISBN 978-7-229-11606-4

定价：42.00 元

如有印装质量问题，请向本集团图书发行有限公司调换：023-61520678

版权所有　侵权必究

目 录
CONTENTS

前　言		1
序言：背景		5
第一章	初战折戟	15
第二章	损兵折将	27
第三章	老兵长存	34
第四章	良将涌现	53
第五章	巅峰对决	68
第六章	节日大礼	89
第七章	狙神殉国	107
第八章	敌人喘息	113
第九章	征旅过半	129
第十章	例行巡逻	152
第十一章	征途尾声	174
第十二章	适应生活	190
第十三章	谁挺我们？	200
鸣　谢		217
作者简介		219

前　言

　　设想一下，如果有人要你在六个月的时间内每天行走四公里，总共一百万步，除了领到一万五千美元（约合九万三千元）的报酬之外，还能减去几斤体重，你会感兴趣吗？

　　不过还有一些附加条件。第一，你必须住在洞穴里。第二，你必须穿越雷区。第三，每天都有人试图要你的命。你还没走完这一百万步时，就很可能已经炸飞一条腿或者一命呜呼——这种概率高达50%。你还感兴趣吗？

　　有50人接受了这项挑战，他们就是陆战队五团三营三排的官兵，他们在漫长的阿富汗战争中打得最艰苦，本书讲述的就是他们的故事。一提到"勇气"二字，我们会想到一个人在千钧一发之际临危不惧的情形——但这种险情一般只持续一分钟或一个小时。然而，三排官兵却这样连续苦战了200个日夜。当时美军正陆续从阿富汗撤军，三排官兵知道自己的努力只是沧海一粟，但他们每天照常主动出击，巡逻歼敌。到他们完成任

一百万步
美军陆战队英雄排战地纪实

务时，有一半官兵非死即伤。

是什么让他们坚持到底？

我跟随三排记录他们的战地生活时，感觉就像和家人在一起，因为我也曾是一名步兵，一名海军陆战队队员。我加入海军陆战队与我的成长经历有关。珍珠港事件爆发那年，我才一岁，我叔叔和他的棒球队第一时间加入了海军陆战队。1942年，他们拿下瓜达尔卡纳尔岛之后回家休整。他们在我家的阁楼上设立了俱乐部，经常在那里聚会。我母亲把他们看作我的随身保姆，把我丢给他们照看。

于是，四年的耳濡目染开始了。瓜岛战役、塔拉瓦战役、硫磺岛战役、冲绳战役……每次战役结束后，幸存下来的官兵都会回到俱乐部。他们送给我一把玩具步枪和一身小军装，没完没了地和我玩游戏。他们外出时，就把我裹在毛毯里，偷偷地从后楼梯把我带出去。这样特殊、有保护欲的监护人，在同龄孩子中，也只有我碰上了。

大学毕业几个月后，我告别父母，去攻读法硕。在火车站对面，我看到了海军陆战队的招募站。几个小时后，我返回家里。我母亲就问了一句："你是不是报名参加海军陆战队了？"

就像成千上万的海军陆战队战友一样，我在越南的丛林里穿坏了好几双军靴。我写了两本有关越战的书、一本小特攻队战术手册，以及一个在越南村庄生活了一年的小分队的故事。时隔四十年，我再次回到战场。从2003年至2013年，我随同陆军和海军陆战队几十个小分队多次往返伊拉克和阿富汗战地。

这是我写的第六本、也是最后一本有关伊拉克和阿富汗战争的书。现在回顾起来，不难发现美国和西方有些眼高手低。1975年，西贡被北越占领后，美国国防部长詹姆斯·施勒辛格对我们的大兵说："你们的事业是正义而崇高的。"这句话同样适用于今天伊拉克和阿富汗战场上的美国大兵。有时，错误的战争政策和士兵誓死为祖国而战的决心并不矛盾。

前　言

阿富汗战争持续了十三年，是美国拖得最久的一场战争。最惨烈的战斗发生在阿富汗南部一个叫桑金的农村地区。塔利班不惧海军陆战队2010年秋季发起的攻势，在这里负隅顽抗。每个星期下来，我们的伤亡数字都在不断增加。国防部长非常震惊，准备撤回海军陆战队，但陆战队员们坚决不肯下火线。

三排隶属于基洛连（下设三个排），基洛连是陆战队五团三营的三个步枪连之一。我于2011年1月抵达桑金，当时三排正与敌人鏖战。排长已被送往医院，并截去了一条腿。曾带领他们冲锋陷阵的血性副排长已经阵亡。其中一名班长也已阵亡，顶替班长也中弹负伤，但他仍不肯下火线就医，因为他担心会因此被送往后方。

他们以友军防线以外的洞穴为家，没法上网。他们每个月打两次越洋电话回家报个平安，说自己非常安全。他们每天都要巡逻，踏过敌人布设的地雷阵，歼击神出鬼没的敌人。当一位战士负伤倒下，他的战友会帮他包扎伤口，掩护他撤退，同时继续巡逻。每个晚上，他们会返回洞穴，在挂着郊狼皮的墙壁上画上几个线条小人，记录当天的歼敌数量；他们会生起篝火一起烤山羊吃。他们的战地生活和几个世纪前没什么两样。

根据三排士兵的战地手记、我本人的两次随军经历以及几个月的采访，我想给大家讲述三排的故事。他们在六个月内没有得到任何休整，共完成了400次徒步巡逻，与敌人交火171次。他们一次又一次地巡逻，不知道哪一次会被炸得粉身碎骨。要是这些海军陆战队在美国哪个地方当警察，战事的激烈程度足以让他们每周都登上新闻头条，但对于三排而言，这种经历只是每个星期在篝火前多讲几个故事而已。

在越南战场，我们的伤亡更大，因为参战的士兵更多，但战斗不比现在艰苦。今天的陆战队员比当年的我们壮实，但模样不如我们好看。除此之外，我们的差异并不大。无论是过去还是现在，士兵们欢笑、战斗、杀敌，阵亡的数量也大致相当。

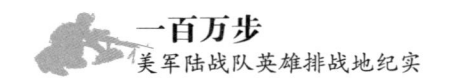

一百万步
美军陆战队英雄排战地纪实

几十年前，我叔叔沃尔特·维斯特中士送给我一张 1943 年进攻塔拉瓦岛的照片。在本书中出现的亚历克斯·迪克洛夫中士在自己的脸书首页也贴了那张照片。从阿富汗战场的亚历克斯·迪克洛夫中士，到太平洋岛屿上的沃尔特·维斯特中士，到越南战场上的我，再到伊拉克战场上杀敌的犬子，我们虽然处于不同的时空，但我们之间的距离似乎没那么遥远。哪里有战斗，哪里就一定有海军陆战队的身影——我们的前辈、同辈和晚辈。无论是逝者、生者，还是未出生者，彼此都是海军陆战队伟大战斗传统的继承人。

本书将重点讲述步兵——尤其是海军陆战队士兵的故事，并围绕"凝聚力"这一主题而展开：一个排的五十位年轻士兵如何凝聚成了一台坚不可摧的战斗机器？虽然三排的官兵知道我们就要从阿富汗撤军，但他们不曾有过一点懈怠。当排长倒下时，他们推选出新排长，继续战斗。连续六个月日复一日地巡逻，历经一百万步的行军，前赴后继地抛头颅、洒热血。

这些人都是谁？是什么精神在支撑着他们？

序言：背景

桑金位于阿富汗南部的赫尔曼德省，地势偏远，暴恐袭击事件不断。英军负责防守着桑金市集旁的政府大楼，而塔利班控制了外围区域，大量种植罂粟。为了攫取鸦片出口的丰厚利润，塔利班在英军据点周围布设了成千上万枚地雷，只要英军巡逻分队出动，他们一定会半路伏击。阿富汗官员从来不敢离开市集半步。直升机只有在夜色的掩护下才敢提供补给，因为白天飞行太过危险。到2010年，桑金已经与外界失去联系，陷入塔利班的重重包围。

于是，美国海军陆战队来解围了。

"去桑金意味着什么？"陆战队四星上将约翰·凯利凯旋之后说。"国家派我们去战斗，所以我们上了战场。"

他们不辱使命。

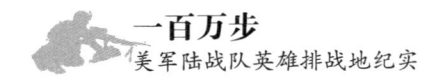

一百万步
美军陆战队英雄排战地纪实

英军驻守

2001年,基地组织在美国本土制造了"9·11事件",美国及盟友随后入侵阿富汗。然而,入侵行动组织不力,基地组织恐怖分子和此前为他们提供庇护的塔利班伊斯兰分子获得喘息机会,他们逃入了巴基斯坦境内。于是美国就留下来帮助阿富汗建设民主国家。美国时任总统乔治·布什解释道,重建阿富汗是美国的"道德义务"。

美军司令汤米·弗兰克斯上将曾夸口说,塔利班"已被赶尽杀绝"。但到2005年,塔利班又卷土重来,阿富汗南部的赫尔曼德省眼看就要完全沦陷。赫尔曼德省与巴基斯坦接壤,全世界70%的鸦片和海洛因都出自这里。据《纽约时报》报道,1.55亿美元的毒资都落入了塔利班的腰包。

联军必须夺回赫尔曼德省的控制权。聚居在该省的所有部落都属于普什图族,塔利班也是普什图族。政府军都龟缩在若干个基地,驻守力量非常薄弱,而且士兵都是来自北方的塔吉克人,说的是与普什图族人完全不同的语言。看到这样的不利局面,英军于2006年派出了一支五千人的大部队。但赫尔曼德省方圆六万多平方公里,相当于半个英格兰的面积,聚居着一百万农业人口,远非五千名士兵所能控制。一名英军将军把英军的驰援行动形容为"修剪草坪"——英军前脚刚离开某个地区,塔利班后脚随即跟进。

桑金位于赫尔曼德省北部,地形狭长,是一个农业区,面积约为五百二十平方公里,它西依赫尔曼德河,东临一条坑洼不平的公路——611公路。除此之外,就是绵延不绝的荒漠。在桑金区市集附近聚居着约一万五千名普什图族人,他们的居所都是用煤渣砖和泥土砌成的单层平房和走廊,建筑周围没有什么能遮荫的树,从空中鸟瞰,就像一个迷宫。桑金北面有数千人口,主要以种植玉米和罂粟为生,他们的农舍就建在广袤的农田中间。

序言：背景

在市集附近，英国人设立了一个叫作"杰克逊"的前沿作战据点，他们一直遭到塔利班围攻。英国人认为，如果为了控制外围的农田区域而主动出击，会得不偿失，于是决定坚守在据点内，但他们仍然反复遭到塔利班的攻击。

英国人在这里开设了若干所学校，并建立了这个市集。"杰克逊"据点旁是"希望大街"，这是611公路的一部分，长约八百米，大街两旁商铺林立，商品琳琅满目。尽管这里一直遭到袭扰，一位英国将军解释说，"打击叛乱，赢得民心，是我军计划的重中之重。"

但是没有一名阿富汗官员愿意来桑金任职，屈指可数的警察也半步不愿离开市集。塔利班五个一队、二十个一群地驾驶着摩托车和皮卡，出没在市集外围的农田地区，他们的背后有一个叫"阿富汗民族阵线"的组织在出钱、出武器。他们的所有活动都由军事专员指导，而军事专员向驻扎在一百三十公里之外巴基斯坦城市奎塔的总部汇报。巴基斯坦境内的塔利班不断向桑金派出经验丰富的旁遮普战士，向当地人提供战术培训，教他们制造炸弹，虽然他们有些人甚至不会说阿富汗当地的普什图语。

在桑金，塔利班主要从伊夏克塞部落中抓壮丁组建部队。塔利班挨个村庄地向村民喊话："如果你们不支持圣战，你们就不是穆斯林！你们每家都必须出一个人参军。"他们还留了半句话没说：如果塔利班夺取政权，和他们合作的部落就有机会得到更大比例的鸦片贸易利润。

在驻军任务完成时，一名英军排长写道："桑金并没有因为我们的驻扎而变得安全。实际上，现在变得更加危险，而且安全形势每况愈下。"一名英军士兵说自己的哨所"陷入了重重包围"。英军称桑金为"桑金格勒"，让人想起二战时被围困在斯大林格勒的德军。最后，赫尔曼德省省长请英国人"不要把桑金称为桑金区，因为你们只占领了一个基地而已"。

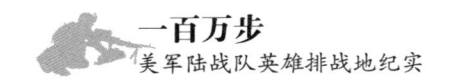

一百万步
美军陆战队英雄排战地纪实

"陆战队斯坦国"

桑金以及整个赫尔曼德省的局面已经失去控制。面对这一局势，美国总统奥巴马派出了三万人的大部队，计划在十八个月内解决阿富汗问题，陆战队是这支大部队的先锋。2009年年中，奥巴马授权陆战队进驻桑金地区。从进驻的第一天起，陆战队官兵就知道，他们只有待满了时间才能回家，而不是打了胜仗就能回家。

2009年7月的一个闷热夜晚，我与刚刚抵达的几名陆战队员坐在赫尔曼德省的一个前哨站聊天，一架直升飞机在我们跟前降落下来。一名瘦长结实、灰白短发的陆战队军官跳下飞机，把我们召集起来。

"伙计们听着，"拉里·尼科尔森准将扯着粗嘎的嗓门说，他的脖子上有一道战斗留下的绯红疤痕，在烛光下闪闪发亮。"我们要把塔利班的老窝端掉。我要你们不停地巡逻，直到走不动为止。哪个混蛋胆敢朝你们开枪，就给我把他从桑金赶走。"

我于2006年在费卢杰认识了尼科尔森，当时他还是上校。他在费卢杰市议会的见面会上承诺，一定会公平对待当地居民。

"我已经把那些行为不端的陆战队员撤出费卢杰，"他说，"他们辜负了我的信任。我对他们失去了信心。"

与此同时，他在费卢杰环城修起了一道土堤，并修筑混凝土墙封锁每个街区，然后派陆战队把守每一个路口。等到清除掉一个街区的叛乱分子后，他把目光转向另一个街区。就这样，他粉碎了敌人的阴谋。陆战队员战斗起来就像是芝加哥熊队进行橄榄球比赛一样，他们分组出击，所向披靡。尼科尔森的上级詹姆斯·马蒂斯少将为平定伊拉克的叛乱奠定了基础，他告诉那些桀骜不驯的酋长，"我哭着求你们了：不要跟我搞，不然我弄死你们！"

现在到了阿富汗，尼科尔森也发布了每一名下士都听得懂的命令。他

序言：背景

们的任务是：不留死角地巡逻周围的农田，把敌人赶出赫尔曼德省。尼科尔森把兵力分布在赫尔曼德河沿岸，也就是居民区，然后逐步向南推进。等到肃清南面的敌人后，再掉头北上，收拾桑金的残敌。

不过，美军高层都一致赞同采用一个更为精明，或者说更温和的办法。在陆战队抵达桑金的数周之前，海军上将兼参谋长联席会议主席麦克·穆伦宣布说，美国经过八年的战斗摸索，终于找到了解决阿富汗问题的"合适战略"。他对支持在村一级开展建设的《三杯茶》一书赞不绝口，还抽出一天时间走访了阿富汗一所女子学校。美国军方高层决定用社会教化取代武力征服。他们为穆斯林部落带去了世俗的"自由主义之神"，包括在当地开办学校、让村民上学，同时还通过喀布尔政府给阿富汗提供了很多其他福利，因此赢得了各部落的爱戴。穆伦强调说："靠杀戮是无法取得胜利的。"设身处地地为当地人着想，是通向胜利的康庄大道。

陆战队抵达赫尔曼德后，他们对自己的角色定位产生了混乱，而且越来越模糊。白宫把目标从"击败塔利班"更改为"削弱塔利班"。当被问及"削弱"的意思时，穆伦一时语塞。

"我敦促我们的部队仔细思考该如何完成自己肩上的使命。"他说。

陆战队的使命是扮演一支"和平之师"吗？在实际距离和心理距离上与喀布尔相差 800 公里的南部省份赫尔曼德，尼科尔森必须拿捏好分寸。上层官僚制造的混乱蒙蔽了他的视听。这位陆战队指挥官并不知道，他们其实在奔赴战场。他们的重点是击溃敌人。陆战队是短小精悍的战斗力量，就像一颗高尔夫球，坚硬的外壳内部是紧紧盘绕的弹性物质。指挥系统中每传出一道命令，就像站在楼梯上松开手，让高尔夫球自由滚落。而高尔夫球都会以同样的能量弹起，然后落到下一个台阶。

陆战队与军部高层之间的紧张关系开始深化。2010 年 2 月，陆战队把塔利班赶出了一个叫马尔贾的小镇。坐镇喀布尔的最高司令官斯坦利·麦克里斯特尔上将然后宣布，"我们已经在这个重重包围中的小镇建立了政府，已经准备就绪。"

两个月之后，马尔贾镇的政府已经更换了一茬，但找不到一位得力的阿富汗官员，在此情况下，陆战队仍未能驱赶控制这些村庄的塔利班秘密组织。

见此情形，麦克里斯特尔亲自从喀布尔飞往马尔贾，斥责驻守桑金的陆战队营长动作太慢。陆战队员心里嘀咕，喀布尔高层已经脱离现实，完全没看到当地部落对塔利班的死心塌地和阿富汗政府的无能。

当尼科尔森于2010年年中完成任务时，陆战队已经控制了赫尔曼德省的南部区域。尼科尔森坚持表示，高层军官在不了解战场局势的情况下给他们下达一道道命令，他们最后成功说服上级，从兵力过分分散的英军手中接管了赫尔曼德的大部分地区。在获得自主决定权之后，陆战队把任务修订为一条：击溃敌人。

"我们'陆战队'没法修复经济，"陆战队四星上将詹姆士·康威说。"我们也没法帮助建立强大的政府。但我们能做到的是，维护安全。"

在陆战队的字典里，维护安全的意思就是搜寻敌人、击溃敌人。但国防部长罗伯特·盖茨在回忆录中表示，他不相信陆战队的判断力，他说，他的"最大错误"是没有及时解决高层领导问题。

"他'康威'坚持认为，应将所有陆战队员部署到一个安保责任区，"盖茨写道，"连带陆战队的空中支援和后勤也一同部署。只有赫尔曼德省符合康威所说的情况……而陆战队的高层军官把自己的利益考虑凌驾于整个阿富汗任务要求之上。"

美国驻喀布尔大使卡尔·艾肯伯里同意他的说法，他不耐烦地指出，除了要与三十二个国家打交道，他还得应付一个"陆战队斯坦国"，言下之意，陆战队就像是自行其是的独立王国。在很多观察家看来，陆战队就像一辆蒸汽压路机，势不可挡地滚滚向前，想去哪里就去哪里。

序言：背景

　　陆战队选择去了桑金。他们先在赫尔曼德南部开展了一年半的扫荡，然后掉头北上桑金。英军在桑金驻扎了四年，损失了一百名士兵，却几乎没有取得任何进展，因此同意由美军陆战队接管。

　　控制桑金在战略上丝毫说不通。611公路贯穿赫尔曼德腹地，一直往北六十公里通向桑金，然后再向前延伸二十公里，最终抵达卡贾基水坝。大坝安装了两台水力发电涡轮机，为一百万普什图族人提供电力。自2001年以来，西方联军一直试图打通611公路，以便将第三台涡轮机运往卡贾基水坝。发电能力的提升将让人们看到阿富汗南部的发展，但塔利班控制着桑金，绝不会给联军任何机会来展示这样的发展成就。

　　陆战队二团负责保护赫尔曼德省（包括桑金）的安全。保罗·肯尼迪上校凭借自己的个性，影响了整个指挥部的风格，包括各种固定流程、任务的优先次序安排，以及六千名陆战队员的作战行为规范。他操着波士顿口音，说起话来像打机关枪，想当然地认为部下都已经听懂他说的每一句话，马不停蹄地奔向另一个想法。

　　肯尼迪对各种战术了如指掌。对于地形，他拥有陆战队队员特有的直觉。在他眼里，远景和地形只是射击的不同角度和平面而已。世界上没有什么田园诗一般的战场，也没有什么令人心旷神怡的风景。当他看地图时，他看到的是一张立体火力网；当他穿越一片旷野时，他联想到的是一张低伸火力网；当他走访农庄时，他在思考敌人会把武器藏匿在什么地方。

　　2004年，肯尼迪率领一支八百人的队伍进入伊拉克城市拉马迪。他是带着和平的诚意去的：原本只计划是让士兵轻装上阵，走访社区，资助建设项目，培训警察，然后离开。叛乱分子嘲笑陆战队是纸老虎、软柿子，向拉马迪发起了全面进攻，希望一举拿下。战斗持续了一个星期。 当医院住满伤员、停尸房塞满尸体后，陆战队不得不把叛军和伊拉克士兵的尸体堆积在街头，让拉马迪居民料理后事。

　　战斗结束后，肯尼迪给远在美国的家人写信说，"在昨天之前，恐怖

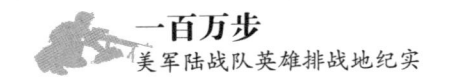

一百万步
美军陆战队英雄排战地纪实

分子认为我们都是软柿子，可以随便捏……从今往后，除非太阳从西边出来，我看谁再敢这么张狂。"

2010年9月，肯尼迪前往桑金参加英军的撤军简报会。英军的驻守保证了市集的安全。为什么非要巡逻桑金的农田和腹地，而不任由塔利班去啃玉米，向当地人征税，走私鸦片，去农村的清真寺咆哮？桑金的局面说好不好，但说坏也不坏。

英军简报官指着地图上的二十二个堡垒，称之为"部队前锋线"，肯尼迪听得非常认真。

"如果真有什么前锋线，"肯尼迪说，"那么我们已经输了。敌人的战略是拖住我们，消耗我们，让我们待不下去，自动离开。我们不能打防守战。我的策略是主动攻击，要打得他们再没有意志和我们战斗才住手。我们将占领桑金的每一条灌溉渠、每一条道路、每一片农田和每一个农庄。"

肯尼迪命令关闭英军修筑的一半堡垒。很多英国军官提出了质疑。

"这真是让人难以接受，"一名英国军官说，"我们的来复枪团（英军的一个建制团）耗费了那么多心血和汗水建造这些巡逻基地，到头来却让美国人给拆了。他们在尝试新办法，但这个办法我们早就试过，他们这样做只会给塔利班提供机会，把简易爆炸装置埋得到处都是。"

肯尼迪知道，为控制桑金而进行的战斗将非常残酷。他的营在伊拉克战场上牺牲了三十五名士兵，是损失最惨重的营队。虽然他一脸严肃，在公共场合不苟言笑，但我们之间有十年的交情，我对他很了解，也见过他独自一人在办公室非常痛苦地给阵亡将士的家人写信。

但他清醒地知道，战斗没有结束时，还不能提葬礼的事。如果表露任何认为不值得或懊恼的心情，会导致士兵的士气一落千丈。接下来的目标是保证其余士兵完好无损地完成任务。他缩短了巡逻距离，选择在安全的路线上反复巡逻。敌人很快摸清了最佳伏击地点。

"我不希望士兵产生受迫害的情结，"肯尼迪说，"我们来这里是为

序言：背景

了消灭敌人，不能看到有兄弟倒下，就意志消沉。如果我们遭到攻击，我们就加倍还击。"

回到 2004 年，当肯尼迪还在拉马迪战斗时，他的一个连在一条公路遭遇了伏击。当时，陆战队员开着装甲很薄的装甲车，公路的两旁只有灌溉渠，无险可守，而敌人可以打完就跑。在十二公里的距离内，有九名陆战队员阵亡。薄得像易拉罐铁皮的装甲让陆战队员极其恼火，极其不利的地形也让他们一筹莫展。第二天，该连再次开往那条公路扫荡敌人。

"陆战队队员去那里是为了消灭敌人，"肯尼迪说，"他必须这么想。不要老是惦记着自己的损失。要主动出击，让敌人损兵折将。"

上级军官给了肯尼迪充分的自主权。他每周向自己的上级汇报三次，但不是以参加视频远程会议或高峰简报会的方式报告。他的重点是培养阿富汗的领导，部署军队，并确保他们得到空中火力支援和后勤保障。他鼓励阿富汗官员要有信心，与当地部落的长老一起喝茶，跷着二郎腿和伊斯兰毛拉们一同开会，还向农民分发种子和发电机。

但是在经历拉马迪事件后，他开始对人类的善良持悲观态度。对于肯尼迪而言，镇压叛乱是战争的一部分，不属于民事管理范围。他称自己的做法是"大棒镇压叛乱"，意思是主动打击敌人。陆战队有这么一句战斗格言："遇敌有礼，御敌有方。"肯尼迪就是这句格言的代言人。

2010 年夏末，肯尼迪率领陆战队七团三营开进桑金。此时，他们已经离回国休整的时间不远了。他们的主要任务是接管英军的阵地，侦察桑金的敌情，为下一批陆战队的驻扎做好准备。

一名叫马克斯的士兵自 2005 年开始一直担任联军的普什图语翻译，他向我概述了七团三营的侦察结果。

"简易爆炸装置埋得到处都是，"马克斯告诉我，"陆战队不得不从市集一路向外发射火箭弹，清理出一条安全通道。当地农民都不支持我们。我一开始分不清谁是塔利班，现在我一抓一个准。桑金真不是人待的地方。"

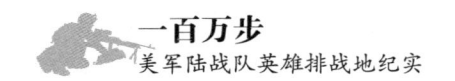

一百万步
美军陆战队英雄排战地纪实

他的描述恰如其分。在四年的时间里，塔利班通过出口鸦片，换回了大量的爆炸物。当地农民因种植鸦片也从中获利，因此反过来支持塔利班。塔利班在英军前哨周围埋设了几千颗爆炸装置。当陆战队开始向南清理这些炸弹时，更多的塔利班向北逃窜，聚集到了桑金。最后，英军被封锁在哨所里，不敢出动，而在雷区的另一端，塔利班安全地住在农民的大院里，来去自由。

10月初，英军和美军陆战队七团三营都撤离了桑金，由陆战队五团三营换防。肯尼迪命令五团三营控制外围的所有农场。从他接管之日起，不再有什么"部队前锋线"。在接下来的六个月内，陆战队将全天候开展巡逻。每一名陆战队士兵每天平均要行走四公里。每天六千步，总共一百万步。

组织结构图

第二步兵团		5000名陆战队员	肯尼迪上校
"杰克逊"前沿作战据点	陆战队五团三营	800名陆战队员	莫里斯中校
"因克曼"前沿作战据点	基洛连	140名陆战队员	约翰逊上尉
"因克曼"前沿作战据点	一排	44名陆战队员	舒曼中尉
"变形金刚"巡逻基地	二排	40名陆战队员	唐纳利中尉　布朗中尉
"烈火"巡逻基地	三排	51名陆战队员	维斯特中尉　加西亚中尉
			排副：卡蒂亚中士

三排的班
一班：埃斯奎贝尔中士
二班：迪克洛夫中士
三班：托曼中士　　　　　麦卡洛克中士
狙击分队：阿巴特中士　　布朗宁中士
迫击炮分队：莫雷诺下士

第一章　初战折戟

第1天：六千步

　　陆战队五团三营开进桑金时，已经声名远播。2004年，他们在费卢杰打了一场硬仗，战斗的起因是伊斯兰武装在费卢杰枪决了四名美国承包商，并将尸体悬桥示众。费卢杰被摧毁之后，一名陆战队士兵在该桥上草草写下这么一行字，"谨以此战告慰在此惨遭杀害的美国人。永远忠诚的陆战队五团三营。另：去死吧。"桑金的农民问五团三营的翻译马克斯，"这些陆战队员为什么来这里？我们不欢迎他们。"

　　三营营长贾森·莫里斯中校能力出众，待人诚恳，不苟言笑。他的父亲也曾在陆战队服役并参加了越战，莫里斯本人因带兵有方而获得了嘉奖。在出发前往桑金之前，他给家人写信说，此行的目标是"保障阿富汗人民的安全，帮助发展当地经济，确保治安稳定"。这听起来倒像是援建，没

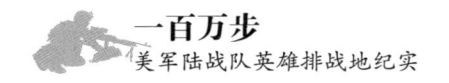

一百万步
美军陆战队英雄排战地纪实

有任何危险。

三营的八百名官兵集训了一年时间。莫里斯、营部高级军官及中士等一百多人都参加了三营的第二次和第三次作战任务。对于其余七百名新兵而言,桑金是他们第一次作战之行,他们个个摩拳擦掌。在从加利福尼亚出发之前,莫里斯要求士兵们最后再次检查自己的装备,对于这出发在即的"烦扰"举动,军中不无怨言。

"莫里斯中校看着我,"狙击手凯文·史密斯下士说。"他问我是否准备好了。他上下打量我,而不是检查我的装备。这时我才醒悟过来。天啊,我们要去打仗了!"

2010年10月13号,一辆装甲车把史密斯送往"杰克逊"前沿据点,这里是三营的指挥部,就在桑金市集旁边。当史密斯爬出炮塔四处查看时,一颗子弹砰的一声从炮塔侧面弹开,击中了他,他从车顶翻滚了下去。一名英军士兵大声叫道,"最好待在里面,不要探出身来。"

在到达"杰克逊"前沿据点之前,三营已经损失一名士兵。他叫约翰·斯帕克斯,是一名下士,年仅二十三岁。他是在一个屋顶上中弹身亡的。他在芝加哥一个公共住房社区长大,他本希望在执行完这次任务后回芝加哥当警察。

现在才到达杰克逊据点一个小时,史密斯也中弹了。陆战队立即反击,总计四百次的巡逻踏出了第一步。狙击分队的三名陆战队员溜进了附近的玉米地,迅速开展安全巡逻。他们悄悄地移动,快速扫视了远处一排玉米秸,发现一个人正端着一把AK-47突击步枪蹲伏在那里,瞄着相反的方向。两名狙击手各开了一枪,把两颗子弹送进了他的身体里。几秒后,又一名男子从玉米地里跳出来,试图把那具尸体拖走。他们也把他变成了一具尸体。

在史密斯与乔丹·莱尔德下士及雅各布·鲁兹下士执行巡逻任务时,在另一个巡逻区,一颗巨大的地雷将17.5吨重的防地雷反伏击车炸得粉

第一章 初战折戟

碎，四名陆战队员当场殒命。他们都是首次执行任务。

第一天结束时，三营已经损失五名士兵。

陆战队的组织结构非常简单，只有三个层级。该结构充分放权给一线士兵，是对数百次战斗经验的总结结果。五团由肯尼迪领导，下辖三个营。五团三营的营长是莫里斯，下辖三个步枪连。每个连下辖三个步枪排。每个步枪排有四十四人，下辖三个班。每个班有十三人，分为三个火力组，每组四人。在战场上，每个排通常有若干辅助人员，包括工兵和狙击手。

桑金呈长方形，长十五公里，宽四公里。大量的水源流入成千上万条灌溉渠，这些水渠从赫尔曼德河一直延伸到611公路。这段距离内的广袤农田因灌溉充分而呈现一片绿色，被称为"绿色地带"。

莫里斯派三连（基洛连）往北面的611公路进发两公里，驻守一个叫"因克曼"的前沿作战据点，该据点是为了纪念一名阵亡的英军士兵而命名的。基洛连的任务是控制绿色地带，塔利班熟悉这里的每一块农田、每一条灌溉渠、每一座农家大院、每一条小道。他们知道哪里埋设了简易爆炸装置，也清楚哪些小路是安全通道。

基洛连的连长尼克·约翰逊上尉是一个大块头，他高效干练，对于打仗一腔热情。他们从美国出发前，上级特别强调应接触村里的长老，并资助村一级的项目。但眼看第一天来到桑金就损失了五名士兵，他立即决定将重点转向小部队丛林战术。他的任务是扫荡从611号公里上的"因克曼"据点到赫尔曼德河共九平方公里范围内的敌人。起初，他把两个排部署在"因克曼"据点，另外一个排部署在"烈火"巡逻基地，孤军楔入绿色地带一公里。约翰逊下决心每天派出若干支巡逻队，他为三个排提供了特制地图，上面把绿色地带分成了若干个区，以不同字母标示，这样更便于派出援兵或提供间接火力支援。

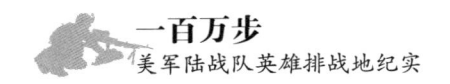

第2天：一万二千步

　　第二天，一个由十三人组成的班从"因克曼"据点出发，向西北方向巡逻。半路上，敌人的两挺机关枪朝他们开火，试图阻滞他们的步伐。第二个班立即冲上去增援他们，在侧翼与敌交火。当两个班会师后，他们发起猛烈反击，防止塔利班形成包围圈。四面八方飞来密集的子弹，两个班不得不跳进灌溉渠寻找掩护。他们发现难以撤退，就用无线电呼叫增援。收到呼救请求后，肖恩·约翰逊中士率领三班离开"烈火"巡逻基地，前往事发地点包抄敌人。

　　"嗨，肖恩，"十人狙击分队队长马特·阿巴特中士大声叫道，"我们会紧随你们，提供火力掩护。"

　　阿巴特刚完成巡逻任务，全身大汗淋漓。但这种友情赞助是他的一贯作风。在三营七十多名中士中，二十六岁的阿巴特人缘最好。一名队员开玩笑说，阿巴特是"三营的福将"。他是潜水侦察班的优秀学员，本有机会转到海军的海豹突击队，但他选择了陆战队。他是营里枪法最准的狙击手，耐力数全营最好，脸上总是挂着微笑。在营队前往加州西亚拉山拉练时，他一路走在前面，看到队友掉队，他会折回去帮他们分担辎重。

　　他来自北加州，家人都是摩托车爱好者，他经常和队友说起自己驾驶摩托车的种种冒险趣事。在他儿子卡尔森才两岁的时候，他已经计划着父子俩的摩托车之旅了。他开朗、睿智、坚韧、乐观，是所有人的大哥哥。每逢全营集体观影的时候，他总会对着荧幕大呼小叫，做出各种搞怪的表情，模仿电影里的演员。但只要有什么任务，他立马像变了个人，严阵以待，不再嘻嘻哈哈。

　　"走出哨所后，"阿巴特说，"就全靠运气了，因为没人知道路边炸弹埋在什么地方。但我们不能犹豫，因为我们是来打仗的。"

　　在阿巴特和手下四名狙击手的掩护下，三班从"烈火"基地出发了。

第一章　初战折戟

他们听到东面一公里的地方传来阵阵枪声。塔利班使用的是俄罗斯的PKM机枪，射速不快，声音清脆，就像一个人在敲击钢管一样。约翰逊向北面包抄，希望从敌人背后实施攻击。阿巴特和队友爬上农舍的屋顶，举起望远镜寻找目标。

"我看到树林那边有几个人，"阿巴特对约翰逊叫道，"这帮鸟人在来回走动，但都没拿武器。我不能开枪。"

陆战队的交战原则是必须首先确定敌人的身份，也就是说，在交战时，只有看到对方持有武器或者用无线电发报时，才能开火。实际上，阿巴特很难发现任何敌人。夏季的玉米还没有到收割时期，地里全是绿色的玉米秸，足有一人多高。如果敌人躲进玉米地，陆战队能看清的距离不足三米。而每一块玉米地有一个橄榄球场那么大，疯长的玉米把周围的氧气吸得干干净净，泥泞的地里湿气很重。但是如果走大路，就等于主动把自己送进敌人的包围圈。

陆战队员们排成一列纵队向前走，尖兵拿着"瓦伦"地雷探测器左右试探。你可以在亿贝网上买一个"瓦伦"探测器，带着孩子去海滩试试。让他们戴上耳机，然后让他们在沙滩上试探，只要探测到硬币，耳机里就会发出"砰！"的一声。在桑金，尖兵希望探测器发现手电筒电池就能发出警报。

三班战士分成三组，每组四人，相互掩护着穿越两片玉米地之间的空旷地带。他们涉过了一条齐胸深的浑浊运河，然后又穿过了另一条运河。敌人知道陆战队想包抄他们，一直用步话机联络，开始转移阵地。三班队员冒着三十七八度的高温，穿过了十多块玉米地，汗流浃背，脱水严重，累得筋疲力尽。

两组陆战队员和零散塔利班在玉米地的掩护下，各自进行着战术机动，谁也看不见谁。子弹从不同的角度呼啸而过，很难判断谁在向谁开枪。但陆战队没有误伤到自己人，等到约翰逊的班与另外一个班会合时，敌人的火力已经大大减弱。此时弹药消耗过半，他们决定向西涉过及腰深的运河，返回"烈火"巡逻基地。

约翰逊的班负责断后。当他带领士兵到达与运河平行的一条大路时，敌人的机枪朝他们猛烈开火。陆战队员们纷纷卧倒，亚历克·凯瑟伍德扑到了一块埋设炸弹的压板。炸弹爆炸了。巨大的冲击波把他掀到了运河里，并炸断了他的步枪，红通通的枪管扎进了约翰逊的左大腿。

简易爆炸装置都非常简单。尽管美国政府建议巴基斯坦使用硝酸铵以外的其他现成化学品生产化肥，但巴基斯坦坚持生产硝酸铵，这种化学品又被走私到阿富汗。叛乱分子将硝酸盐作为氧化剂，把它与燃料混合起来，然后把黏糊糊的混合物装进塑料壶中。接下来，把一根爆竹大小的雷管与一米左右的电线连起来，露出铜丝的一端用胶水粘到一片木板上。另外一片木板上同样系一根电线，电线的一端连着手电筒电池。这两片木板用胶带粘住，两根电线的线头用一块海绵隔开。塑料桶、电线、电池和两片平行的木板都埋在土里。踩到压板时，两根电线相互接触并产生火花，点燃雷管，最后引爆4.5公斤的硝酸盐，凡是踩到的人，双腿、睾丸、肠子和胸部都会炸得稀巴烂。

阿巴特展开黑色的止血带，然后缠绕到约翰逊鲜血淋淋的裤腿上。他把止血带绕过塑胶插扣，用力拽紧，抓住把手，然后收紧绷带。约翰逊挣扎着想站起身来，伤口的剧痛袭遍了全身。

"扶我起来，"他嘟哝着说，"我得包扎一下。"

陆战队的战士们即使在睡梦中都会绑止血带。这是一种条件反射。当一个人血流不止，双腿痉挛，而周围浓烟滚滚，队友的呼叫声盖过其他声音时，就必须给伤员绑止血带了。阿巴特把止血带收得更紧，把约翰逊的脸转向一旁，不让他看到自己的腿汩汩流血的样子。

"兄弟，别看。"他说。

负责与狙击分队联络的报话员雅各布·鲁兹下士赶了过来。他二十五

第一章　初战折戟

岁，来自加州，性格沉稳，行事利索。

"呼叫急救直升飞机，"他说，"赶紧的！"

鲁兹发出呼救信息后，就听到"扑哧"一声，他抬头一看，一枚黑色的火箭弹"嗖"的一声从他头顶掠过。他朝远处的一块玉米地望去，看到了两个人，他们一人扛着一把反坦克火箭弹发射器。其中一人身穿棕色服装，戴着一顶软水手帽，缩了回去。另一个人穿着蓝色的服装，仍守在原地。鲁兹丢下发报机，端起M4步枪向他瞄准。那人见状快速跑进了玉米地里。

刚才的爆炸产生了巨大的冲击波，把两名陆战队员掀进了运河里。面对这突如其来的爆炸，很多战士惊慌失措，忘记了向敌人还击。这在战场上是致命的。如果你停止还击，敌人就可以借机随意移动，找到合适的位置，把你消灭。巴顿将军曾经说过："遭到攻击时待在原地而且停止还击，无异于自杀。"面对陆战队微弱的还击火力，躲在沟渠里的塔利班可以在一排树木的掩护下不断变换位置。趁着陆战队阵地浓烟滚滚、尘土飞扬，塔利班开始出击了。

阿巴特不顾敌人射来的子弹和路边可能埋设的简易爆炸装置，在运河公路上来回奔跑，督促陆战队员们开火还击。他把趴在地上的士兵一个个拽起来，让他们射击不同的目标。

"如果你看到对面有尘土冒起，"他喊道，"把它打哑掉。"

他一边指挥，一边用自己的MK11狙击步枪快速瞄准，开上几枪。在充分调动队员的火力后，他停止射击，扫视四周的情况。两名队员在运河里扑腾着不让凯瑟伍德沉入水中。凯瑟伍德才十九岁，来自伊利诺伊州，他从三岁开始就一直希望参加陆战队。他已经订婚，准备在七月结婚。这次桑金之行是他第一次执行任务，今天的巡逻是他第一次参加战斗。

阿巴特见状也纵身跳进运河，和另外两名队员一道把凯瑟伍德拖上岸。凯瑟伍德双唇发紫，已经没有了呼吸。他的左胳膊被炸飞，整个身体进入了休克状态，鲜血不停地流出来，体温随之慢慢降低。体温的突然降低导

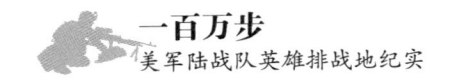

一百万步
美军陆战队英雄排战地纪实

致血液难以凝结，汩汩地流个不停。他体内的乳酸开始增加，血压不断降低，在这两大致命因素的作用下，他的心律开始失调。阿巴特帮他系紧了止血带，呼叫其他队员过来做人工呼吸，因为他知道，死神已经离得很近。

在基洛连的指挥中心，所有人只能干着急。十几名陆战队员聚集在无线电台周围，他们什么忙都帮不上。另一个班已经离开"烈火"基地，前往事发地点增援，"因克曼"据点不停地用 81 毫米迫击炮轰击敌方阵地。在迫击炮沉闷的轰击声中，指挥中心的士兵只能无助地从电台收听前线发来的尖叫声。

阿巴特一边指挥，一边检查伤员的情况。鲁兹还在帮助约翰逊止血，一截枪管仍然深深地扎在约翰逊严重炸伤的大腿中。

"你不会有事的，"阿巴特说，"我们一定会把你安全带回去。"

约翰逊记得自己被抛向了空中，他以为队友接住了他。

一些敌军已经涉过运河北段，准备攻击陆战队的右翼，试图切断他们退守"烈火"基地的路线。阿巴特跑向了罗伊斯·休吉下士。休吉正用班用机枪掩护陆战队的东侧，该武器每分钟的射速高达八百发，射出的子弹形成一条发红的光带，是名副其实的步兵收割机。休吉左右移位，连续开火，这时北面的玉米地里射出一枚反坦克火箭弹，在他前面不远处落下，炮弹击中地面时还在旋转，但没有爆炸。休吉把机枪的两脚架推到泥土里，向北面的玉米地扫射。

阿巴特顶着枪林弹雨跑回凯瑟伍德那里，查看他的状况。医护兵斯沃茨摇了摇头。

"我救不了他，"他说，"已经死了。"

"因克曼"据点发射的迫击炮弹纷纷在北面爆炸。塔利班则用反坦克火箭弹还击，有的从玉米地里平角射出，大多数都是仰角发射。在双方的激烈交火中，地里的玉米秸被烧着，整个战场浓烟滚滚。在接下来二十分钟内，在休吉的火力支援下，所有陆战队员都涉过了运河。

第一章　初战折戟

为了寻找掩体，约瑟夫·洛佩兹准下士朝一栋屋子跑去，这在军官的照相地图上被标示为"3号建筑"。突然，一道冲击波向阿巴特和斯沃茨袭来，紧接着传来"砰"的一声巨响，平地一股浓烟直冲云霄。洛佩兹踩到路边炸弹了。他今年二十六岁，来自加州罗莎蒙德。

斯隆·希克斯下士不假思索地准备向洛佩兹跑去，阿巴特一把拽住了他。

"别去！"他大声叫道，"离那条该死的路远一点！"

塔利班在运河两岸、仅有的几条小路和民房院子里埋设了大量简易爆炸装置。陆战队员们相互大声地呼应，但没人敢动。尽管阿巴特刚才让希克斯不要动，他自己不顾敌人射来的子弹，站起身来全速跑向鲁兹下士，拿起了发报机。

"我们踩到了第二颗路边炸弹，有很多伤亡，"他向"烈火"基地发报说，"太多人需要救治，赶紧派直升机过来。"

医护兵斯沃茨经过阿巴特身边，朝"3号建筑"的伤员跑去。这时又闪现一道亮光，接着又一道冲击波袭来，又一股黑烟腾空而起。斯沃茨踩中路边炸弹，双腿瞬间飞得没有踪影，痛苦地倒在地上。

"不要动！"阿巴特朝散开的陆战队员喊道，"谁都不要动，给我把'瓦伦'拿过来！"

负责扫雷的工兵吓傻了。看到三颗简易爆炸装置连续爆炸，他前面四名队员和后面三名队员被炸倒在地，他已经不敢挪步。当阿巴特第二次朝他喊叫时，他才把探测器递过去。

阿巴特匍匐过去，接住了探测器。他不知道指示器上指针的小颤动是什么意思。但他假装看得懂，站起身来，慢慢地朝斯沃茨走去，同时掩着脚走，为其他人踩出一排安全的脚印。他一直走了二十米，来到一个路面结块、像水泥一样坚硬的地方，他知道那里不可能埋设爆炸装置。他把探测器扔给休吉，此时洛佩兹在他怀里已经奄奄一息。

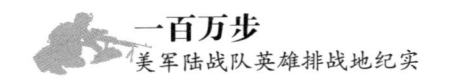

一百万步
美军陆战队英雄排战地纪实

洛佩兹参加陆战队是为了"寻找人生的意义"。他每天都阅读《圣经》，他的班长约翰逊一直非常相信他的判断。在来阿富汗之前，他告诉父亲说："我了解上帝，如果我有什么不测，请告诉妈妈，我一切都好。"

迪克洛夫中士与阿巴特中士一同把洛佩兹和斯沃茨转移到安全的地方。现在，他们有三名伤兵亟须输血，一名士兵奄奄一息，另一名已经牺牲。

"阿巴特中士，"鲁兹大声说，"直升机五分钟就到！"

阿巴特再次拿起"瓦伦"探测器，在松软的路面探测了大约五十米，来到一个开阔的地方，直升机可以在那里降落。等到队员们把伤亡士兵抬到直升机降落点，他发现他们的东北面没有掩护。于是，他沿着这条安全的路线跑回去，叫来三名陆战队员，率领他们为大伙儿掩护。

没多久，他们听到直升机旋翼发出的嗖嗖声。但就在这时，威利·迪尔准下士从步枪瞄准镜中发现一个身穿棕色衣服，一副农民模样的人从一片玉米地里窜出来，扛着火箭弹瞄准了天空。看到迪尔正向他瞄准，他赶紧钻进了玉米地。随着直升机慢慢降落，他可以从地雷区的另一侧瞄准射击。敌人的机关枪叫得更欢快了。

陆战队已经没有时间慢慢扫雷、然后穿过灌溉渠去包抄敌人了。用探测器去扫雷肯定会被敌人击中。火力分队队长马里奥·朗德准下士看到阿巴特拿起自己的步枪，爬上运河的岸上，然后头也不回地走进玉米地，朝敌人的阵地走去。在前进几米后，阿巴特发现其他人没有跟上来。他停下脚步，转过身对队友们喊了一声。

"兄弟们上！死也要死在一起！"

朗德的班纷纷跳起身来，跟着阿巴特冲了过去。

看到陆战队向他们冲锋，敌人退守到一条浅浅的运河里。他们没人踩到地雷。也许玉米地里一颗都没有埋，也许是他们运气太好。

趁着敌人火力零星的当口，两架直升飞机快速降落，接走了死伤人员。其中一架飞机掉头向北飞去。在离他们几公里的另一场战斗中，年仅

第一章　初战折戟

二十一岁的阿拉斯加籍士兵欧文·辛尼西洛斯不幸牺牲。

等直升飞机飞走后，阿巴特就地趴下，架起机关枪，掩护队友撤退。他是最后一个返回"烈火"巡逻基地的士兵。

但战斗还没有结束。塔利班炸开了"烈火"巡逻基地以西几百米的一个闸口，赫尔曼德河上的一条支流开始泛滥。基地周围的农田都被淹没在齐胸深的水中。近傍晚时分，不断上涨的洪水已经灌进基地。眼看基地几乎被洪水淹没，塔利班越发猖狂，他们步步逼近，从四面八方开火。陆战队员愤然还击，他们派出一支巡逻分队向东面进发，以包抄敌人。塔利班巧妙地避免了与他们的正面接触，同时没有放松对基地的进攻。但巡逻分队折回基地补充弹药后，防守基地士兵每人只剩一个弹夹。

在"因克曼"前沿据点，约翰逊上尉召集了一个特派队。

"凡是不在放哨的士兵都参加了特派任务。我们必须把弹药运送到'烈火'基地。我们所有人都想帮忙。"当时在据点的贾斯帕·琼斯准下士说。

他们把弹药装进了一辆卡车，然后驱车前往"烈火"基地。不久，卡车陷入了泥潭。于是他们跳下卡车，一把扛起弹药箱，踏着烂泥艰难前进。约翰逊上尉一人扛了四十五公斤的 M2 勃朗宁重机枪弹药，等到第三趟运送弹药时，他已经筋疲力尽。连续三个小时，特派队在没膝深的烂泥中一瘸一拐地费力行走，往返于卡车与"烈火"基地之间。当他们一个人已经背不动更多弹药时，他们就两人一组挑着走。

等到运送的弹药堆起来有一米多高时，约翰逊把全身湿透的队员们召集起来。

"我们知道你们现在在想什么，"他说，"战友被路边炸弹炸死，你们很难过。塔利班认为他们已经切断你们的后路，这样我们就会自动撤退。他们在做梦。1950 年，在朝鲜长津湖战役中，我们营冒着近零下三十度的严寒，成功突破了中国军队的包围。我们必须捍卫三营的荣誉。你们必须坚守阵地，瓦解敌人的进攻。"

一百万步
美军陆战队英雄排战地纪实

　　克里斯多夫·卡莱尔中士身材魁梧、声音洪亮，走起路来像在跺脚。他在堡垒来回巡视，看到士兵们士气低落，他拍着他们的肩膀给他们打气。

　　"塔利班以为开闸泄洪就能抵挡我们，"他大声说道，"不！他们根本不知道我们的厉害。兄弟们，我会和你们出生入死！"

　　卡莱尔愤怒了。

　　"敌人杀我们一个弟兄，"他大叫着说，"或伤我们一个弟兄，我要他们拿十条命来偿还。谁都别想跟陆战队搞。我们要让他们死得很难看。"

　　进驻绿色地带才两天时间，五团三营已经有八名士兵牺牲，二十几名士兵负伤。一名英国军官后来说："我早就警告过你们。"他不是在说风凉话；英国人早就领教过敌人的疯狂，他们会一寸不让地战斗。如果你离开基地，你就会遭遇伤亡。

　　基洛连上士豪尔赫·梅连德斯身材修长而健壮，做事一丝不苟。对他来说，所有一切都有存在的理由。每一个伤亡似乎都是冥冥中注定的。

　　"上帝是不会让你承受你经受不起的负担的。"他说。陆战队员都肩负着沉重的使命，面对一群亡命之徒，他们的士气遭到了打击。最终，不是塔利班撤退，就是陆战队停止巡逻，狭路相逢勇者胜。

第二章　损兵折将

"公众并不知道这里的前线在发生什么。"

——凯尔·道尔，来自加利福尼亚

"烈火"巡逻基地的战斗仍在继续，决口的河水仍在基地四周蔓延。在基地以北1.6公里的地方，基洛连三排正小心翼翼地侦察地形。英国人曾警告，611公路两旁的灌木丛里布满了地雷。整整一天，三排都在与躲藏在玉米地和灌溉渠里的敌人交火。在军事上，塔利班的这种战术叫"袭扰战"——打一枪，然后沿着灌溉渠转移到另一块玉米地，等上半小时，再打一枪，然后再换一个地方。18世纪时，美国的印第安人也曾用袭扰战法伏击欧洲定居者。

与敌人周旋一天下来，三排官兵只看到两个端着AK-47突击步枪的敌人一闪而过的影子。

一百万步
美军陆战队英雄排战地纪实

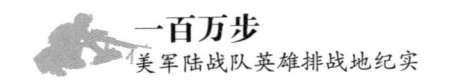

三排进入了一栋废弃的大院，排长卡梅伦·维斯特中尉把队员们召集到一起。维斯特来自乔治亚州，在一个牧场长大，他身材高大魁梧，爱好户外活动。身为军官，他对陆战队员要求非常严格，但在部队拉练时，如果有人掉队，他不会厉声呵斥，而是拿他们开涮。他热爱美国，开朗健谈，大家都称他为"大山"。

"我们在'烈火'基地附近损失了两名兄弟，"他说，"土地雷埋得到处都是。都给我小心一点。大家要相互照应。三排现在是孤军作战。"

三排是步兵排，共有四十四人，除此之外，还配备了两名机关枪手和两门迫击炮手，一名前线观察员和两名狙击手，总兵力为五十一人。

三排的士兵组成并不是美国社会的缩影。在二战、韩战和越战期间，美国征兵令规定，任何一个排的士兵组成都必须体现美国社会的多样性：士兵的背景、品味和志向都要丰富多样。相比之下，今天的军士大多是志愿兵，都受过教育，来自中产阶级家庭。在全美国的青年中，只有四分之一能达到军方提出的身心素质要求。而要参加陆战队，还必须排队等上一年。

三排的年轻士兵都比一般的美国人更聪明、更富裕、更健壮、更投入。他们大多数是冲着陆战队作风强悍、纪律严明的声誉而入伍的，而且都觉得陆战队改变了他们的人生。他们受到了良好的训练，虽然还达不到海豹突击队或陆军特种部队的专业水准。他们大多数人计划服役四年后，回归平民生活；只有四人认为自己能在陆战队中学到一项职业技能。

三排的所有陆战队员都有高中以上学历，75% 的人来自双亲家庭，这是情绪稳定的重要表现。他们的平均年龄为 21 岁，三分之一已经结婚，且至少育有一个孩子。大多数陆战员都认为他们的音乐和电影品味与平民朋友没有什么两样。他们认为自己要比未入伍的同龄人更加坚强，但大多数认为这没有什么。他们中间有 65% 的人相信"上帝、天道和天堂"，只有少数是无神论者。战场经历让 80% 的士兵更加珍惜、感激生命，只有 10% 的认为战斗让他们变得更为冷酷。

总体而言，三排的士兵都从容镇定、充满自信，且都来自中产阶级家庭。他们相互关照，对排长"大山"的领导力充满信心。

第3天：一万八千步

10月15号上午，三排继续采取"实践出真知"的策略，继续在潜在雷区清理出安全通道。他们一直往前走，如果没人踩到地雷，那么走过的路就是安全的，至少在天黑前是这样的。队员们都配备了夜视装备，但他们不能因为有人在天黑后仍在外走动，就朝他们开枪。白天烈日灼人，很多农民都等到天黑时到玉米和罂粟地里除草，或者埋设简易爆炸装置。

二班在班长亚历克斯·迪克洛夫中士的领导下，负责打头阵。迪克洛夫年仅二十三岁，但已是两次往返伊拉克战场的老兵。他参加五团三营是为了体验阿富汗的战斗。他每周阅读一本书，说起陆战队的历史，他就是一本活的百科全书。他对三营六个月的艰苦训练甘之若饴，他的上级领导都不是胡乱发号施令的人，他可以自主指挥二班的十来名陆战队员。

早在加州军营训练时，教官就吸取伊拉克战场上的教训，对他们做了专门指导：在伊拉克，美军一般会开着装甲车巡逻，叛乱分子就在道路旁的垃圾堆里埋设了简易爆炸装置。但在阿富汗，三营士兵从不开装甲车巡逻，而是踏着被成千上万株玉米秸包围的田间小路巡逻。在这里，赤脚的牧童拿着长长的棍子，赶着成群的牛羊在为数不多的几片开阔田野里吃草。灌溉渠和运河两岸长着浓密的灌木丛和成排的参天大树。

此前一天，当阿巴特在"烈火"基地附近与敌人交火时，迪克洛夫中士听到了阵阵枪声。他爬到一座房屋的屋顶，从望远镜中看到一群没有携带武器的农民在来回走动。后来，他看到几架直升机载着阵亡的陆战队员呼啸而过。这些农田里没有垃圾坑，塔利班到底把简易爆炸装置埋在了哪里？

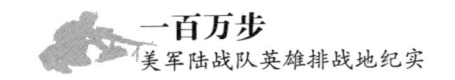

一百万步
美军陆战队英雄排战地纪实

　　二班以一列纵队缓慢地向前移动，距离 611 公路仅几百米，旁边就是一条齐腰深的运河。突然，十九岁的蒂姆·瓦格纳准下士看到前面路面露出一块压板的边缘。在内布拉斯加州农村长大的他一眼看出了问题。他举起一只拳头向队友示意有情况，并停住了脚步。离他一两米的另一名陆战队员也停下了脚步，仔细查看了周围情况，然后指向了一堆新翻的泥土。他们都向后退去。

　　迪克洛夫中士向他身后五十多米的"大山"大声喊道："这里有土地雷。"

　　维斯特中尉早已高度警觉。刚才有一个在地里劳作的农民向他们摇头示意，警告他们不要往前走。"别往前走。"维斯特说。

　　"大山"开始按照标准操作规程处置险情——他走到了队伍的最前列，这也是陆战队的少尉伤亡率居高不下的原因。中士们经常抱怨说，他们的年轻军官太任性。不过，没有一名中士愿意跟着畏首畏尾的排长上战场。"大山"向迪克洛夫走了几米，来到用剃须膏喷涂的一条警戒线内。

　　他小心地绕过二十一岁的亚伦·兰兹内斯特准下士。兰兹内斯特长着一双闪亮的蓝眼睛，眼神充满了童真，队员们都叫他"小鹿斑比"。他之前觉得新兵训练营的生活没什么挑战，但后来在步兵训练环节，他开始认真学习战场求生技巧课程，学会了如何处置吸入性胸壁伤和大量出血的险情。教官非常严格，无论是在 16 公里拉练的途中、教室里，还是在营房里，总是冷不丁地朝新兵大声喊叫。

　　"琼斯，给我躺下！你已经被炸断一条腿了。其他人，快来救他！"兰兹内斯特拿着八条止血带。

　　维斯特从兰兹内斯特身旁经过时，在他头盔上友善地拍了一下，说："快去叫工兵来。"

　　维斯特身后几米处跟着詹姆士·波尔克准下士。波尔克是二班的报话兵，这是他首次参加战斗巡逻任务。因为他身材高大，其他队员给他起了个绰号"巴洛熊",也就是《丛林奇谭》中那头温柔的黑熊。他沿着其他陆战队员留下的脚印,紧紧地跟在维斯特后面,但他不小心走偏30公分,踩到了运河的堤岸。随着一声巨响,他被炸翻到了运河中,当场牺牲。

维斯特感觉有一辆卡车撞到了自己身上。巨大的冲击波使他朝后飞出了九米远,他的背部撞向了一棵树,自己的一条断腿就掉落在身旁。

兰兹内斯特被炸得一头扎进了泥土中。一连几秒钟,他双耳轰鸣,视线模糊。当他的视力慢慢恢复正常后,他匍匐着朝维斯特爬去,然后撕下了他身上被炸碎的防弹衣,在他血流喷涌的大腿上绑了两根止血带。

"叫大家都不要动!"维斯特说,"我们得……"

维斯特努力举起右手,但发现右手也被炸断了。他的脸被炸变了形,左眼眶中嵌着一块弹片。

"你没事的,长官,"兰兹内斯特说,"一切都会好的。"维斯特感觉不到疼痛,内心充满了挫败感。

"给老子闭嘴,兰兹。好个屁!"

这一声爆炸摧毁了二班的指挥系统。燃烧的金属片飞到扎克·怀特的脸上,削掉了他的下巴。其他炸弹碎片撕掉了医护兵斯蒂芬·利布兰多的一只胳膊。另外两名陆战队员脸部被炸烂,双手捂着,痛苦不堪,还有一名战士被冲击波炸得脑震荡,目光呆滞地坐在地上。

陆战队员们耳朵里只有嗡嗡声,其他什么都听不见。一名工兵翻开爆炸点周围的泥土,发现离兰兹内斯特不到一米的地方埋了一颗简易爆炸装置,于是立即切断了电线。兰兹内斯特继续照看维斯特。

一米开外的迪克洛夫中士感觉自己被拽进了水里。世界像漂白了一样,褪去了原来的颜色,被爆炸掀起的玉米和泥土碎片雨点般往下掉。两部发报电台都被炸毁,迪克洛夫只得发射红色信号弹求救。

排副马特·卡蒂亚从后面走过来,站到了用剃须膏标示的安全区内。他一边安排其他士兵抢救伤员,一边通过无线电向"因克曼"前沿据点呼

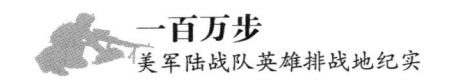

救。在"因克曼"据点，军士长卡莱尔奔向最近的装甲车，一脚冲进驾驶室，让司机大吃一惊。他催促司机赶紧上路。不消几分钟，装甲车开到了迪克洛夫发出求救信号弹的那片玉米地。卡莱尔下车后向队员所在的小路跑去，看到维斯特一脸苍白，二话不说就把他扛到肩上，拖着沉重的步伐朝装甲车走去。卡蒂亚指挥其他人用担架运送伤员，半个小时后，所有伤员都被送往"因克曼"据点。

第二天，詹姆士·波尔克的父亲——退役空军军士长大卫·波尔克在华盛顿的办公室里得知，桑金的陆战队员踩到一颗巨型炸弹，导致多人死伤。他想："天哪，我儿子所在的连队有人伤亡，不会出事吧。"几分钟后，办公室的电话铃响了；接着两名表情阴郁的陆战队员出现在他的家门口。

詹姆士·波尔克牺牲时才二十四岁，他有五个妹妹和一个弟弟。马特·卡蒂亚非常欣赏波尔克，因为波尔克总能不折不扣地完成任务，脸上总是挂着笑容。他是每个中士都愿意带领的陆战队士兵，因为他服从命令、为人热情、性情温和。

在另一条巡逻路线上，来自俄勒冈州的伊恩·托尼中士踩到了一颗简易爆炸装置，光荣牺牲，年仅二十五岁。他的妻子艾希莉一月份就要临产。托尼是班长培训学校毕业的优秀学员，获得一级荣誉生的称号。到此，五团三营已经损失十名陆战队员，超过三十五名受伤。在联军驻阿富汗南部的"堡垒"基地，丧葬事务连忙着处理遗体，然后运回美国。

"如果运来的是陆战队员的尸体，"索尔·霍尔姆在信中和我说，"我们猜想是五团三营的。我们会替他们的兄弟们好好料理后事，会把盖在他们身上的每一面国旗都熨烫平整。"

莫里斯中校给三营全体士兵的家属发写了一封很长的电子邮件。

莫里斯写道："我决定不再通过三营的网站宣布伤亡情况，发生伤亡后慢慢透露，而不是马上公布，家属会少一些精神上的折磨。"

他带着沉重的心情写完了这封信。他知道，每个家庭每天都在关注三

第二章 损兵折将

营的最新情况。如果有士兵牺牲，他决定先给家属发阵亡通知书，等到通知一天之后才会在网站上公布牺牲士兵的名字。为了不向敌人透露军事情报，具体事发地点一律保密。这意味着成百上千的家庭有两到三天会度日如年，因为他们不知道那个按响门铃的人是谁。

士兵家属之间一直保持着联系。帕蒂·舒马赫的儿子维克多于13号阵亡，他把噩耗告诉了维克多的高中橄榄球教练马克，同时也告诉了特蕾莎·索托。他们三人在脸书网站上发起了名为"五团三营的士兵们"的主页，让人们了解所有牺牲将士的故事。

"当时，我一直在想，我们做错了什么？"莫里斯告诉美国国家公共电台。

第三章　老兵长存

"我们战斗、流血、牺牲，最终完成任务。"

——杰里米·莫雷诺，来自加利福尼亚

让三排震惊不已的是他们被打了个措手不及。一声巨响就报销了他们十分之一的兵力，四周血肉模糊，散落着残肢断臂。开朗的排长"大山"离开他们，去了后方医院。昨天，他们还阵容整齐，今天已经群龙无首，指挥系统也残缺不齐。

"我们在这么短的时间里就损失了多名兄弟，"二十二岁的特雷弗·哈尔科姆准下士说道，"我都不知道自己还能不能活着回到得克萨斯，然后买一栋带白色栅栏的别墅房子，娶妻生子，快快乐乐地生活。"

尼克·约翰逊上尉知道，三排士气极其低落。他大学学的是历史，曾仔细阅读了尤金·史赖吉的战争回忆录《老兵长存》。二战期间，史赖吉

第三章　老兵长存

曾在基洛连服役，他在该书中把战争称为无情的怪兽。陆战队的很多"老兵"估计自己会战死，因此总是压抑着内心深处的感情，视死如归地投入战斗。当时基洛连的电台呼叫暗号是"大锤"。约翰逊上尉知道三排需要一名像史赖吉这样的硬汉，因此想到了一名最能打的中尉。

维克托·加西亚中尉看上去就像一块移动的巨石。如果你在街上远远地发现他面露愠色，你最好改道行走。他音色柔和，吐字清晰，今年三十六岁，是三营年纪最大的中尉。他来自墨西哥移民家庭，父母早年来到加州的萨林纳农场区定居，父亲做机修工作。他哥哥也参加了陆战队，两个妹妹都是计算机设计师。

高中时，加西亚是重量级摔跤冠军，学习成绩中等。他参加陆战队是为了赌一口气——一名征兵员说他成不了优秀的陆战队员。他喜欢当兵，之前三度前往伊拉克执行任务，一路从队长做到排副，再到连副。虽然战斗命令都由上级军官下达，但在战场上，他会根据实际情况作出自己的决定。他入选军官培养计划，进入圣迭戈州立大学深造，在大学期间，他每周都穿着军装上课。他觉得同学们都非常友善，但有时会因为自己是陆战队连副，而有点不敢接近。经过两年的学习，除了女性研究一门学科成绩良好，其他各科都是优秀。

毕业后，他被分配到基洛连，他的愿望是带领一个排。过去五年来的军营生涯让他学会了调配迫击炮、火箭弹、大炮和空中火力。凭借这种经验，他被安排到连队总部，负责火力调配。现在，约翰逊亟须一名经验丰富的军官去带领三排。

"收拾一下，去接管三排。带好三排，好好锻炼。"他告诉加西亚。

就这寥寥片语，没有洋洋洒洒的演讲，也没有高亢的动员谈话。

第4天：二万四千步

加西亚召集三排开了第一次会议。惊魂甫定的三排士兵们知道，加西亚曾在伊拉克拉马迪担任过排副。在拉马迪，敌人的路边炸弹、狙击枪和反坦克火箭弹是家常便饭。

"我们必须收拾那帮畜生，"他说，"我们今天还要出击，而且以后每天都要进攻，这样才对得起我们死去的弟兄们。"

卡蒂亚把加西亚拉到一旁。

"长官，我是三排的排副，"他说，"维斯特中尉和我一同训练了三排的士兵。现在他走了，我必须让兄弟们知道，我还和他们在一起。请让我来带领这次巡逻。"

加西亚知道，卡蒂亚左膝韧带被炸断，为了继续作战，他一直躲着军医。

"好的，"加西亚说，"小心一点。"

"我义不容辞。"

巡逻队离开了基地，与敌人连续枪战数个小时，然后毫发未损地返回基地。在迈出这成功的一步后，加西亚和卡蒂亚同意分工行事。卡蒂亚负责安排巡逻和哨兵轮岗，监督营地的清洁卫生，听取每个人的抱怨意见，并处理无须惊动排长的问题。加西亚沉默寡言，而卡蒂亚是个乐天派，因此担任参谋和监督员简直如鱼得水。虽然加西亚是军中硬汉，但他不希望给士兵留下狠角色的印象。

"在承受巨大伤亡后，士兵们都变得不拘小节。他们不再像以前那样把裤子塞进军靴里，早上起床后也懒得刮胡子。他们开始不守纪律。因此，我每天建议卡蒂亚整改一个坏习惯，然后他会要求全排士兵贯彻。"他如是说。

加西亚了解三排的队员，但他不是他们的兄弟。作为新上任的排长，他也没有刻意去和他们打成一片。他让各班长传达命令，让卡蒂亚了解士兵们的心理状态。

加西亚平静地保持着距离，这表明他之前见过这样的状况。实际上，他对野战战术的了解并不比三排士兵多。伊拉克拉马迪的战斗是经典的巷战，混凝土街道和人行道上不可能埋设简易爆炸装置，于是敌人选择在垃圾堆和废弃的汽车里埋设炸弹。陆战队发现后，就有意识地避开这些地方。在拉马迪，敌人从公寓楼的窗户里放冷枪，而不是躲在远处的树丛后开枪。一旦陆战队控制了一个街区，就在入口处建起混凝土围墙，而不像这里到处都是开阔的地形。

绿色地带让人联想起当年越南战场上的稻田。桑金没有坚硬的路面，没有汽车，没有明亮的路灯，快速反应部队没法乘坐装甲车机动作战。这里大约有 200 名塔利班正式武装，400 名游击队，他们的目标是防止陆战队扩大英军的防线范围。在他们看来，这些可恶的异教徒实力强大，无法正面强攻，但只要把他们围困在据点里面，他们就无法造成威胁，然后他们迟早会离开。联军有自己的撤离时间表，但这些伊斯兰反抗分子有的是时间。

第 5 天：三万步

早饭后不久，三排听到基地以北远远地传来沉闷的爆炸声和密集的枪声。事发地点靠近卡加基水坝，该水坝由陆战队十二团一个分队镇守。弗朗西斯科·杰克逊踩到了一枚简易炸弹爆炸装置，当场殒命，他的分队被敌人火力压制，无法带回他的尸体。不久，又一名战士中弹。塔利班缩小了包围圈，防止该分队撤退。在五团三营指挥中心，空军军官马特·帕斯夸利上尉请求空中火力支援。两架 F-18 战斗轰炸机旋即飞临敌人上空，投掷了两枚 230 公斤的炸弹，并轮番扫射敌人阵地。

在燃油快耗尽前，两架飞机返回基地。加西亚紧接着离开"烈火"基

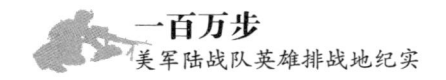

地，开始上午的巡逻。

　　三排刚走出基地500米，就与一帮塔利班遭遇。当时，双方并排隔着一片玉米地行军，两米多高的玉米秸挡住了他们的视线，但他们听到了对方的声音。接下来枪声四起，成千上万颗子弹削平了这块地里的玉米秸。枪声停止后，陆战队员发现打死了两名塔利班和一个农民，在尸体附近，另一个农民在呻吟，他的一条腿中了好几枪。队员们立即给他绑上止血带，然后叫来拖拉机把他送到了桑金的市集。

　　塔利班仅以两人的代价就导致无辜平民一死一伤，诱使陆战队反复轰炸攻击，这种战斗方式震动了美军高层。事实上，历史上没有哪支军队比驻守阿富汗的美国、丹麦、荷兰和英国士兵更加克制。阿富汗百分之七十的平民伤亡都是塔利班造成的——塔利班要求普什图族人为圣战英勇献身。阿富汗总统哈米德·卡尔扎伊对于普什图族塔利班残杀同胞从来都视而不见，但是一旦联军造成任何平民伤亡，他会不依不饶地谴责。在三营抵达桑金前的几个月，卡尔扎伊就指责英军造成平民伤亡。美军高层因此要求联军还要更加克制，确保平民零伤亡。

　　斯坦利·麦克里斯特尔上将在2009年年中就任驻阿联军总指挥官后不久，就发布了一条叫作"战术指令"特殊的命令，要求从团部至小班的各级部队严格执行。

　　"战术指令"要求，"地面指挥官除非自身面临生命危险，且无法脱身，否则不得呼叫火力间接攻击可能有平民居住的建筑。"

　　统帅部、民间和军方都在宣扬"仁义战争"的理念。统帅部发出的标准作战规定是，确保在"确认敌人身份"后才能开打，即必须明确核实敌人的身份才能还击。但很多情况下，交战双方都是隔着两道防护林，向对方喷射火红的弹丸和炸弹，或者是塔利班躲在大院里，而联军巡逻队在空旷的田野里与他们对射。三排抵达桑金当天，就有战士遇袭身亡，陆战队员们身上都染了战友的鲜血。

第三章　老兵长存

他们每天在巡逻途中都会遭遇藏匿在玉米地和灌木丛中的敌人的袭击。你怎么让他们不去还击？要说出什么样的战略理由、精神戒律、或者玩什么样的魔法，才能让这些年轻人相信应该放弃自己千锤百炼才学会的生存技巧去消灭敌人、保存自己，宁可坐以待毙，也不主动出击？敌人身穿平民服装混迹在老实巴交的农民中间，肆无忌惮地走在平坦的田野中，端枪乱射，让子弹飞得很久、很远。面对这样的局面，陆战队员们变得不知该如何抉择——开枪还击，还是硬着头皮当靶子？

三排每行进一公里，都会遭到某个方向某座农家大院的暗枪射击。他们不是透视眼，无法看清大院围墙后面躲着什么人，每座大院后里都可能住着平民。三排的胜算非常小，但概率不是绝对的。在每个营的指挥中心都有一名律师监测巡逻队员呼叫火炮或空中支援的所有请求，他负责权衡谁会因为误判敌情、滥用武力而被送上军事法庭或被解除指挥权。二战时期，美军总司令乔治·马歇尔将军指出，每个战场的胜利者都具备两种共同的品质：饱满的斗志和高昂的士气。如果呼叫间接火力支援还需要经过律师点头，那么战士们的斗志和士气已经折损一半。

一天晚上，我在一个偏远的哨所和一名来访的陆战队准将对坐着聊天。我问他对上面的"战术指令"有什么看法。他只看着我们中间摇曳的烛火，一言不发。

第二天，三排的经历大同小异，他们在Q1E巡逻区和敌人交火6小时，当天的战斗日志上也没什么新内容：敌人每隔一小时用AK-47或PKM机枪打上一梭子，陆战队员们赶紧卧倒，查看前方绿色的玉米秸、一排排绿树和绿油油的草地有什么动静，这些地方都湿热得让人喘不过气来。他们看不到敌方阵地子弹出膛时掸起的灰尘，看不到枪口闪烁的红色枪焰，听不到敌人的叫喊声，当然都算不上是"确认敌人身份"。狙击分队在炎炎烈日下例行公事地执行任务，只看到四名敌人，每人只在瞄准镜中闪了一两秒，便没了踪影。

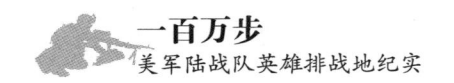

他们发现了三枚简易爆炸装置，并成功引爆，没有人员伤亡，至少这还是件好事。

为了摸清战地环境，加西亚亲自带兵上阵，但三排不想连续损失两名指挥官。在整个巡逻过程中，队员们都直呼其名，倒不是不尊重他，而是为了保护他，他们怕当地人认出他是军官。对此，加西亚并不领情。

"大家听着，"加西亚告诉三排的全体队员，"我们同出同进。大家冒险，我也冒险。但我这加西亚的名字不是你们任何人可以叫的。无论我们在哪里，你们都得叫我中尉。"

第8天：四万八千步

约翰逊上尉派三排驻守北面的"烈火"巡逻基地。该基地只是一座摇摇欲坠的农舍，四周只有一圈铁丝网保护，它孤零零地矗立在绿色地带正中心的Q1E巡逻区。三排的任务是控制西起赫尔曼德河、东至基洛连总部"因克曼"基地的绿色地带，二排则最终要驻守绿色地带以北一公里、位于611公路上的"变形金刚"前沿哨所。

三排进驻"烈火"巡逻基地后，加西亚就率三排大队人马外出开展大规模巡逻。穿行在茂密的玉米地里，他们只能看到前面一米左右的距离。于是加西亚作出调整，把巡逻队分成了两个分队。只要一个分队穿越一片开阔地，另一个分队就在莎草中卧倒，架设火力点掩护他们前进。短短两个小时内，塔利班已经悄悄绕到了大部队的后面，向他们开火。在接下来的混战中，陆战队打死了两名手持AK-47的敌人和两个农民，狙击手休吉下士左胳膊中弹。

这回，悲剧再次上演。惊慌失措的农民站起身来，拔腿就跑，他们不知道自己正处在由双方射出的子弹交织而成的火力网中间。他们唯一的保命办法是挖个坑趴下，绝对不能站起身来，但农民绝对不理解这样的求生技巧。在三排返回"烈火"巡逻基地途中，幸存的农民走上前来，对队员们破口大骂，骂他们害死了他们的亲人，吓得他们家人心神不宁，还损毁了他们的庄稼。他们还责怪陆战队放着好好的路不走，非要走田里，要他们走大路。但农民得让陆战队知道他们在哪里，才能避免误伤。

加西亚坚决地摇了摇头。陆战队员绝不会走在容易被看见或跟踪的路上，也绝不会让敌人守株待兔。他们会每天穿行在玉米地里。如果爆发战斗，一些庄稼难免会遭到破坏，一些在地里劳作的农民可能会丧命。

队员们在返回"烈火"基地的途中都格外小心。说是基地，其实只是一座布设了铁丝网的农舍。队员们每次巡逻的方向都不同，塔利班不敢在基地周围设立固定的据点。要是他们胆敢这么做，三排会毫不吝啬地倾泻迫击炮弹，将据点统统拔除。

每次巡逻到了绿色地带，大家最终都会暴露在敌人眼皮底下。农民会给塔利班线人或探子通风报信，这些线人身上都揣着用三十美元从巴基斯坦买来的对讲机。因此，队员们巡逻从不走固定路线，以免遭到敌人伏击。但每次返回基地，他们无不汗流浃背，筋疲力尽。塔利班开始躲藏在"烈火"基地附近，等到巡逻队走出基地，穿过空旷的田野时，他们就朝他们背后队员放冷枪。第一周，塔利班的袭击没有造成任何伤亡，但反包围战打得惊心动魄。

第9天：五万四千步

杰夫·西布利准下士是一名来自加州的狙击手，当他整理装备时，一颗子弹"嗖"的一声从头顶飞过。附近瞭望塔上的哨兵应声跌落，一颗子弹击中他的左胳膊，造成粉碎性骨折，一块煞白的碎骨头凸了出来。阿巴特立即率领西布利和另外三位狙击手离开基地，循着枪声朝西北方向走去。

西布利用的是一把7.626毫米的半自动狙击步枪，他受过非常全面

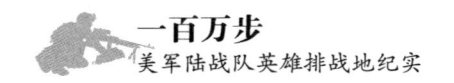

的狙击射击训练。训练的一部分是每天都写狙击日记，绘制地形草图、记录子弹坠落和飘移的轨迹。通过观察子弹的雾状尾迹、计算毫弧度以补偿重力影响、估算风力修正量和幻景图、对称地扫描目标，他准确击中目标，而且能快速射击多个目标。过去一周内，他已经射杀两名塔利班分子。

对于这次突如其来的任务，他毫不担忧。这次来桑金已经是他第二次上战场。他坚信只要有五名狙击手，就足以消灭任何塔利班小分队。在他们走进玉米地几百米后，西布利呼叫基地提供迫击炮火支援，以扫清前面可能藏匿的敌人。如果运气好，一发炮弹就能解决问题。这是一次"向我开炮"的炮火支援行动，迫击炮弹很可能在离他们很近的地方爆炸。为了帮助炮兵校准射击点，西布利走到玉米地边缘观察前方状况，突然，他感觉自己左腋窝像被人狠狠地捣了一拳。

"靠！"他大叫一声，"我中枪了。"

他往后踉跄了几步，然后一屁股坐到了地上。阿巴特帮他脱下防弹衣，看了一眼弹孔。

"靠，麻烦大了。"阿巴特说。

其他狙击手也围过来查看他的伤口，然后点了点头。阿巴特换了个说辞。

"不，没有大碍，"阿巴特说，"别担心。"

西布利还能笑出声来，但随之而来的剧痛让他蜷成一团。

"可能是吸入性胸壁伤。"雅各布·鲁兹下士说。

他们谁都不知道是不是那样，但听上去很严重。

"能喘气吗？"阿巴特问。

"觉得我没在喘气吗？"西布利回答说。

"那就没大碍，我们继续前进，你先回去。"阿巴特说。

在鲁兹的搀扶下，西布利一瘸一拐地返回基地。走着走着，远处射来一串子弹，他们赶紧躲到了灌溉渠里。返回"烈火"基地后，他被直升机送往列勒内克营，那里的外科医生从他体内取出了一颗小口径子弹，万幸的是，子弹没有造成严重损伤。当西布利醒来后，发现隔壁床上躺着左胳膊中弹的哨兵凯恩准下士。

"伤得怎么样？"凯恩问。

"不轻啊，兄弟，不然我就不会来这儿了。"西布利回答。

第 11 天：六万六千步

三班班长是来自科罗拉多的克林特·托曼中士，三十四岁。此前参加了舰队反恐安全小组，2004 年参加了费卢杰惨烈的巷战，这次来桑金是他第三次上战场。他的巷战经验在桑金派不上任何用场。他感觉三班乃至整个三排的士兵个个神经紧张，弥漫着宿命论的悲观情绪。

"三排官兵认为每个人最终都会被炸飞，"他说，"无论你是第一次上战场的新兵，还是久经沙场的老兵，都没什么区别。你必须不停地巡逻，直到踩到地雷被炸飞。一切都只是时间问题，炸死是迟早的事，不是会不会死，而是什么时候死。尽管如此，我们还是坚持巡逻，但大家都考虑过这个问题，你迟早会被炸死的。"

这是小分队最要不得的心态——认为死神正步步逼近，会不加区分地降临到所有人头上，让你感觉做任何保护自己的努力都徒劳无益。在这种思想支配下，士兵变得惧怕巡逻；若任由这种情绪蔓延，他们会开始修筑防御堡垒，在地图上用彩色的点标示出"部队的防线"，将防线以外的一切都拱手让给塔利班。如果真这样发展下去，敌人就赢了，彻底赢了。

塔利班知道，武装直升机和捕食者无人机就在头顶盘旋，因此尽量不集体出动，而是以三五人的小分队四处游击。他们没有陆战队那样的神枪手，总是匆匆扫射一通，就赶紧换一个地方，或者隔着防护林在很远的距离就胡乱开枪。在桑金的任何战场，决定战局的不是简易爆炸装置，而是子弹，只要陆战队员有信心踏着地雷阵去巡逻，塔利班其实是被猎杀的一方，根本没有任何主动权。

10月23号，加西亚跟随托曼及他的班前往"烈火"基地西北方向巡逻。在他的照相地图上，每平方公里的面积都用黄色标示出来，并用数字和字母混合标示，如P8Q或Q1D。每个区域中的每座大院也都标了数字。这样，需要火力支援时，可以快速向飞行员或迫击炮分队报告目标位置。

三排驻守区域大约共有五百间大院，人口约八千人。但由于陆战队进驻后双方交火不断，"烈火"基地以北的大多数大院都被废弃。加西亚走在巡逻队伍的中间，他注意到尖兵分队正转向Q1E巡逻区的17号大院。巡逻队的所有队员在出发前都接到了相同的任务指示。几个月前，一个友军巡逻班曾将17号大院作为瞭望哨所。他们得小心啊，敌人可能在此埋了地雷。

加西亚心里一阵发紧，但他该怎么办？他刚刚接管三排，每一名士兵隔三差五会情绪低落，感觉死期不远。他们走在大院院墙外一条两边长草、已经踩得稀巴烂的小路上。加西亚感觉他们靠得太近，但没有制止他们。克林特·托曼中士也感觉他们可能有危险，但表面很平静，没有显露任何不安的神情。

两位军官都有战斗经验，但对于桑金很陌生，对敌人的套路也一无所知。

他们知道，如果军官对心生恐惧的士兵做任何指导，都会让士兵变得迟疑不决。如果尖兵分队认为军官对他们没有信心，消息会传得很快。今天才是他们来到桑金的第十一天。

突然，一阵冲击波向加西亚袭来，紧接着是一声震耳欲聋的巨响，一股刺得双眼都睁不开的硝烟扑面而来，酸辣的味道袭入鼻腔，让人瞬间感觉呼吸困难。——又有人踩到了简易爆炸装置。冲击波让三名陆战队员连续几个踉跄，几乎站不稳脚。在他们旁边，胡安·多明格斯准下士躺在地

第三章　老兵长存

上不省人事。他总是妙语连珠，总是积极报名参加尖兵组。现在，他的一条腿和一只胳膊被炸断，另一条腿严重受伤，瞬间四肢仅剩一只胳膊。

他很快被直升飞机运走。随后，托曼中士把他的三班战士叫到一旁，尽量安慰他们。但三班面对的事实非常残酷：维斯特中尉已经离开前线，波尔克壮烈牺牲，现在多明格斯也倒下了。

加西亚遭受了沉重的打击。身为三排的新排长，他在感觉到有危险的时候，什么都没有做。如果他对走在前面一百米的尖兵组大吼一声，悲剧是否可以避免？如果他感觉情况不对就立刻插手干预，那么今后各班长会作何反应？

在1966年夏季的越南战场上，我被派到一个叫作"55号高地"的区域巡逻。我们冒着酷热连续行进了几个小时，不时遭到敌人狙击手的袭扰。我们出发前就听说这个区域埋了地雷，于是跟在一辆两栖装甲车后面，顺着两条车轮印迹前进。装甲车保持战备状态，车里坐在沙袋上的战士都神经紧绷。

当我们穿过一片旱地时，我身后传来"嗯"的一声巨响，一道压力波重重地扇在我背上。我转过身去，发现三名战友倒在腾起的尘埃下。炎炎烈日下长时间行军让他们疲惫不堪，不经意间，他们离车轮痕迹走偏了几步，踩到一枚地雷，被炸得双脚腾空，然后摔到地上。其中两名战士目光呆滞地躺在那里，所幸的是，他们肢体健全，没有大碍。第三名同伴则在撕心裂肺地叫着，火红的弹片深深地扎进了他的两条大腿，鲜血汩汩地流个不停。——他的两条腿废了。

我们的医护兵罗伯特·柏金斯利索地用松紧绷带绑住了他的断腿根部，然后给他注射了吗啡。排长威廉·坎宁安双眼冒着怒光，但又无可奈何，他只能呼叫直升机救援。

"给老子走在车轮印子上！"他指着地上的车轮印子对伤员怒吼，"早就跟你们说过。车轮印子！告诉过你们啊！"

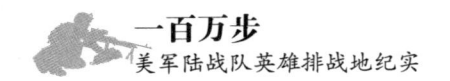

一百万步
美军陆战队英雄排战地纪实

与其说他在对士兵发怒，还不如说他是对自己很恼火。军官不可能保护每个士兵或防止所有意外，但当意外真正发生后，他的感受就是这样。早知这样，如果他干涉一下，情况会如何？加西亚此刻的感受正也是如此。

"多明格斯踩中地雷时是我最失落的时候，"加西亚说，"我们感觉自己很窝囊。我返回'因克曼'基地，给我在伊拉克服役时的长官发了一封电子邮件。他回信安慰我说，如果我没有随队去巡逻，这场意外仍然不可避免。他字里行间斩钉截铁，又充满安慰，意思是让我调整心态，继续战斗。"

在第一轮较量中，敌人赢了：10月13号，一枚简易爆炸装置夺走了四名陆战队员的生命。10月14号，又有三名牺牲，幸亏有阿巴特才避免了更惨重的损失。15号，波尔克被炸死，"大山"维斯特被炸断一条腿。21号，凯恩和西布利中弹。23号，多明格斯又倒下了。

这些夜晚对三排来说是最难熬的。当队员们迷糊入睡时，他们感觉整个人都被地雷包围着，好像死神正张开双手把他们一个接一个地撕裂，直到所有人都倒下才肯罢休。

第16天：九万六千步

塔利班的策略是从实战中得来的。他们用地雷阵封锁了绿色地带，把英军赶到几个据点里，自己却如入无人之境，来去自由，在农家大院中安然驻扎，想什么时候打就什么时候打。"烈火"基地像钉子一样楔在绿色地带的心脏位置，因此塔利班绝对无法容忍三排长期驻留。

"在伊拉克，我们的威胁是肩扛式火箭弹，"加西亚说，"在桑金，简易爆炸装置土地雷才是威胁。英国人热衷于建立前沿防线，于是塔利班就在他们的防线外埋了很多地雷。我得让三排士兵知道，一旦我们突破他们的地雷阵，我们就按自己的办法打。我们必须深入敌后消灭他们。"

第三章　老兵长存

于是，在 10 月 28 号早上，加西亚召集三排全体人员，准备扫荡西南方向的 Q1A 区，这次行动将持续三天。两名工兵走在队伍最前列扫雷，他们拿着探测器来回扫动，听到反馈声音就停下来用刺刀挖开地面解除排除地雷。大家排成一长列，小心翼翼地前进，第一个小时前进距离还不到一百米，但加西亚并不在乎进度的快慢。

塔利班躲在农家大院里挥动白旗向我们挑衅，希望吸引我们走入地雷区。探子骑着摩托车在我们两侧缓缓随行，观察着我们的一举一动。队员们拿他们毫无办法。

明显有人走过的小路和运河与灌溉区的交汇点都是巡逻队刻意避开的危险地带，他们穿行在一亩又一亩潮湿闷热的玉米地里。偶尔，从几百米外的另一片玉米地里会胡乱射来几发子弹，那是塔利班在引诱陆战队开枪，以便知道他们的具体位置。

当队员们进入一片玉米地时，塔利班就赶快从另一端溜走。散兵最怕被陆战队包围。1968 年，在越南顺化之战中，每当陆战队从某幢建筑的正面发动进攻，北越守军就从后门逃走。在桑金的玉米地里，同样的场景再次上演。

中午时分，三排穿过了一片没有犁过的农田。十九岁的蒂姆·瓦格纳准下士再次担任尖兵。当维斯特中尉被地雷炸伤时他的临场表现可圈可点，班长托曼中士对他很有信心。瓦格纳打算回到美国中西部老家后去上大学，然后在那里度过一辈子。他又高又瘦，脑子灵光，能警觉地发现战场上的异常情况。当三排走出玉米地进入空旷地带时，他注意到前面相隔约五十米的几棵树有些异常——下面的树枝都被砍掉了。

"射击参照系。"他大喊道，意思是这些树是远程射击武器的瞄准参照目标。

果不其然，他话音刚落，就有一梭子 PKM 子弹向他们飞来，其中一颗子弹击中瓦格纳的头盔，打飞了绑在上面的夜视镜，另一颗子弹击中了

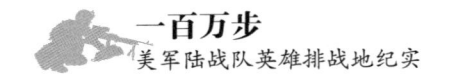

一百万步
美军陆战队英雄排战地纪实

走在队伍后面的布兰登·维斯的右手。队员们发起反击，过了整整一个小时才把塔利班赶走。枪声停息后，他们发现十几头绵羊倒在了双方的火力网中，白花花的一大片，刚好给医疗直升机的降落提供了识别目标。

这次交火之后，三排放慢了行进速度，几乎变成了爬行。手持探测器一路扫雷的工兵已经非常疲劳，他们感觉已经超额完成自己的分内任务。他们没有发现一颗简易爆炸装置，这证实了加西亚的怀疑：敌人不会在自己的地盘上埋地雷。夜幕降临时，天空浓云密布，下起了大雾，雾气弥漫，三排进入一座废弃的大院，临时构筑起防御阵地。他们发现院子里有两头毛驴在寻找粮草，腿上系着绳子，因此非常确定，院子里也肯定没有埋简易爆炸装置。

没过多久，多股敌人从附近的几座大院的外墙向队员们射击。两辆摩托车快速驶向附近一座大院，三名男子跳下车跑了进去，几分钟后，几枚肩扛式反坦克火箭弹飞向了陆战队的阵地，在离目标不远处爆炸。加西亚心里"咯噔"了一下。他率领三排士兵深入敌控区三公里，如果这时发生伤亡，摸黑运送伤员几乎不可能。他现在需要火力援助，必须趁塔利班还没集结到位，就打乱他们的部署，不然一场夜袭将无法避免。

"浮木，我是大锤3号，"他向基洛连指挥中心发报，"我现在在Q1A区13号建筑，受到正西面12号建筑的攻击。有可供调用的战机吗？"

"浮木"是比尔兹利上尉（绰号"钢丝"）的呼叫代号，他以前的梦想就是当一名飞行员。"9·11"袭击发生后，他抱着一腔爱国热情毅然加入海军陆战队，连续三年在KC-130空中运输中队服役。之后他志愿担任空管员，被调遣至基洛连。

"钢丝"告诉加西亚，两架F-18大黄蜂战斗轰炸机可供调遣。陆战队的"红魔"战斗机中队驻扎在"烈火"基地以东一百六十公里的坎大哈空军基地。只要"红魔"中队升空，基洛连和其他连队都会通过数字聊天

第三章　老兵长存

室相互通报消息。

加西亚让前方观察员尼克·托克上士协调空中支援。托克向比尔兹利发出了九行字的标准战地情况说明，包括目标位置、离得最近的友军部队、炸弹投放角度，以及其他重要信息。

"钢丝"把数据传给飞行员及营部的高级空军军官，空军军官再与营部律师协商。双方认定，战场状况已经符合麦克里斯特尔将军定下的第421条至424条规定时，即授权发动空袭，同时通知飞行员。所谓的符合规定，是指：其一，加西亚无法安全脱身；其二，没有发现平民；其三，敌人正从目标大院向陆战队开火。戴维·彼得雷乌斯已经于七月份接替麦克里斯特尔的职务，但他并没有取消前任立下的规定，同时不加干预地让陆战队调用空中支援。

虽然每次空袭结束后，都需要将轰炸录像交给一名律师审查，但飞行员充分信任地面部队报告的敌情，然后按照他们的请求投弹。在为期六个月的作战行动中，"红魔"中队的12架F-18共投下了40吨高爆炸弹。在整个阿富汗战争中，空军每执行十次空袭，有九次都满载弹药返回基地。而对于驻扎在赫尔曼德的"红魔"中队来说，在为地面部队提供支援的十次空袭中，有九次都投完弹药，空仓返回基地。

人称"明信片"的吉米·奈普上校和绰号"的哥"的塔杰·萨林上校驾机盘旋在三排三千米的上空三千米的高度。"的哥"首先发起了攻击。

"大锤，我是'斯多葛派74号'。"萨林通过无线电说，"安全抵达。一枚出。制导中。"

"制导中"的意思是飞机投射一束激光锁定目标大院，炸弹顺着激光指定的光路径飞向目标。

三排将士都低头趴在地上。他们都处在二百三十公斤的GBU-12激光制导炸弹的有效杀伤半径附近。炸弹爆炸后，敌人藏身的大院一阵颤动，但没有倒塌。

一百万步
美军陆战队英雄排战地纪实

"直接命中目标。"观察员托克通过无线电反馈说。

两架F-18继续在头顶盘旋，等待地面部队的反馈。飞机上都配备了高清日用和夜用摄像机，从三千米的高空都能精确分辨地面人员的性别。在五团三营指挥中心观看实时录像的"铁拳头"马特·帕斯夸利上尉通常会看到有敌人从废墟中逃出。通常，长机先投下炸弹轰炸大院，隔二十秒后，僚机再投下一枚二百三十公斤的炸弹，这枚炸弹在空中爆炸，像一把巨大的镰刀把所有移动目标悉数割倒，这种战术叫作"震而爆之"。

驾驶僚机的奈普紧跟着"斯多葛派73号"，正准备投弹时，发现目标大院发生了二次爆炸，也许是长机投下的那枚炸弹引爆了里面的反坦克火箭弹，大院里面没有人跑出。他驾驶着飞机像雄鹰一样在三排上空盘旋了十五分钟，确定没有敌人朝三排开火后，两架飞机返回基地。

天色擦黑后，加西亚偶尔呼叫"烈火"基地朝三排的大院上空发射照明弹，表明基地的60毫米迫击炮分队会随时策应。第二天，三排没有受到敌人骚扰，只有几个农民好奇地跑过来看这些不速之客——因为英军和美军此前从来没有来到这个区域。这些农民似乎没有敌意，但对三排非常警惕：这些外国人会长驻这里吗？

两天后，三排返回"烈火"基地，他们从树上扯回了一面塔利班的白旗。这不是什么了不起的战绩，但排副马特·卡蒂亚认为意义非同小可。

"我跟他们说，我们进入了塔利班的地盘，他们连自己的旗帜都保护不了。"他说。

加西亚无意让三排全体将士都滞留在战场上。他需要巡逻八个区，搜查五百间大院，跨越一千条灌溉渠。如果三排每次都这样集体行动，他们永远都不可能消灭塔利班。他必须每天派出二到三个班分头行动。

"要是我们不提供间接火力接应，塔利班肯定会围攻我们的巡逻班。"他说，"但我的班长们必须相信，只要他们需要，火力支援随叫随到。整个三排都见识了'钢丝'提供的空中打击的威力。空中打击扭转了局面。"

第三章　老兵长存

在三排执行这次为期三天的行动期间，莫里斯中校向战士们的家属写信说："在刚到达的几天内，我们遭受了严重的损失，但三营掸去身上的灰尘，继续前进……我刚刚为基洛连的凯瑟伍德准下士、波尔克准下士和洛佩兹准下士举行了追悼会……一有新情况，我会及时通报大家。同时，我们将'有所斩获'！"

"有所斩获"的意思是杀敌，这是五团三营的格言。

虽然农民大概知道塔利班把简易爆炸装置埋在什么地方，并且有时候，小孩子在田间走动也会踩到，但村民任由塔利班利用孩子作为人肉盾牌。出于对塔利班的恐惧或对部落的忠诚，他们一般不肯透露这些爆炸装置的位置和塔利班的藏匿地点。他们已经习惯了塔利班的冷酷无情，但是美军开一枪都会让他们恼怒紧张。他们对美国人的认识只停留在漫画水平上：开着大型装甲车，乌压压地冲进村庄，放一把火把它烧成废墟。但今天的陆战队没有像当年在越南一样强迫村民迁徙，没有划定"随意开火区"，也没有实施不加区分的轰炸。

现实情况更为复杂。陆战队的办法是将一个营的兵力部署在一个区，清理藏匿其中的敌人，然后把这个区交给阿富汗部队驻守。在桑金，所有的部落都被塔利班牢牢控制着，他们为塔利班提供庇护。因此，清理行动变成了陆战队与叛乱分子之间的残酷战斗。通常，塔利班都躲在暗处——大院的围墙后、防风林后、田野里打暗枪，陆战队总是被动还击的一方。战斗打响后，农民又怕又恨，选择逃跑。

这种情况不只在三排控制区上演，五团三营其他排的排长都选择了加西亚的打法。陆战队一位发言人说："在桑金，没有什么作战行动算得上出格的。"但事实并非如此。仅十月一个月，空袭频率创下了纪录，以桑金居首。基洛连呼叫的空袭次数居各连之首，且大多数都是为了支援三排。

桑金之战成了一场消耗战，而不是反叛乱行动。"控制"农田是一场斗智斗勇的较量，而不是实际占领。塔利班和陆战队都没有足够的人手进行大军团作战。双方都必须派出果敢、英勇的小分队打遭遇战。

一旦一方畏敌退缩，不敢进入某些区域，另一方就赢了。当塔利班无法承受损失时，他们就会撤退。为了打破塔利班的控制，加西亚面临的挑战不是消灭敌人，而是让自己的士兵相信，他们一定能成功坚持七个月，然后全身而退。

第四章　良将涌现

"我们都是久经沙场的老兵，但仍是和大家没有两样的普通人。"

——马修·卡蒂亚，来自伊利诺伊州

看到三排队员返回"烈火"巡逻基地，排副卡蒂亚一颗悬着的心才放了下来。塔利班的简易爆炸装置让陆战队员们心惊胆战，但是他感觉到笼罩着大家心头的阴郁气氛已经消散了一点。这次行动证明了很重要的一点：敌人不可能处处都埋上简易爆炸装置。

加西亚中尉豁然开朗，伊拉克的打法在这里行不通。在伊拉克，混凝土结构的民居相依而建，每栋通常住着一二十号人，房子与房子之间隔着厚厚的混凝土墙。一个居民区有五六十栋这样的房子，几十个居民区组成一个街区，街区四周是大马路。逊尼派叛军和什叶派民兵双方打得不可开

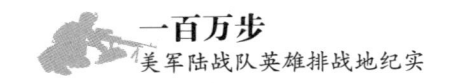

交，寸土必争。只要一派的哪个家庭因害怕而外出逃难，另一派马上就有人据为己有。什叶派和逊尼派士兵会在美军行军路上沿路埋设简易爆炸装置，但不会埋在刚空出来的民居里，因为不消一两天，他们自己人马上就要住进去。

而在桑金，塔利班会在没人居住的大院和房间里埋炸弹。这些年来，联军搞突袭时，偶尔会在一些由于战乱而废弃的民居里过夜，这些民居一般地势偏僻，易于防守。他们离开后，塔利班就会在房间、墙壁、院子里和院外的小道上埋设炸弹。和在田里埋炸弹不同，塔利班在大院里根本不做任何标记。一旦哪栋房子被塔利班碰过，当地居民没一个敢走近。

塔利班根本不在乎哪家人流离失所。他们定下规则，每个人都必须为圣战做出贡献，共同打击外国异教徒。献出农庄是农民最起码的贡献。成百上千所民居空置着，几个月没人住，塔利班留着一些，以备不时之需。剩下的就成了致命的陷阱，等着初来乍到的联军中招。

2010年，桑金还没有机会发展经济，无法组建地方政府，也不能建设农场，一切可能都遥遥无期。塔利班混杂在平民中间，有些年轻人是塔利班的备用军，他们在家附近藏着AK-47步枪，大多三五成群，到处游荡；通常在一处废弃的房子里停留几天，又转移到另一处。只要陆战队一出动，农民和塔利班分子就会立马抓起手机等通讯设备报告他们的一举一动。

桑金就像1944年末的法国，两支军队打得不可开交，平民要么躲起来，要么逃出去。只有在一个地方能够放心走动，用不着担心敌人放冷枪，才算真正控制了这个地方。大家都知道，狗总会对着树干撒尿标记地盘。与之相似，血气方刚的叛军也喜欢去骚扰政府军，来显示自己的存在。在伊拉克和越南战场，偷袭驻军的事情也时常发生。从巡逻队每天遭遇射击的次数来看，塔利班可谓是牢牢控制了桑金。

回到"烈火"巡逻基地后，加西亚中尉召集了三个班的班长。维斯特中尉人缘很好，三排的士兵都对他死心塌地。加西亚知道自己需要把握好

第四章　良将涌现

分寸。

"兄弟们听着，"他说，"我们的安排是每天两个班巡逻，第三个班充当快速反应部队。"

多米尼克·埃斯奎贝尔中士，三十五岁，任一班班长。他戴一副黑框眼镜，配的是防碎镜片，厚得简直可以挡子弹，真是丑得前无古人、后无来者。再加上他身材瘦长，沉默寡言，活像个苹果零售店天才吧的极客。

2004年感恩节那天，埃斯奎贝尔的排在伊拉克费卢杰的地毯式搜查任务进行到第二十一天。自杀式"圣战"圣战者就藏在城里一万所房子里面。在此前三周里，陆战队员们室内交火的次数比所有特警队有史以来室内交火的总数还多。

埃斯奎贝尔的排被派到"昆斯"巡逻区，这个贫民区的建筑都是一层楼的混凝土房子。作为侦察狙击手，他的任务是上屋顶查看周围巷子的情况，掩护搜查班的地面行动。一班队员进入庭院后，敌人从屋里往外开火，五人被击中。埃斯奎贝尔爬到屋顶边缘，向窗户里投掷了一颗手榴弹，解决掉两个叛乱分子，并炸毁一挺机枪，然后匍匐到另一边，再次投掷手榴弹，又消灭两个敌人和另一挺机关枪。这时一辆坦克开过来，在院墙上撞出一个大口子。坦克动静极大，烟尘四起，轰轰作响，埃斯奎贝尔借此机会跳下屋顶，把一名伤员拖到安全处。等到坦克开火，他又抓住时机冲到院子里救出另一名队员。坦克再次开火，他第三次冲进院子里，看到一名队员衣服着火，伤势严重，情况很糟糕，他赶紧扑灭伤员身上的火，把他拖到外面。

战斗结束后，埃斯奎贝尔被授予美国海军十字勋章，等级仅次于美国荣誉勋章。但是他素来为人低调，拒绝佩戴这枚勋章，也不愿吹嘘自己的英勇事迹，甚至请求海军陆战队撤回嘉奖。当然，海军陆战队没有接受他的请求。当我提起在费卢杰之战中结识的陆战队员时，他能清清楚楚地回忆起每个人。但一说起他的战功，他就摆摆手不愿再多说。

一百万步
美军陆战队英雄排战地纪实

"长官,我不会去的。"他说,"这是我的告别赛,我们一回到美国我就退役。我来这里不是为了我自己,而是为了我的战友,没别的。"

埃斯奎贝尔跟加西亚年龄相仿。他很敬佩这位前枪炮射击中士,也很愿意亲近他。每次巡逻任务下达,埃斯奎贝尔都按照自己的一贯做派,不折不扣地执行任务。他下定决心要保护每一名士兵都平安回到家里。他指挥起来干脆利落,却也极其谨慎,他要让每名士兵毫发无伤地回去。他怀疑,每条小路、树林的每个出口、每道灌溉渠旁都埋着简易爆炸装置。他和队员们经常巡逻一百米就要花一小时,但即使这样,他也愿意。其实,对于自己这种深思熟虑的巡逻方式,他引以为傲。

"我选的路都是最难走的。"埃斯奎贝尔说道,"我们涉水穿过每条运河,大家都叫我'水中游龙'。加西亚中尉让我去哪里,我就去哪里,哪怕是要花上一整天的时间。我喜欢开阔的地方,在这种地方交火我们能压制敌人。没错,我们是在泥里泡着,全身都湿透了,还冻得直打哆嗦,但总比炸到天上去好。"

加西亚觉得埃斯奎贝尔脾气倔得像头驴,但为人百分百可靠。别人再怎么催促他、纠缠他,他也不会改变自己的节奏。埃斯奎贝尔坚信,越是平坦的道路越是危险重重,所以他每次都绕远路。大家怨言不断,他还是执着地穿梭在灌木丛中,而不去走现成的小路。不管当地农民在独木桥上走了多少遍,他还是带着一班士兵在齐胸深的泥水中深一脚浅一脚地前进。

埃斯奎贝尔一开始就向一班亮明自己的态度:巡逻的时候一切都要听他的。他不求跟队员打成一片,一心只想让每一名队员都平安回家。即使他行为太过拘谨,伤害队友的感情,甚至和他们结梁子,他也不在乎。每次巡逻结束,他都亲手在三排日志里简要记录任务情况,谁表现出色、谁没事找事、谁拖拖拉拉磨洋工,他都一一记下名字。

"塔利班脑子转得很快。"埃斯奎贝尔说,"一开始他们只是在附近的玉米地里开火,哪成想我们都是侦察的好手,于是他们就拉开距离。一

第四章　良将涌现

且他们跑到三百米开外的树林里，要打中他们就很难了。"

一班运用的是三排的典型战术。工兵赫斯一马当先，用探测器扫描排查。他曾被简易爆炸装置炸伤过三次，但仍义无反顾，再次上阵，以埃斯奎贝尔要求的谨慎步调缓缓前进。赫斯的后面往往跟着胡安·帕尔马准下士。帕尔马很有闯劲，非常自信；他认为自己"气质跟学校不搭"，自视过高，又受不了规章制度的约束，三营差点就把他留在国内。不过，这桀骜不驯的性格，正合埃斯奎贝尔的心意。

埃斯奎贝尔说："在一次巡逻中，我碰巧看到帕尔马用脚重重地在地上跺了几下，向赫斯证明，前方安全，可以前进。于是我就对帕尔马说，'伙计，你可是我们班的眼睛啊，你要是给炸飞了，我们都得完蛋。'"

埃斯奎贝尔走在队伍的第三个，跟在他身后的是轻机枪手，每分钟八百发的火力可以压制藏匿在任意一道林木线中的敌人，之后是狙击手，再后面是其他陆战队员。每个巡逻队都有两名步枪手，他们的枪上安装了40毫米口径的M203榴弹发射器，短粗的发射筒可以将榴弹抛射到300米之外。队列再往后，一位队员背着另一台"瓦伦"探测器。这样，一半战士向前进攻或侧面攻击敌人时，另一半就可以提供火力掩护。

"加西亚中尉告诉我他的要求。"埃斯奎贝尔对我说，"我按我的方式去完成。"

迪克洛夫中士之所以申请调入五团三营，是因为他想在阿富汗战场大干一场。他来桑金前，以为阿富汗四处空旷，毫无遮拦。在大比例地图上，可以看到一条蓝色的线，那便是赫尔曼德河，还有一小片绿色，那是桑金，桑金两边是大片光秃秃的棕色沙漠。在沙漠的映衬下，桑金显得十分渺小。迪克洛夫中士在靠近叙利亚边境的伊拉克西部沙漠打了三次仗。千百年岁月的风吹散了沙漠表层的沙子，方圆几千里到处是坚硬的土地。在沙漠中埋设简易爆炸装置不仅异常艰辛，而且徒劳无功。陆战队员们在沙漠中开着装甲车尽情驰骋，压到简易爆炸装置的概率几乎为零。

一百万步
美军陆战队英雄排战地纪实

桑金的绿色地带和伊拉克的沙漠完全不同：这里到处是成片的潮湿玉米地，高高的玉米秸遮挡着人们的视线，很适合近距离作战。这对于迪克洛夫中士来说，近战不是问题，他和三班班长托曼中士不担心交叉火力。他们曾一起在加利福尼亚看电视，当看到比尔·奥雷利大发雷霆，对着拍摄组大喊"别看脚本了，给我自由发挥！"时，两人都不禁放声大笑。现在，每次巡逻之前，他们都喜欢调笑对方，大声呼喊着："给我自由发挥！"

他们俩知道如何临场发挥，适应战场形势，但是这些简爆炸装置却让他们很头疼，甚至有些慌乱。阿巴特加入战斗后的第二天，迪克洛夫亲眼见到，他班里的四名士兵和维斯特中尉一起被炸飞。走在三班巡逻队最后面的托曼中士赶到现场，帮着把士兵的尸体搬离了战场。迪克洛夫和托曼都不想再让任何士兵被地雷炸死，可是地雷似乎无处不在——运河两岸、林木线的空隙处、每块农田的尽头，到处都是。于是他们思量再三，决定不再命令士兵强攻，而是会先探明哪里埋设了简易爆炸装置，再向前推进。

"我们并不是放弃进攻。"托曼说，"我们只是需要放慢节拍，弄清楚敌人的战术。"

加西亚中尉给二班指定巡逻区域后，迪克洛夫便在地图上标出了这块区域，在随后的巡逻任务中，直到身上携带的 GPS 显示已经达到此区域的尽头，他才停止前进。随后，他让队员们散开，静静地观察远处农田的动静。严格地来讲，只要做到这一点，迪克洛夫就算完成一次巡逻任务。

多明格斯踩到地雷后没多久，迪克洛夫便带领着士兵去探查一座遗弃的农舍，当他们靠近时，一个男孩突然跑上前来，告诉他们前方埋了简易爆炸装置。男孩说完就跑开了，留下迪克洛夫在原地不知所措，他不知道这个男孩说的是真的，还是引诱他们走上一条布满地雷的路。跟着二班一同巡逻的加西亚中尉没有说一句话。

"每位班长都要找到自己最佳的作战方式，我最不愿意做的事就是逼迫你们，使你们草率行事，酿成错误。"加西亚说。

第四章　良将涌现

那一晚，加西亚找迪克洛夫单独谈了话。

"他说我班士兵死伤最惨重。"迪克洛夫说，"但无论哪个班伤亡大，大家每天都面临同样的危险。我明白他的意思。加西亚中尉从来没当面说什么。"

加西亚的办法很简单，每次巡逻之前，他都会从地图上编有号码的农舍中挑选一个，让迪克洛夫中士去探查并汇报情况。迪克洛夫带领二班一次又一次地巡逻，从来没有踩到爆炸装置，这使他们变得自信起来。

"迪克洛夫最会和当地人打交道。"加西亚说，"他健谈随和，总是笑嘻嘻的，有时连小孩子也愿意替他们班带路。"

某天，二班向北巡逻，一直走到"高尔夫球场"区的一侧。不远处，有三个工人正在开挖灌溉渠，其中一个突然举起铲子来回挥舞。不到一分钟，另一侧响起了若干把 AK-47 和一挺 PKM 机枪的枪声。队员们立马击毙了那个工人，战场可不是说理的地方。撤退前，迪克洛夫一边开枪射击，一边汇报了敌人伏击的位置。加西亚在地图上一看，发现迪克洛夫比他要求的地点多巡逻了五百米的距离。他顿时知道迪克洛夫找回了信心。

刚从伊拉克战场二度归来的三班班长托曼中士身经百战。

他和迪克洛夫关系很铁。

刚开始，托曼会带领三班主动拉长上级要求的巡逻距离，深入敌控区，而且比二班更为冒进。但只要遭到塔利班攻击，他就立马撤退，绝不会冒着踩到简易爆炸装置的危险继续前进。加西亚清楚，多明格斯的死一直在他脑子里挥之不去，他不想再让自己的战友冒一丝风险。

托曼注意到，排长加西亚和他们班一起巡逻时，对他的做法未置一词。可他知道，中尉在考查自己。

某天，加西亚在"烈火"基地，收到托曼的迫击炮增援请求。

"敌情如何？"加西亚回复。

"敌人在我们北面向我们开火。"托曼说，"有两到四人。"

加西亚原以为托曼会摆脱敌人袭扰，返回基地。"收到，你们在撤退吗？"

"不，我们在前进。"

托曼下令分出一支四人火力小分队，从东边包抄敌人。当一大帮塔利班分子加入战斗时，小分队立马撤退。这种情况并非罕见。其实，海军陆战队员并不像公众印象中那样顶着子弹往前冲。威利·迪尔是火力小分队的狙击手，二十岁，堪萨斯人。妻子在加利福尼亚的家中每天都盼着他平安归来。威利的愿望是，回到加州安稳度日，当他老了，孩子们问起他在战争中做了什么时，他能回答："我们改变了历史。"

威利·迪尔的过人之处在于他百步穿杨的枪法。其他成员撤退时，他支起两脚架，从瞄准镜里锁定了这伙敌人的头领，将一颗子弹射进了他的胸膛，剩下的塔利班分子见状赶紧躲到了附近的树林中。双方随后交火一个小时，但都没讨到对方的便宜。

托曼指挥三班向前推进，慢慢向树丛里的敌人接近，寻找时机包围他们。这伙塔利班分子在树林里互相喊话，想搞明白陆战队员的位置。他们从大院里叫来几个孩子上前查看，托曼命令任何人不准开枪，待着别动。等这几个孩子回到大院时，塔利班分子已经消失得无影无踪。

托曼呼叫"烈火"基地的加西亚。

"大锤6号，我是大锤2号。进展不顺。那帮混蛋溜了。击毙一人。"

"那时我就知道。"加西亚说，"托曼已经克服对土地雷的恐惧了。"

托曼对加西亚的行事风格也颇为欣赏。

"每次巡逻前，我都会和中尉碰个头。"托曼说，"他只告诉我他想要的结果，却从不对过程多加干涉。和他一起巡逻，我再没质疑过自己。巡逻过程中，一切都由我指挥。"

三排尽管有三名得力干将——埃斯奎贝尔、迪克洛夫和托曼，又拥有两个射击精准的架60毫米口径迫击炮分队，却依然伤亡惨重，连巡逻也

第四章　良将涌现

凑不齐人手。直到狙击手自愿调往，才解决了加西亚兵员不足的难题。

阿巴特中士分管两个狙击分队，总共十人。狙击手除了拥有专业的射击技能外，还具备其他技能。他们被誉为"悍匪猎人"，从制定前进路线、挑选装备、安排通讯，到评估敌方反击、完成射杀、安全返回，整个流程都需要他们充分计划并亲手实施。只有证明自己有能力完成每一个环节，他们才会得到一颗"悍匪猎人"子弹，成为一名真正的狙击手。因此，每一名狙击手和班长一样，善于决断。

在抵达桑金之前，狙击手们都怕被分配到基洛连，因为一些士兵抱怨基洛连为"新兵训练营"。在美军四大军种中，海军陆战队的纪录最严明，几乎和折磨没什么两样。一些连队非常严格。在海豹突击队或特种部队这种成熟的作战部队中，军官和刚入伍的新兵互相都直呼其名。而在海军陆战队，称呼一位下士时要在他的名字后面加上"下士"。卡莱尔军士长在训练新兵时是出了名的可怕。你得按照他教的方法做，否则他会让你反复操练，直到你用他的方法才肯罢休。狙击手尼克·约翰逊上尉喜欢传统的训练方式。他想沿袭"太平洋战争时的训练方式"，即强调要吃苦耐劳、不怕脏累、服从命令。但是，基洛连一到桑金，就投入了战斗。"老式训练"意味着基洛连的官兵都得上战场。即使是资历老一些的军士长卡莱尔也要亲自巡逻。来这里没有别的事，就是打仗。

狙击手原本应该待在"因克曼"据点。但由于每一次离开"烈火"基地进行巡逻都能与塔利班遭遇，因此在十一月初，阿巴特带领几名狙击手协助三排巡逻了几天。他们不去则已，一去就再也没离开过三排。三排的巡逻行动是家常便饭。理论上，阿巴特他们只提供"支援"，他们向营一级汇报，而不是向加西亚中尉汇报。而实际上，他们与三排士兵相处得很好，拥有自己的火坑和洞穴，并参加每天的汇报会，哪里有火力支援需要，哪里就有他们的身影。

根据陆战队的作战原则，绝不能把狙击手当步枪兵使，让他们一道参

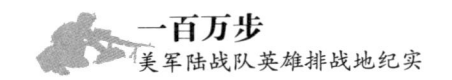

一百万步
美军陆战队英雄排战地纪实

与日常巡逻,这容易导致他们的狙击技术变得生疏。但三排和阿巴特都不教条。在多次合作中,他们意识到将狙击手安排在后方的隐秘地点基本上没什么用——在农田里耕作的男女老少都可能是塔利班的眼线,而躲在隐秘地点的狙击手大都看不见塔利班分子。

巡逻便不同了。每一个陆战小分队由两到三名狙击手陪同巡逻。狙击手的训练内容包括近战速射和远距离精确打击,他们接受的射击训练时长达 3000 个小时,而普通的陆战队员仅接受过 300 个小时的训练。塔利班向巡逻中的陆战队开火后,习惯从两边包抄,进行第二轮攻击。而狙击手们此时已严阵以待,一旦收到信号,就开始向塔利班开火。当一名手持 AK-47 的塔利班分子跑步穿越十多米的一块开阔地,以靠近陆战队员时,那将是他人生最后六秒钟的奔跑。一名狙击手平均每两天能解决一个塔利班分子。

但塔利班分子百折不挠,他们想和陆战队打成平手。乔丹·莱尔德下士来自爱达荷州,今年二十四岁。在一次巡逻中,他和阿巴特站在一棵树的两旁,突然一枚子弹从他们中间飞过,嵌入了树干里,弹出的木屑溅了莱尔德一脸。莱尔德描述当时的感觉时说:"你明明死期已到,却大难不死,这简直像做梦一样",两人随后哈哈大笑。

第二天,莱尔德的任务是掩护巡逻队员穿越一片开阔的田野。他通过望远镜看见远方树林旁有一个人在用对讲机通话。在看见巡逻队员后,那人急匆匆地穿过灌木丛,打开一个袋子,开始仓促地挖掘。远在二百八十五米开外的莱尔德扳动扳机,将子弹射进了他的胸膛。

几天后,塔利班的一名机枪手看见狙击手们正爬出埋伏点。该埋伏点位于"烈火"巡逻基地北部五百米处。塔利班分子用 PKM 机枪点射三枪,一颗子弹穿透阿巴特的裤腿,削掉了另一名士兵步枪上的消焰器,还将一名士兵的左腿划破。只要稍稍校准射击角度,那名机关枪手就能将他们三人置于死地。狙击手们立刻还击,打死两名塔利班分子。他们在检查尸体

第四章　良将涌现

时发现了一沓巴基斯坦货币、一台中国产的高频率电台以及一袋毒品。他们就地洒了这些毒品。

更挫伤士气的，莫过于被地雷炸死或炸残，却无法与躲在暗处的敌人进行正面交锋。狙击手们都说，三排的马特·阿巴特中士视死如归，但在巡逻以外时间，他又是所有队员的老大哥。夜里，他会在一堆堆营火之间巡视大家，和大家说话都爱带上"兄弟"两个词。他会四处走动，像拿着手枪一样用手指着大家，满嘴都是恐怖电影《糊涂绑架事件》里面的瘆人台词。

阿巴特模仿电影里的口吻慢吞吞地说道："我向你保证，你们的罪行清算日很快就会来临。"

他说，等他回家后，打算骑着他的哈雷摩托车，载着妻子和两岁的儿子卡森，沿着太平洋东海岸的大瑟尔一路飞驰。他每隔几个星期给家里打电话，从不提及战斗或受伤的事。因为把多名战友拉出雷区，他成为了海军十字勋章的候选人，但他对此也讳莫如深。

"老子才不要。"他说道，"我们又不是没有损失都能完好无损地回家。"

当有战友倒下时，他会说起他在夏威夷流浪的故事，还有在游轮上当服务生的经历。"比当陆战队员苦的差事多了去了，兄弟。"他会这样说道，"今天还不是你的死期，你可得好好活着，等着那天的到来。"

阿巴特巡逻时不喜欢空手而归，在他鼓舞下，整个排也士气高涨。每次出发巡逻，只要他感觉可能会与敌人遭遇，他都至少带上两名狙击手。只要能杀死更多的塔利班分子，他什么方案都愿意尝试。一个月的时间内，他消灭了十二个敌人，扫清了一片雷区。加西亚是三排的大脑，阿巴特是三排的心脏。

"阿巴特平时跟你掏心窝子说话，而且爱开玩笑。"兰兹内斯特说，"在巡逻时，他会对我大喊道：'小鹿斑比，给我瞄准了，我们要把那些

一百万步
美军陆战队英雄排战地纪实

兔崽子杀光。'"

阿巴特让我想起了我在2004年费卢杰之战中结识的陆战队员道格·赞比亚克。赞比亚克热情似火，永远笑容满面，总是拽着你给你讲有趣的故事。有一次，他率领的连队深入敌人防线。他们刚踏入一个街区，便遭到了数十名暴徒的攻击。暴徒们直接透过楼房的墙体向他们胡乱射击。密集的子弹把墙体打散了架。

陆战队员们撤退之时，赞比亚克和军士长、秘密突击队队长唐纳德·哈伦堡两人负责断后。他打算等掩护所有人安全撤退后再走。但哈伦堡坚持自己要最后一个走，因为他携带了一枚特制的手雷——热压弹，他想等包括赞比亚克在内的队友全部撤离后再扔出手雷。二人争着最后一个离开，互不相让，差点都没能逃脱。赞比亚克之后在巴格达的一次特殊行动中牺牲。陆战队员们至今仍会谈及他。

阿巴特和赞比亚克一样，也是个怪脾气。有一天，他向一排排长汤姆·舒曼中尉提出了一项疯狂的计划。舒曼为人友善低调，当时他的一排负责开展"因克曼"据点附近的巡逻任务。一连好几天，一排在通过一条运河时都会遭到塔利班的袭击。因此，阿巴特向舒曼提议，让舒曼带队在运河一侧巡逻，他则和莱尔德偷偷在运河的另一侧尾随舒曼的巡逻队伍，并和他们保持几百米的距离。这样一来，一旦塔利班溜到岸边，隔岸进行攻击，他和莱尔德就能消灭他们。这是一着险棋，如果误伤自己人，舒曼肯定会面临调查。

"要是你被敌人阻截了呢？"舒曼说道。

"长官！"阿巴特一脸被冒犯的神情。

舒曼笑着答应他的提议。当天，阿巴特和莱尔德击毙两名敌人。

"你应该看看这家伙。"阿巴特拿着无线电通话器和另一头的舒曼说道，"脑浆洒了一地。他们会消停一阵子，不敢来骚扰一排了。"

除了狙击手，一队阿富汗士兵也住在"烈火"巡逻基地。他们有自己

第四章　良将涌现

的洞穴，自己生火，并且有自己的食物。通常，一个巡逻队里有两三名阿富汗士兵跟着陆战队一道执行任务。巡逻时，阿富汗士兵走在队列的中间，路过民居时，他们先行进入。没有任何阿富汗士兵是自愿去"烈火"巡逻基地的，如果他们阵亡，他们的家人只能领到微薄的抚恤金。

在"烈火"巡逻基地，陆战队员们过得还算舒服。他们在院子的土墙之间拉起几根绳子，晾晒自己的迷彩服。瘸腿的桌子上摊放着点心、馅饼和辣椒酱。院子角落里有一口井，上面装了手动泵，他们每天用冰凉的井水刮胡子，每周剪一次头发。蹚水行军已是家常便饭，倒是省去了洗澡的麻烦。早餐就吃一大盘蛋粉和碎肉，加水后会自动加热。运气好的时候，他们能逮到一些小动物，改善晚餐的伙食，其他时候就吃远隔万里的亲人邮来的干制食物。他们喝的基洛连供应的瓶装水。队员们每两周跟家里通一次电话，他们的妻子和母亲每天关注着五团三营的消息，电话里听到他们的声音都哭得稀里哗啦，而他们说自己很安全，只问自己的球队有没有赢。

他们从厚实的土墙中凿出一些洞穴，每个洞穴住三到五名队员，一个班分住在三到四个洞穴里。这些洞穴就是他们的豪华套房。洞穴装饰风格怪异，配有折叠床，堆满了家里邮来的小物件和三年级小学生寄来的慰问信。沙漠地带温差很大，虽然已是十一月份，白天还是很暖和，但太阳落山后，气温骤降，冷得像个冰窖。三班睡觉时会用羊毛毯把全身裹得严严实实钻进睡袋，狙击手们则在洞穴里安装了烧柴火的暖炉，熬过严寒的夜晚。

桑金地区的村庄都有烘大饼的土炉子。莱尔德的狙击分队研究了土炉子的构造，便回到洞穴里和起泥巴，再加一些稻草和细沙，让泥土更黏稠一些。从早忙到晚，终于搭建起一个小土炉子，还砌了方形的烟囱，用来通风。他们往炉子塞几根细干柴，生起火，脸上全是得意的神情，然后就那么一边看着自己的作品，一边享用晚餐。

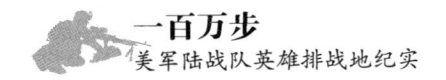

一名队员说:"我们来看看烟囱漏不漏烟。"

大家不知道他葫芦里卖的什么药,只见他抽出别在腰上的烟雾弹,拔掉弹栓,扔进了土炉子。只听"噗"的一声,烟雾弹把还未干透的土炉子炸开了花,一时间洞穴内弥漫着烟雾弹散发出的红色烟雾。

夜晚,各班的队员们都围坐在火堆旁,一边吃着手里的食物,一边谈论退敌之策。每天完成任务后,大兵们便卸掉一身沉重装备,换上自己喜欢的便服。基地配备一台小型发电机,不仅可以给对讲机充电,还可以给大家消遣的 iPod 和笔记本电脑充电。晚饭后,他们放起喧闹的摇滚乐,在火堆间串来串去。阿巴特老是哼着他那句"时间到了,你就会死去;我等着那天的到来"。结果大兵们见面打招呼就说"我等着那天的到来"。加西亚和卡蒂亚不和他们胡闹,就睡在院子最里面,紧挨着无线电收发室,落得个清净。

陆战队员们对自己原始的生存环境感到自豪,他们不缺饮用水,也不缺食物,他们不需要像军士长和卫戍部队那样为各种杂事忙得团团转,只需要一门心思打仗。

狙击手们会在外墙上记录歼敌人数。他们在坚硬的泥墙上刻下圣乔治十字,然后在十字旁边画上一连串线条小人,代表被歼灭的敌人,小人的数量每天都会增加。有时,狙击手会在火堆旁跟大家绘声绘色地描述他们的歼敌故事;有时,他们又觉得这是稀松平常的事情,不去多谈,就像猎人猎杀了一只郊狼只是把狼皮挂在墙上而已。

陆战队员们经常谈论敌人中弹后的反应,时而哈哈大笑,时而拍手称奇。在好莱坞电影中,一颗子弹会把人打飞。但实际上,一颗二十八克重的子弹不可能让一个体重近七十公斤的人双脚离地飞出去。即使是用勃朗宁 M2 重机枪近距离射击,也只会让人退后几步。

敌人在中弹后,有的会先凝固几秒,等到大脑接收到身体传来的剧烈疼痛之后才轰然倒下。子弹以每小时 1600 公里的速度飞来,产生震荡性

第四章　良将涌现

冲击，形成的瞬时压力波传递给大脑，使其关闭所有的神经末梢，这时被击中的敌人就像泄了气的皮球，迅速萎缩，轰然倒下。通常情况下，敌人在被击中后，由于肾上腺素会持续升高，他会继续奔跑，直到消失在视线中，最终因失血过多晕倒。还有一些敌人被击中后，会像患了癫痫一样在原地不断抽搐。

阿巴特将一块木板钉在洞穴的墙上，并在木板上写上他总结的"战争规则"：

1. 许多年轻战士战死沙场；
2. 第一条规则不会改变；
3. 总有人首当其冲（必死无疑）；
4. 没什么比战友更重要，应竭尽全力保护战友；
5. 冲进枪林弹雨，与敌人拼命，直到自己流完最后一滴血……而且雄赳赳、气昂昂。

阿巴特的战争规则让我想起陆战队五团三营的士兵，2004年费卢杰战役之后，他们在一座桥上刻下这样一行字："谨以此战告慰在此惨遭杀害的美国人。"这两件事所表达的情感都一样：竭尽全力保护战友。我们都视死如归，更重要的，是死得其所。

第五章　巅峰对决

11月3号,乔丹·莱尔德下士趴在屋顶上观测塔利班的风吹草动,在他北面,队员们正通过P8Q巡逻区,向赫尔曼德河开进。塔利班通常在离河对岸很远的地方扎营,他们乘木筏过河时,就混在平民中。这一天,有三名敌人竟一反常态,手持AK-47,明目张胆地跳上一艘木筏。莱尔德连续击毙其中两人,另一名敌人慌忙跳进齐腰深的河中,快速扑腾着游进水草中躲了起来。

在狙击手的掩护下,埃斯奎贝尔、迪克洛夫、托曼分别带领自己班的战士们深入敌控区。同时,无线电截获的消息表明,"烈火"巡逻基地是塔利班的重点袭击对象。这场战事开始之后,当地农民纷纷撤离。——脑子正常的人都会这么做。"烈火"巡逻基地以北和以西一带都是鬼镇,但一些家庭仍然住在那里的房舍中。那里曾经被高机动炮兵火箭系统摧毁,因此那里的房舍又被称为"废墟堆"。不过,大部分农民会和亲戚一起,沿着611公路再次冒险进入绿色地带——只是为了照料庄稼,看到陆战

第五章 巅峰对决

队员巡逻时就快速溜走。

除了每日的例行任务，陆战队规定每天派两个班进行巡逻，另一个班回到"烈火"基地随时待命。每个巡逻队都以突击队的方式排成一列纵队，尖兵在确定路途安全之后，会丢下瓶盖给其他队员指路，队伍的最后一名士兵将瓶盖全部捡起，以此方式向前推进。工兵走在队伍最前面，用探测器检查路上是否埋了爆炸装置。虽然肉眼看出的简易爆炸装置比"瓦伦"检测到的还要多，但是"瓦伦"自有用武之地。有时它检测到的只是手电电池，但无论如何，这表明联军在技术上有绝对的优势。

但实际情况并不完全如此。国防部长盖茨曾说服思想僵化的国防部官员，给陆战队装备了防地雷反伏击装甲车，对此他很是骄傲。这种装甲车每辆耗资五十万美元，在伊拉克的公路上，拯救了很多联军士兵的生命。

但在绿色地带，美军的技术优势并没有发挥同等威力。五百美元的"瓦伦"探测器给士兵的帮助，还不如同样低价的无线电通讯设备给敌军的帮助大。一旦巡逻队伍离开"烈火"巡逻基地，无线电设备就会吱吱乱响。塔利班的侦察兵敢明目张胆地潜伏在农田边缘，因为他知道只要不暴露无线电设备就不会有性命危险。塔利班常用的伎俩，往往是先开几枪，诱使陆战队员径直往前攻击，进入一个布满简易爆炸装置的雷区。如果有一名陆战队员踩到地雷，其他队员会过去救助，潜伏在边缘的塔利班就会趁机慢慢靠近他们。

三排也研究出一套标准的反击办法。塔利班那边一开枪，巡逻队的机枪组就会对可疑区域一阵扫射，但往往都打不中敌人，甚至完全打错了方向。这样做只是为了扰乱视听，班长则趁机确定自己的方位，引导陆战队员瞄准方向，并向"烈火"基地发报，请求提供迫击炮火力支援，或派出快速反应部队增援。

如果塔利班只有寥寥几个人，他们放几枪就迅速撤走。但如果拥有四个或更多的人手，他们会埋伏在原地，直到听到陆战队的子弹擦过头顶才

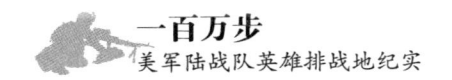

一百万步
美军陆战队英雄排战地纪实

肯撤退。陆战队会向前推进，塔利班就紧跟在他们侧翼。巡逻队穿过一些树篱或是矮树丛时，狙击手就会卧倒潜伏，展开狙击枪的两脚架，瞄准附近的区域，等着敌人跑进自己的瞄准镜。三周下来，敌人学聪明了，变得越来越难发现。即使发现了，都是在三五百米开外，而且只能看到个人影，不消三五秒又从瞄准镜中消失了。现在，塔利班铆足了劲冲过树林的空地，狙击手大概会有一次射击的机会。然而很少有狙击手能打中快速跑动的目标，并一击致命。

塔利班的准头一贯不行，但不是没有例外。在一次例行巡逻中，狙击手约翰·D. 布朗宁中士和莱尔德下士爬到屋顶上去探查附近情况。就在布朗宁刚举起望远镜的刹那，耳边传来"啪"的一声巨响，他扭头一看，身后一截树枝应声断落。布朗宁赶紧卧倒，一动不敢动，等着怦怦跳不停的心平复下来。他心里想，那个狙击手的瞄准高度恰到好处，只是风力修正量偏了一个刻度。

塔利班方面要想干扰陆战队在绿色地带的巡逻行动，派出严肃守纪的狙击手往往最有效。但这个狙击手却没有再次出击。至于他是阵亡了，升迁了，还是换了其他安全一点的职业，无从得知。

进入交战区域，加西亚往往会先派两支巡逻队，从不同方向围住塔利班武装分子，这样可以用迫击炮轰击他们，或者迫使他们离开藏身地点，往空旷的地方跑。陆战队员全是神射手。但是和阿巴特的狙击分队不同，他们并没有像一般狙击手一样，为了练习移动靶射击而消耗成千上万颗子弹。每五次火拼，会有四次战况十分激烈，像划一根火柴丢进一箱烟花爆竹里，双方都枪声大作，但却没有战果。在第三周快结束时，陆战队和塔利班打得胶着在一起，都决心争个你死我活。双方都在适应对方打法，但是到底哪一方占据心理优势，却看不分明。

11月4号早上，三排听到一阵阵巨大的轰隆声，仿佛一场看不见的雷暴突然降临。陆战队十二团三营负责守卫卡贾基水坝。数周以来，在巨

第五章　巅峰对决

大的混凝土水坝上值勤的陆战队员一直用高倍望远镜观察塔利班的动向。这段时间，塔利班有条不紊地往民居里储藏武器军火。陆战队一遍又一遍地核实了每个仓储点的坐标，以及附近敌人和百姓的动向。

这些情报都传给了"硬汉"丹·希普利中校。他统领着拥有十二架F-18大黄蜂战斗机的"红魔"飞行中队。当十二团三营通知他百姓已撤离那片区域，他当即下令出击。于是七架大黄蜂战斗机携带着七吨激光制导炸弹出发了。

然而，这场空袭带来的喜悦很快被当天下午的一起悲剧冲刷殆尽。一名身着阿富汗士兵制服的塔利班分子混进军营，枪杀了五团三营总部的两名陆战队士兵。其中一位是来自科罗拉多州丹佛市的布兰登·皮尔森准下士，他年仅二十一岁，生前热爱户外活动。另一位叫马修·勃姆，也是一名准下士，二十二岁，他身后留下正值芳龄十八的妻子利安娜。

利安娜说："他现在与上帝同在了，他永远是我的丈夫。"

行刺者逃脱了，塔利班欢欣鼓舞。此事之后，海军陆战队上下对阿富汗士兵的信任产生了动摇。刚来这儿仅仅三个星期，五团三营就开始对本该视为兄弟的阿富汗士兵硬起了心肠。在巡逻中，有些阿富汗士兵几乎毫无作为。他们不会说普什图语，通常枪法平平。但他们的存在确实让高级军官有理由称阿美在"联合作战"，最终，安保任务还是要由阿富汗军队接管。

但三排并不是在训练这些士兵。尽管大多数士兵心甘情愿地跟随陆战队员，但没人知道他们学到了哪些可以独立施展的战术或技巧。他们不会看地图，没有迫击炮，没有空军支援，一旦美军撤离，他们也没打算冒着生命危险到绿色地带巡逻。

"我们没人相信他们。"布朗宁中士说，"我们始终枪不离手，子弹上膛。"

莫里斯中校和约翰逊上尉的阿富汗搭档们都非常卖力，但大多数民兵

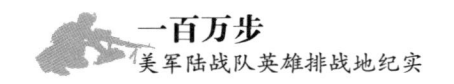

来自阿富汗北部地区，只会说达利语，很不受当地人欢迎。三排包容他们，但通常把他们当空气。

更糟糕的是，阿富汗官员把"烈火"巡逻基地视为惩罚阿富汗士兵的流放地，看谁不顺眼就把他派过去，只因"烈火"基地位置偏僻，一直遭到塔利班的围攻。在这些被遣送的阿军中有个普图什族中尉。每次联军呼叫迫击炮和空中支援时，他都怒气冲冲。陆战队让他亲自率领自己的手下去巡逻，但不提供任何火力支援，他拒绝了。随后，他被"烈火"基地开除。渐渐地，三排对阿富汗士兵越来越冷淡。通常，一个巡逻队里只安排两三名阿富汗士兵，也就这样了。

埃斯奎贝尔中士心智十分成熟，对不幸流放到"烈火"巡逻基地的阿富汗民兵深表同情。

他说："如果你对某个人不抱什么期望，那你肯定不会在他那儿得到什么惊喜。"

大约五十年前，我在越南参军时，被分到一个由十二名海军陆战队队员和二十四名越南农民组成的"联合行动排"。我们驻扎在一个有五千人口的村庄，住在一个破烂不堪的碉堡里。起初三个月，当地的游击队员每晚都来袭扰我们，他们怒不可遏，认为我们吃了豹子胆，居然敢占据他们的地盘。为了生存，我们不得不与我们的农民战友和谐相处，还给他们提供作战培训。这支农民队伍叫作"义军"，他们和我们并肩作战。渐渐地，当地村民不仅接受了我们，还很喜欢我们。

我们一个海军陆战师有三百个步枪班，其中一百一十八个班都被独立分配到了越南各个村庄。海军陆战队想把这种策略应用到阿富汗，但没有成功。因为在越南，我们和当地人是紧密融合的。同一个班与同一个当地兵团共同驻扎在一个村庄，长达一年没有变动。然而，在阿富汗，哨所是共同驻防的，但不是两军同时驻防。阿富汗军队和陆战队轮流搬进来，几个月后离开，如此循环。

阿富汗当地人起二心的可能性很大，美军没有哪个班敢在当地民房住满一年。美军有好几个营建立了哨所，由陆战队和阿富汗分队共同驻扎。美国陆军特种部队也帮助设立了逾百个警察站点，但没有美国士兵驻守。这些努力取得的成效参差不齐。放眼整个阿富汗，仇外、恐外的部落族人和疑心重重的毛拉多达数百万，因此，这些努力的收效微不足道。

美军徒步在绿色地带巡逻时，间接火力支援和急救直升机随叫随到。阿富汗士兵没有这样的火力和救援工具，只能留在固定的哨所，守护交通要道。美军高层把阿富汗士兵安置在美军哨所，美其名曰"联军"，似乎是对双方都有利，实则不然。美军指挥层声称这项策略能使阿富汗军队日渐成熟，成为一支可靠、可独当一面的战队。虽然每天观察美军的作战行程有助于阿军的成长，但最后结果还是一样：美军依然是实战者，阿军依然是旁观者。

第25天：十五万步

P8Q巡逻区是桑金最危险的区域。横亘在眼前的运河迫使陆战队员穿越一条长长的峡谷，而对于塔利班而言，这条峡谷视界开阔，火力可以延伸得很远，是理想的伏击地点。在接下来的六个月里，这个鬼地方将是陆战队员面临的一道难关。

11月6号，布朗宁中士和另外两名狙击手随巡逻队小心翼翼地蹚过P8Q区外围一条很深的运河。布朗宁处于高度戒备状态，他不停地扫视着四周的地形，掩护部队行动。但是他没有看见敌人的机枪手正埋伏在灌木丛中。一阵枪声过后，一名队员永远地倒下了。他叫兰迪·布拉格斯，是一名准下士，年仅二十一岁，来自亚利桑那州谢拉维斯塔，父母都服过兵役，弟弟也在阿富汗为美国空军效力。

连队指挥中心的空军上尉"钢丝"比尔兹利派来两架F-18大黄蜂

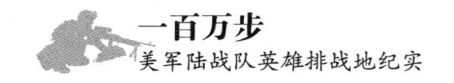

战斗机，对 P8Q 区一片可能藏匿敌军的树林一番空袭，在投放了四枚二百三十公斤重的炸弹后，敌方的火力哑掉了。其中一颗炸弹触发了埋在农舍里的简易爆炸装置，引起了一连串的二次爆炸。

第二天，陆战队员们又回到此地巡逻，他们个个怒火中烧。这一次一班打死了一名塔利班分子，当时他一边注视着巡逻队员的动静，一边用对讲机通话。另外两名塔利班利用羊群做掩护，拖走了尸体。

在下一次去 P8Q 区巡逻时，一只倒霉的山羊成了陆战队员的出气筒。当时一班正在离河不远的地方向北行进，一名塔利班士兵手握 AK-47 突击步枪在农舍之间逃窜，察猜·雄准下士开枪击中了他。"因克曼"前沿据点的电子情报拦截小组提醒巡逻队员，塔利班正在不同的农舍用对讲机通话。刚一收到通知，巡逻队员便三面受敌，两名塔利班趁此机会转移了中枪的同伴。

雄当时正趴在地上向塔利班开火，突然听见一声响鼻，他仰起头，发现自己竟与一只山羊四目相对。二十岁的雄来自圣保罗，曾经计划着设计电脑游戏。但此情此景即便是出现在电脑游戏中，也会让人感到怪诞无比。敌人的子弹还在不断掠过，雄拉住山羊的缰绳让它趴在自己身旁。战斗结束后，巡逻队员起身返回"烈火"基地，这只羊就跟在他们身后。队员们怎么也甩不掉这家伙，就算往它身上扔石子也无济于事。一个多小时后，人和羊一同回到了基地。此时队员们已经为它起好了名字，叫斯泰西。

"我告诉队员们，不要给任何你可能杀死的生命起名字。"埃斯奎贝尔说，"但是他们不以为然。"

当天晚上，大家就把斯泰西给吃了。

在十一月的第一个周末，有两个班的陆战队预备役军人抵达"烈火"基地。虽然这些预备役没有为执行桑金地区的任务而受过训练，但是他们积极向加西亚请缨。加西亚把他们安排到了巡逻队中。后来，约翰逊上尉发现了此事。

第五章　巅峰对决

"我们不能在这里训练他们。让他们去巡逻，他们迟早都会丧命。这支部队在伊拉克损失惨重，我们不能让悲剧在这里重演。"约翰逊对加西亚说。

于是，这些预备役军人便担负起了站岗放哨的任务。与巡逻相比，这一任务相对安全，但三排的士兵并没有因此而忿忿不平。连续六周以来，他们每晚只睡五个小时，白天不是出去巡逻、站岗放哨，就是清理基地周围的灌木丛。现在有了这些预备役新兵，他们每天的工作就是巡逻，吃饭，还能一觉睡足八个小时！对于这些陆战队员来说，这简直就是天堂般的生活了。

除了"烈火"基地外，队员们再没有别的地方可去；除了彼此，他们再没有其他人可以交谈。不论一天过得多么糟糕，不论哪位负伤的战友被抬上直升机，回到基地后，他们能做的只是冲洗掉沾在身上的鲜血，把湿透的军装丢在一边，相互之间寻求慰藉。夜幕降临后，那些喜欢离群索居、性格内向或渴望清静的人会受不了基地的生活。大家的音乐品味也许各不相同，但在我访问"烈火"基地的那些夜晚，并没有发现这一点。他们给几台破声的扩音器充满电，连上iPod播放器，放上几首刺耳的重金属音乐，其内涵与境界只有二十五岁以下的人才懂。

在2004年的费卢杰战役期间，陆战队员们为了灭敌军士气，长自己威风，故意架起了大扩音喇叭播放令人振奋的音乐。其中就有AC/DC的《地狱钟鸣》："雷滚滚，雨狂打，一阵飓风我奔来。我一挥手，雷电闪。年纪轻又怎样，马上见阎王。不要囚徒只索命，你们一个别想逃。"

这首歌唱出了三排的心声。他们现在没有妞泡，没有男欢女爱，没啤酒喝，没酒吧逛，没车开，没麦当劳吃，举目无亲；什么假期、运动、电视、大学生活、正经工作，这里统统没有，他们完全与世隔绝。大家都是晚上乐和一番，天亮后起床杀敌。排里最残酷的惩罚，莫过于精神上感觉被放逐，觉得别人都不待见自己。各班里有什么矛盾，加西亚从不插手。

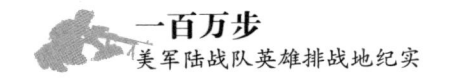

要是班长给谁分了额外的任务，那也是那个班的内部事务。事情再糟糕，都还有排副卡蒂亚中士担着。

11月9号那天，在"烈火"基地往南1.6公里的地方，利马连的罗伯特·凯利踩到地雷，光荣牺牲。他2003年应征入伍，这是他第三次出征作战。罗伯特的父亲约翰·凯利是海军陆战队中将，在听到儿子牺牲的消息后说："我们陆战队有这么一句话，美国海军陆战队既是最忠诚的朋友，也是最凶猛的敌人。我们当然盼着与对方成为朋友，但我们也时刻做好了血战到底的准备。如果他们不想活，我们就成全他们。地狱无门他们偏要闯，那我们陆战队就送他们一程。"

中将的这番话传遍了五团三营。

托曼中士说："凯利中将的这番话被打印了出来，每个班都拿到了一份。这番话影响很大，不叫他们也尝尝疼是什么滋味，我们就不离开桑金。"

与迪克洛夫中士想得一样。他说："打到现在，我们什么都押上了。这片地，我们要拿回来。那些伤了我们弟兄的人都别想好过。我们要报仇。"

11月10号是海军陆战队二百三十五岁生日，五团三营又失去了一名战士，他是来自芝加哥的詹姆斯·斯塔克准下士。他头部中弹身亡，年仅二十岁，身后留下了妻子和一岁大的女儿。斯塔克是2008年美国少年奥林匹克运动会气手枪的冠军，他曾在信中对父亲写道："昨天，还和朋友们开玩笑、找乐子，今天人就没了。论打枪，没人比得过我。别担心，我很快就能回家了。"

短短一个月，五团三营十五死，逾七十伤，四十人因伤截肢。英国《星期日泰晤士报》登了一篇报道，题为"浴血桑金，美军受挫"。美军在桑金的伤亡率创造了阿富汗战争史无前例的纪录，而这一纪录是无法超越的。

在美国，官兵家属和民众都十分震惊。每晚，国防部长盖茨都在签一封又一封的吊唁信。在公开场合，他从不表露失去将士的心痛，但晚间新闻的画面却抓拍到了他脸上的深沉哀痛。盖茨为人正直，关心他人，五团

第五章　巅峰对决

三营所蒙受的损失深深地触动了他。陆战队每取得一个小小的、甚至可能是暂时的战果，都要以如此惨重的伤亡为代价，这实在让人难以接受。陆军在阿富汗东部克拉高谷遭受惨重损失后，就选择了撤离。盖茨也在考虑让陆战队撤离桑金。

海军陆战队司令詹姆斯·阿莫斯上将严词拒绝。

他在接受美国公共广播电台采访时说道："这不是我们的做派。要是撤退，撑着五团三营的那股儿气就没了。"

最后，盖茨部长妥协了。后来回想起来，盖茨这样写道："我一直觉得……要是真让他们撤离桑金，我就犯了在这个位子上最大的错误。这些战士们伤亡惨重，但即便如此，他们还是做到了其他部队都没能做到的事，他们很骄傲，他们也理应感到骄傲。"

不过，美国驻阿富汗海军陆战队总司令理查德·米尔斯认为，五团三营所蒙受的损失是不容置喙的，他说："依我看，与在二战、朝鲜战争、越战以及在其他任一历史时期作战的海军陆战队相比，五团三营所肩负的任务是最艰巨的。"

三排知道这次任务艰巨，也清楚自己胜算不高。一天，外面下着蒙蒙细雨，五十一名陆战队员全部都在"烈火"巡逻基地避雨，当中有狙击手、各班成员以及迫击炮分队的队员。我给他们每人分发了一份详细的问卷，于是他们用了几个小时填写了自己的答案。

其中一个问题是这样的：如果你能从头再来一次，你还会怎么选择？几乎所有人的回答都是：我还会来这里。他们希望远在美国的同胞可以理解他们在战场上付出了多少努力、做出了多少牺牲。为此，他们希望获得比后方部队更高的认可。这是自亚历山大大帝时代以来所有步兵的共同心愿。

大部分陆战队员认为普什图人不可信，因为他们要么与塔利班结成盟友，要么对塔利班忌惮不已。每当陆战队巡逻到一个地方，只要附近有塔

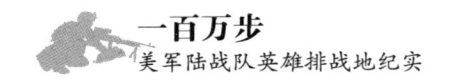

一百万步
美军陆战队英雄排战地纪实

利班战士，村子里的妇女和儿童就会纷纷跑开，因为他们知道，陆战队一定会对塔利班发起猛烈的反击。而对于陆战队来说，只要村民们拖家带口匆忙撤离，十之八九可以判断附近有埋伏。另外，一旦塔利班撤走，距离"烈火"巡逻基地较近的农田就有大量人口涌入，到处可以看到奶牛、羊群和驴子。在哨兵塔的瞭望范围内，陆战队员们可以循着牲畜的足迹走，不会有踩到简易爆炸装置的危险。

三排平均每天发现一颗简易爆炸装置，每周与塔利班交火四次。村民不给他们提供情报，因此，陆战队也不会理会他们的战争损害赔偿要求。碰到那些为此抱怨不休的人，队员们让他们直接去找地方行政长官，接着继续行军。在从一所民居到另一所民居的行军过程中，偶尔也会遇到真心欢迎他们的村民家庭；其他人则是怒目相视，并且拒绝提供任何帮助。

三排认为，塔利班士兵比阿富汗士兵善战一些，但水平并没高出多少。队员们没把塔利班看成是像基地组织一样一心攻击美国的恐怖分子，因为他们明白，阿富汗人是在为阿富汗的明天而战，而非毁灭美国。但他们认为驻守"烈火"巡逻基地、每天执行作战任务，都是为了保卫祖国，这是一项光荣而伟大的事业。

米尔斯少将说过："虽然现在我们很少用歼敌数目的多少来衡量战果，但我还是要说，尽管五团三营人员伤亡惨重，但敌方的损失是我们的十倍！"

米尔斯少将是如此直言不讳，有违"仁义反叛乱"的精神。陆战队形而上学的任务是对普什图部落进行劝说，而非歼灭敌人。阿富汗战场最高指挥官麦克里斯特尔上将（任期至2010年年中）曾订立了一条严格的规定。

他这样写道："我要取消可能会鼓励指挥官及士兵将歼灭叛乱者作为首要目标的一切奖赏。"

麦克里斯特尔上将曾任特种作战部队的长官，该部队的任务就是歼敌。

现在，作为阿富汗战场的总指挥，他进行了任务分工：占总兵力 7% 的特种作战部队负责歼敌；其余 93% 常规军的任务则是避免杀戮。

著名史学家维克多·戴维斯·汉森曾这样写道："杀戮尽管令人悲伤，但它是战争史的主旋律，以其他任何方式谈论战争都会带有一些不道德的意味。如果军事史学家试图在战争纪实文学作品中采用委婉陈述，或是略去真实的杀戮场面，那无异于刑事犯罪。"

然而在阿富汗战场上，上级直接命令：战争纪实作品中不得谈论杀戮。

"任何部队都不得报道歼灭叛乱分子的任何情节。"这是麦克里斯特尔上将的指令。

特种作战部队小分队可以因歼灭塔利班头目而受到嘉奖，常规军的待遇则恰恰相反。有人提议，应该为那些在人口密集区域不向敌人开火反击的士兵颁发"英勇克制"奖章，就连麦克里斯特尔上将竟然也对此表示支持。

2010 年夏，戴维·彼得雷乌斯接替麦克里斯特尔上将，成为阿富汗战场的最高指挥官。他一直和许多官兵保持非正式联系，发现他们对限制令怨声载道。为了解决这个问题，他低调地传话给各指挥官，暗示他们对于麦克里斯特尔的"战术指令"无须全盘照做。他这样处理既不用撤销先前的指令，去得罪自己的前任，同时又可以向士兵们传递一种信号，即他不会强制执行限制令。

三排是幸运的，因为他们拥有强有力的指挥官。肯尼迪上校和莫里斯中校为他们提供支援，加西亚中尉指挥得当，从未受到过上级的训斥警告。什么时候射击、什么时候按兵不动，都由巡逻队自行判断。各班班长非常成熟，都有战斗经验，家里有妻子、孩子等着他们回家团聚。他们不是牧场上的牛仔，他们是战场上主动冲锋陷阵的战士，但谁都不希望把战友的残肢断臂装进尸袋。

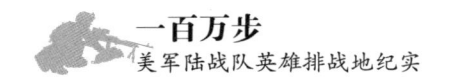

一百万步
美军陆战队英雄排战地纪实

第 33 天：十九万八千步

在 Q1C 巡逻区巡逻时，一班选了一条保险的路线，披荆斩棘近两小时后，到达一座清真寺。在这座小小的清真寺内，阿富汗士兵找到了两把铁锹、三枚照明弹、六枚迫击炮弹、两个对讲机电池充电器、一公斤阿片焦油、一小袋蓝锌粉、一些电线、AK-47 突击步枪的清洁布，还有几小瓶兽药。在他们搜寻的时候，一名男子骑着摩托车突然出现，观察他们几分钟后又驱车离开。一小时后，巡逻队正打算离开，他再次出现。阿富汗士兵便冲他大喊，让他过来，他又急忙驱车离开。

一名陆战队员朝他开了枪，只见他从车上一跃而下，消失在灌木丛中。巡逻队立刻上前追赶，冲进了附近的一个大院里，在那里发现了一些血迹。主人拖出来一只刚宰割的绵羊，说他日落的时候就锁上了大门，一直在忙自己的事。他还说他很穷，陆战队应该给他一些钱。

至于他知道什么，他不肯透露半句。陆战队的官兵不是侦探，翻译官洛奇也没有受过任何审讯的训练。阿富汗士兵认定他在说谎，他们想要打到他开口为止。队员们不同意，可把这个人带回去又没有任何意义，因为地方长官一定会放了他。由于没有更好的办法，陆战队只好离开了这座大院。这样的事不足为奇。除非有足够的物证证据，否则陆战队不能拘捕他。

第 34 天：二十万四千步

11 月 15 号，一班的克雷·库克准下士射杀了一个正在用对讲机通话的男子。由于死者不是本地人，几个农民把他的尸体抬到了"烈火"巡逻基地，想让那些阿富汗士兵去掩埋。阿富汗士兵对他们奚落讥讽一番之后，嚷嚷着让他们滚开。于是这些农民又往回走了一小段路，找个地方刨了个坑，草草掩埋，然后在坟头插了一根木杆，在上面系了一片布条。最后又

第五章　巅峰对决

回到了自己的农田。

第36天：二十一万六千步

托曼正带领三班穿越P8S巡逻区，这里的几处民宅已被陆战队的火炮炸得稀巴烂。尽管如此，还是有几户人家留在废墟里艰难度日。他们都是穷人，离开这里便没有了安身之地。有个农民呆滞地站在路边，朝巡逻队伸出一只手。托曼拿出一张防水纸，在上面潦草地写下一句话，表示此人应获得赔偿金。写完之后，翻译史蒂夫指示农夫拿着这张便条去找地方长官。

在另一个农场，一些妇女、孩子蜷缩在角落里。这些孩子的父亲被炸死了；一周前他们遭遇了轰炸，因此担心陆战队此次前来是想要他们的命。托曼又写了一张便条，他们可凭此获得被炸毁的十四棵石榴树的赔偿金。陆战队员们在孩子身旁发现了两节用塑料包裹的汽车电池，上面已经连好电线，于是当即没收，丢进了运河，但没有收回那张开好的便条。

陆战队员们心里清楚，这些人的处境是何等悲惨。

三排十一月中旬的战地手记中有一条这样写道："二十三号建筑，一家人走出来，一个男子、几个小孩，还有老妇人。给他们拍了照。老妇人自称是男子的母亲，丈夫几个月前被打死。对我们的到来，老妇人表现出不满。当地所有居民都说害怕我们会杀了他们。十八号建筑的一名寡妇带着几个小孩子，说十天前家里的房屋被炸毁，孩子的父亲也被炸死，迫于无奈她才带着几个孩子搬到此地。"陆战队员们对这些农民的态度非敌非友。士兵们只负责打仗，管不了这些人的死活。他们的窘迫有目共睹，大多数人还会向陆战队乞讨。暴力袭击无处不在，表面上又风平浪静。士兵们随时随地都要面临被炸飞的危险，但却不能责怪这些人对陆战队保持沉默或是恐惧。士兵们会给孩子发糖果。假如有村民冲他们微笑，他们也咧

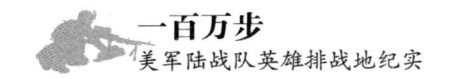

嘴笑笑。要是村民没好脸色，他们就径直走过。

五团三营的情报官蒂姆·洛加尔斯基上尉对阿富汗人的效忠宣誓深感怀疑。在陆战队入驻之前，阿富汗的政府官员、部落酋长、商人、毒贩、毛拉、塔利班、农民已经和英军打了四年交道，练就了一套巧舌如簧的本领。他们口中任何归顺的承诺或誓言都不可信以为真。

"想要确认敌人的数量是不可能的。"洛加尔斯基说，"塔利班甚至没办法组织足够的战斗人员去袭击陆战队的一个排。但是在监控屏幕上，我看到战场附近的村落全体出动转移了敌军的伤亡人员，拿走了武器。我无法辨别平民和塔利班人员。"

对洛加尔斯基而言，真正有用的情报是线人提供的和电台截获的军事目标情报。在过去的一个月里，目标代号为"怀特"的敌人已经消灭。患有精神疾病的"布莱克"杀死了自己的父亲。"卡萨迪"是阿里克扎伊部落的叛徒，想要刺杀大酋长们。"温德拉"是地下政府的头领，去年夏天抓获了三名酋长。为了报复，阿里克扎伊部落绑架了"温德拉"，之后释放了他，换回了被抓的三名酋长。所以这个月的最新进展是，已经除掉一名敌军头领，还剩下三名（当然如果没有其他人来顶替，另当别论）。

第 38 天：二十二万八千步

轻机枪手兰兹内斯特为一支巡逻队断后时，看到一个老人走出了自家的大院，身后跟着几个男孩。等巡逻队走过后，老人向男孩们打手势，男孩们就快速跑到农田里，一边前后呼喊着，一边在地面上找来找去。这时一个男孩指着巡逻队跨越灌溉渠时留下的痕迹大声呼叫，老人拿起了一把铁锹走了过去。兰兹内斯特在隔着他们几百米的地方，从望远瞄准镜中看到了整个过程。

"迪克洛夫中士。"兰兹内斯特通过麦克风说，"那个农民看起来很可疑。他正在我们回程的路上挖坑来埋地雷。"

"把他干掉。"

几名陆战队员开了枪，农民中弹倒地，男孩们见状跑回了大院里。巡逻队继续巡逻。

"我们在美国受过良好的反叛乱训练。"兰兹内斯特说，"我们学习了如何去帮助平民。但是这些训练在'烈火'巡逻基地没有用。农民并不欢迎我们外国人。但是我们有一个很棒的口译员史蒂夫。当阿富汗士兵不服从命令的时候，他会帮我们教训他们。当战场上情况有变时，他会提醒我们。他也会和农民争执。"

美军的每一个排都有一个像史蒂夫这样敏捷且果断的阿富汗青年。他们通过看电视剧自学英语，与军事任务承包商签合同，之后作为一名初级译员被送往低等兵兵营。在之后的几个月或是几年的时间里，他们和美国低等兵同吃同睡，一起战斗，并且拼命提高自己的蹩脚英语。耳濡目染之下，这些"史蒂夫"像所有的美国低等兵一样，熟练地骂出各种粗言秽语。他们的思考方式，甚至走路的姿态都和美国低等兵一样，他们瞧不起阿富汗人，连做梦都想要拿到美国绿卡。如果没有史蒂夫，三排在阿富汗就成了聋子和哑巴。有了史蒂夫，至少有个人能对着缴获的对讲机朝塔利班喊话。

第 39 天：二十三万四千步

11 月 20 号上午九十点的样子，三班正在 P8Q 巡逻区巡逻，这里依然危险重重。尖兵卡洛斯·加西亚准下士踩中了一颗地雷，被炸掉了双腿。准下士凯尔·道尔和其他人顾不上周围的危险，冲向前帮他系上止血带。二十一岁的道尔来自加利福尼亚，他是因为向往陆战队的兄弟情义而加入陆战队的。所以看到亲密战友受伤倒下了，他不能置之不理。

"在我们带着卡洛斯撤离的时候,他在祈祷。"道尔说,"那个时候我感觉时间过得很快,又过得很慢。"

这位极受欢迎的工兵被抬回"烈火"基地接受治疗,截去双腿后被送到了后方。

二班回到 P8Q 区继续巡逻,又发现了一个简易爆炸装置,还摧毁了一处硝酸铵的藏匿点。一名骑着电动车经过的男子停下来朝巡逻队开枪,然后逃跑了。接着巡逻队又发现了一个连接着电池的简易爆炸装置。"瓦伦"探测器第三次有所反应的时候,陆战队员们用刀去试探,最后挖出了一个戴着金属项圈的狗头。

"女妖"三号是一名为二班打掩护的狙击手,他看见一个人手持对讲机从民宅里探出头来。几分钟过后,他拿着一把铁锹再次出现,慌慌张张地挖了几锹,再看看陆战队员,就又缩回了大院。在他这样出现两次以后,"女妖"三号果断开枪,击中了他的胸口。在二班离开 P8Q 巡逻区之前,他们发现并摧毁了第三个简易爆炸装置。

在他们西边几百米处,三班队伍的尖兵戈斯准下士踩到了简易爆炸装置而受伤,随后被送回基地。

第40天:二十四万步

第二天,一班试图进行人口调查。要是塔利班都光明正大地穿军装作战,阿富汗战争不消几个月就能结束。然而,他们伪装成平民,毫无忌惮地在美军眼皮底下活动。在美国,基于计量生物学的追踪系统和数据库已标准化,警察任何时候拦下一辆车,都能立刻采用该技术进行检查。芝加哥警察便可以利用随身携带的手持式装置,通过无线电波发送指纹数据,并在几分钟后得到分析结果。

为了在桑金实现这样的做法,上级给三排发了一台砖块大小的电脑,

第五章 巅峰对决

名为 HIDE，并想要将被调查者的姓名、照片、虹膜特征、大拇指指纹、居住地址、所属部落及其居住在各个民宅里的家庭成员等信息录入该电脑。尽管这个想法不错，但是 HIDE 运行缓慢，设计不合理，再加上每个人的信息很多，每次录入一个人的数据都要花上 20 分钟。陆战队员们认为这种排查方式没什么用，因为每次 HIDE 都没有提供有用的反馈。更糟糕的是，在每所民宅里都要浪费一小时，这会让塔利班有机可乘，设置埋伏。

果不其然，一班在一处民宅耽搁了一会儿，一出来就遭到了来自东边树林里的扰乱性射击。陆战队员决定反击。在邻近的田野里，他们发现有三个小孩吓傻了似的站在两个成年人身旁。突然，林子里跑出来一个男人，躲到小孩子们的后面，拿他们当挡箭牌逃出田野。因此，陆战队员放弃了开枪还击。

通过高倍望远镜，"女妖"们早就看到过类似的情形。如果一个人走过在田间劳作的农民时会停下来跟他们握手，打招呼，那么他就不是当地人，而且当他变得紧张不安时，还会和农民靠得更近。勃朗宁曾看见有人骑着摩托车离开时，车头上放一个小孩，后座上放一个小孩。

一班继续往东北方向行进，他们穿过 P8S 区，看到体型如小马的绵羊在吃草。在这个区域，有的大院安装了滑拉铁门，客厅里摆放着黑白电视机。这里还住着塔利班地下政府的头目，屋里不是泥地，而是铺着木质地板，地板上覆盖着颜色鲜艳的波斯地毯。但是，每次陆战队上门找他时，他都不在家。

第 41 天：二十四万六千步

一班队员在三百米之外发现了两个拿着对讲机的人，他们还穿着别满了 AK-47 弹匣的胸挂。确定是武装分子后，队员们立即开枪射杀。虽然只有三百米，他们边走边扫雷，过了二十分钟，才来到那两具尸体跟前，

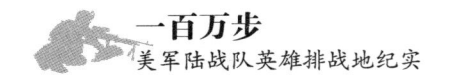

就在这段时间里，有人抢先一步偷走了对讲机和步枪，只留下一根收讯天线。塔利班很缺乏武器装备，所以任何废铜烂铁都不放过。

一班没有在这两具尸体上发现有价值的线索。有时候，加西亚注意到狙击手记录歼敌数量的墙上，多了一个线条小人，但是巡逻队通常并没有按照规定汇报搜查尸体的结果。他干脆假装不知道。他让各班长自行决定何时应冒着被地雷炸飞的危险上前搜查尸体，何时应继续行进。

那天晚些时候，加西亚跟随三班在"烈火"基地北部巡逻时，被敌军精准的火力所压制。加西亚要求用迫击炮还击，在两次快速校正后，直径六十毫米的炮弹飞向了偷袭者躲藏的民宅。墙上被炸出了一个洞，之后卡梅伦·德拉尼下士又在进入每个房间之前，向里面投一颗手雷以确保安全。但是敌军早已逃之夭夭。

二十岁的德拉尼下士来自得克萨斯州，早前他因积极的表现而得到提拔。他总是愿意冒险。他内心觉得，得克萨斯州是最具爱国情怀、最具自由精神的地方，得州人都非常勇敢、健壮和独立，并对上帝怀有敬畏之心，整个州也都受到上帝的保佑，更别提他们还有"美国国家队"之称的"达拉斯牛仔"橄榄球球队。他计划退役后回到家乡，做一名警察。

"我尊重生命。"他说，"但是总得有人扮演狠角色。"

陆战队日复一日地巡逻，就是为了把敌人找出来痛击一顿。塔利班用农舍作为火力掩护点。陆战队一个班通常要花十五分钟来确定敌人从哪间农舍向他们开火，再花十五分钟或者更长时间来设置火力反击点，并派携带探测器的尖兵带着一支队伍前去包抄。所以，在陆战队设置好火力点开始反击前，塔利班就已从后院逃脱。绝大多数农舍后院外都开挖了一条排粪渠，一直通向运河。这些排粪渠和灌溉系统正好能让塔利班躲过纵射火力，顺利逃脱。虽然双脚沾满粪便，但是总算活着逃了出来。

三排仍要依靠近距空中支援提供地面掩护。每个班首先要告诉"因克曼"据点自己的计划路线，当一个班巡逻至各检查站时，驻守在指挥中心

第五章　巅峰对决

的比尔兹利上尉就会在他的照相地图上放一个"与敌交火部队"的标志。一班在穿越 P8T 区途中遭到了来自 38 号建筑的攻击。塔利班在大院的墙上掏了一个射击孔，从里面向一班开火，而一班还击的子弹却被厚厚的墙壁弹开，毫无杀伤力。

比尔兹利联系了当日值勤的两架 F-18 战斗机。长机飞行员是来自陆战队 232 中队的斯科特·福斯特上尉，绰号"大块头"。

他通过机载视频设备查看了一下 P8T 区，"呼叫'浮木'，我是'创客'。下方看不到任何动静，什么都没有。"

大块头又让僚机飞行员克里斯·霍希上尉查看了一下情况，他也觉得一切正常。克里斯上尉是加拿大人，绰号"老鬼"。这么看来，塔利班和一班都躲在掩体下。

再来看看地面情况。乔·迈尔斯中士来自俄亥俄州，今年二十四岁，绰号"疯狗"，担任一班的前线观察员。不过，最后还是要由比尔兹利下令让飞机开火。迈尔斯是一个书迷，而且很会讲故事，读了许多诸如尤金·史赖吉的《老兵长存》这类书，于 2000 年加入了海军陆战队。他打算完成桑金的任务后，就去读大学。

迈尔斯通过无线电向"钢丝"汇报了目标建筑的编号（38 号）及该目标的卫星定位坐标，"钢丝"正在屏幕上观看来自 F-18 战斗机的画面。他给每个飞行员发出了指令，确保每架飞机上的瞄准装置都已对准 38 号建筑。"大块头"先驾驶飞机向 38 号建筑投了一枚二百三十公斤的炸弹。二十秒后，"老鬼"跟着投了一枚炸弹，炸弹在半空中爆炸。这是烈性炸药和白磷弹混合使用的战术，敌方的火力终于停歇。比尔兹利收到迈尔斯的消息后，向所有飞行员表达了谢意。一班返回"烈火"基地，飞行员也飞回了坎大哈空军基地。

比尔兹利将包括电视摄像机、数据信号向地传输及遥感勘测在内的一系列前沿技术和几十年前陆战队空军和陆军共同开发的一些普通程序结合起来，使得空中火力可以与地面部队配合作战，这种配合的精确程度绝无仅有。

回头来看医院。狙击手杰夫·西布利准下士的枪伤已经恢复得差不多，此时和汉弗莱斯中士待在一个病房里让他觉得很不好意思，因为这位来自五团三营的中士被截掉了一条腿。

西布利说："我们几周前开枪打伤的那个阿富汗人之前也在这间病房里，他本来应该被关到监狱里的。"

虽然西布利希望赶快回到"烈火"基地，但是由于他没有戴头盔，也没穿防弹衣，按规定不能上直升机。军需大楼的职员拒绝为他提供装备，于是西布利要求见高级士官。

"你是'悍匪猎人'？"负责此事的一级军士长询问道。每一名从狙击手学校毕业陆战队队员都会收到一枚挂在细链子上的子弹。西布利确实是名"悍匪猎人"。他点了点头，军士长转头对他的职员说："这位准下士想要什么，都拿给他。"

西布利乘飞机重返"烈火"基地。他带回了满满一箱子小刀、手套、靴子和模块式综合通讯头盔，就是特种部队突击队员戴的那种黑色的小头盔。

西布利说："圣诞节被我提前了。"

第六章　节日大礼

> "因此，我恳请每一位同胞……把这一天作为'感恩节'来庆祝，赞美我们的仁慈之父……这些慷慨赐予如此非比寻常，即使是向来对全能的上帝无动于衷的心也会被穿透软化。"
>
> ——亚伯拉罕·林肯总统，于 1863 年

第 43 天：二十五万八千步

11 月 24 号这天，一名伊斯兰毛拉来到"因克曼"据点，他抱怨说，位于 P8Q 区的一间清真寺门前被埋了饵雷。汤姆·舒曼中尉从一排召集了几名队员前去调查。由于基洛连七周内死伤达到 35 人，没有足够的人手去执行这种临时巡逻任务，于是，指挥部的军士长卡莱尔和贾森·皮托

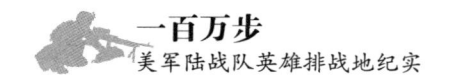

一百万步
美军陆战队英雄排战地纪实

中士自愿充当低等兵协助前往调查。卡莱尔天赋异禀，一身肌肉，男子汉气概十足，却放得下身段，任何差事都愿意亲力亲为。

巡逻队来到了清真寺，一名工兵拆除了门前一枚直径 82 毫米的迫击炮弹。他们生怕这里有更多的简易爆炸装置，就让一班带上更多的爆破炸药从"烈火"基地出发。舒曼爬到一栋建筑的屋顶上掩护部队前进。当一班慢慢靠近时，两个人骑着一辆摩托车迅速从他右面的一座大院里窜出。其中一个对着对讲机嚷嚷，舒曼在百米开外的地方朝他开了一枪。骑摩托车的人加速逃跑，中枪的人就摔下来。他在地上连续几秒钟都没有动弹，然后费力地站起身来，跌跌撞撞地走进了旁边的一座大院。

军士长卡莱尔目睹了整个过程，对舒曼喊道："喂，我们抄近路穿过农田，沿着血迹走。"

卡莱尔和皮托出发了，几分钟后，舒曼看到他们进了一座大院，那里曾是海军陆战队的夜间哨所。

几分钟后，卡莱尔通过无线电说："这里有简易爆炸装置。"

舒曼派工兵阿登·布埃纳古准下士过去，他刚拆除清真寺里的迫击炮弹。他跪在卡莱尔身旁，在拆除引信时，炸弹突然被引爆，当场要了他的命。

布埃纳古在脸书上的自我介绍是："我喜欢跟志趣相投的人打交道，喜欢古怪有趣的猫。我只要跟人聊上几句，就很容易跟他们成为朋友。"他的母亲说，他加入海军陆战队是"为了找到人生方向。成为了一名年轻的陆战队队员后，无论是他的说话方式还是行为举止……我的儿子像变了一个人"。

加西亚率领二班从"烈火"基地冲出来，还带了一个运尸袋。当他们靠近清真寺时，塔利班开火了。听到枪声，卡莱尔和皮托冲进一个房间，从窗户提供火力掩护。皮托又触发一枚炸弹，被严重炸伤。这是他第三次参战，之前他曾在拉马迪被简易爆炸装置炸伤过。他的父亲、两个兄弟还有一个叔叔都曾在部队服役。他身后留下了华盛顿州温哥华市的妻子蒂凡

第六章 节日大礼

尼。

凯尔·道尔准下士说:"我看见皮托的靴子飞到了天上。那情景好像凝固在我脑海里,我两周后才缓过神来,要是你见过我高中时的照片,再看看现在的我,简直就像两个人。"

爆炸的冲击波把二十八岁的杰弗里·拉什顿准下士抛到了院子里。他二十四岁加入海军陆战队,决心要打击恐怖分子,然后回到圣迭戈与妻子团聚,再去读大学。

基洛连的主心骨卡莱尔也倒下了,他的大腿和半边屁股都被炸飞。三班的医护兵曼纽尔·冈萨雷斯全身都是弹片,一眨眼的工夫,一死三伤。其他队员立即安置伤员,随后向远处的树林连续发射了轻型反装甲火箭弹。莱尔德下士带来了他的狙击分队,他们以齐膝的高度朝树林开火,塔利班见势头不对,立即撤退。不久,救伤直升机飞临头顶。

军士长卡莱尔脸朝下趴在地上,阿巴特跑到他身边,单膝跪地,一边朝着前面的树林倾泻子弹,一边喊道:"你们胆敢打伤我的军士长!谁都不可以害我的军士长!"

双方交火逐渐减弱,直升机降落下来,阿巴特和莱尔德这时开始收拾布埃纳古被炸烂的肢体。他们想把他完整地装进那个黑色尸体袋里。阿巴特打头,抬起袋子前端装着的腿,莱尔德把躯干部分扛在肩上。等两人把尸体袋抬上直升机,莱尔德的脸颊和嘴唇上已经沾满了布埃纳古的血。军士长卡莱尔侧卧在地上,鲜血染红了他身上的绷带,莱尔德跪下身去。

"我们要把塔利班全部杀光!"莱尔德怒喊,"一个不剩!"

遗体和伤员转移完毕后已是傍晚,到了检查装备的时间。皮托的步枪找不到了。要是一支带瞄准镜的步枪落到敌人手里,事情就严重了。加西亚要对此事负责,这是他作为一个中尉的职责所在。如果找不到那支步枪,他的军旅生涯前景堪忧。更严重的是,敌人有可能从远处击中一名巡逻队员。

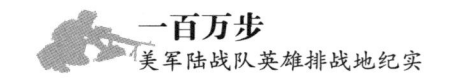

一百万步
美军陆战队英雄排战地纪实

天色已晚，现在回去寻找步枪太过危险。"烈火"巡逻基地和那座农舍之间横着一条及胸深的运河。如今正值十一月底，运河上闪着冰冷的寒光。白天交战的时候，就已经发现或引爆五个简易爆炸装置，现在周围很可能还有六七个等着他们。冻得瑟瑟发抖的陆战队员们跺着脚在黑暗中寻找步枪的时候，还会被炸断多少条腿？一条？两条？还是五条？

加西亚问有没有人自愿去找。

"我们去吧。"迪克洛夫中士说，"二班跟您一起回去找。"

加西亚心里明白，就这么回去，这一个班至少得损失一位队员。他叫来了阿巴特。

"中士，要是能有几个狙击手跟我们一起去。"加西亚说，"大家就能放心了。"

"中尉，天这么黑，回去是自寻死路。"阿巴特说，"我不会让我的任何一个队员白白送死。我很抱歉，恕难从命。"

加西亚把电话打回了连部，说他要带一个班的人回去找枪。听说丢了一支步枪，约翰逊上尉的失望之情难以掩饰。但这并不妨碍他做出明智的决定。

"不行。"约翰逊说，"我们会用陆基作战监视系统继续观察。坚守你的岗位，明早再去找那支该死的步枪。"

陆基作战监视系统是一部高倍望远镜，装在一根十五米的高柱子顶上。操作员不出连部大本营，就能观察到夜间是否有可疑人员在周围游荡。即使这样，加西亚也睡不安稳，他担心塔利班可能已经发现了那把步枪。

第44天：二十六万四千步

感恩节这天天亮前，二班已经朝北面进发了，他们涉过冰冷的运河，呈扇形包围了那座大院。经过短暂的搜寻，在一个房顶上找到了皮托的步

92

第六章 节日大礼

枪，是被简易爆炸装置爆炸时的冲击波掀上去的。陆战队员们一个个冻得直打战，但加西亚正在气头上，他决定要在返回"烈火"基地前找塔利班干一仗。他命人朝东面往 P8T 巡逻区发射了几枚迫击炮照明弹，P8T 巡逻区是敌人的活动据点，往那里巡逻基本不会扑空。不出所料，照明弹一爆炸，就有人猫着腰从三百米以外的几座大院之间穿过。双方一阵激烈交火。加西亚不确定有没有击中塔利班分子，但看到他们吃不上一顿安稳的早餐，他感觉好多了。

巡逻队员们回到"烈火"基地，脱下湿透了的衣服，匆忙穿上"快乐套装"——舒适的保暖裤和保暖夹克、白色羊毛袜，还有人字拖。早上九点钟左右，他们终于坐下来开始吃感恩节大餐（其实就是火腿）。他们从发报机里听见，二排的一个巡逻队已经离开了"变形金刚"巡逻基地，也就是611公路上"因克曼"据点北面1.6公里处的前哨基地。

"变形金刚"巡逻基地是一座大院，外墙顶部搭起了铁丝网，周围零零散散有几座房子和大片开阔的农田。十月初的时候，莱恩·索泰罗中士带着他的加强班入驻这个基地。索泰罗中士大学毕业，已经跟随五团三营战斗了三年。从一开始，陆战队员们和同样被派来执行任务的阿富汗军队相互之间就非常不信任。阿富汗民兵躲在艾斯科防爆墙后面自己的区域内，拒绝出去巡逻搜查农舍。有一次，索泰罗让一位阿富汗中士到一座建筑物里查看，那个中士把武器往地上一扔，徒手大摇大摆地回到了"变形金刚"基地。

十月底的时候，有人从墙外边扔过来一个玉米棒，棒芯里塞着写给三班翻译员"暗礁"的纸条。上面写着：阿卜杜勒（"暗礁"的真实姓名），我们知道你父母在喀布尔的具体住址。你给我马上离开这里，不然我们会用鞋匠做鞋子用的线把你的头割下来。桑金地区知道"暗礁"真实姓名的只有一个老汉，海军陆战队为建造"烈火"巡逻基地而租用了他家的农田。"暗礁"对他并不怨恨。

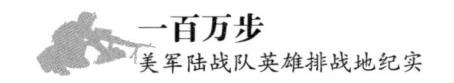

"暗礁"对索泰罗说道："桑金有些老百姓心思简单。你根本没法感化他们。他们只关心下一顿有没有着落。"

似乎是为了嘲弄海军陆战队，塔利班甚至在611公路上设立了一个税收检查站，就在"因克曼"据点和"变形金刚"基地中间。对此，约翰逊给索泰罗派去了中尉唐纳利和二排人员，让他们增援"变形金刚"。约翰逊的本意是要让二排逼退敌人，但实际却让他们处于监视之中。"变形金刚"基地隔壁是一家摩托车修理店。店里一些探子能清楚看到二排有多少人离开基地以及他们的动态，陆战队巡逻时还不如鸣笛闪灯了。

十一月初迎来了第一次霜冻，田里的玉米秸也全被砍掉了。塔利班此时已经占据了向西穿越"高尔夫球场"巡逻区的三条线路上的所有据点。连续四百米的农田一马平川，没有围墙，没有石堆，也没有农渠，到处光秃秃的，根本无处藏身。

每一天塔利班都向基地射击，但是陆战队摸不清他们的作战方式，似乎在和幽灵作战一样。"暗礁"说这些塔利班分子都是当地农民，他们扛着铁锹锄头走进地里，找出事先藏好的AK-47和PKM机枪，朝"变形金刚"基地开上几枪。然后把武器藏回原处，捡起他们的铁锹，大摇大摆走过前哨，回到家里。

约翰逊上尉督促唐纳利尽快解决掉他们。

在感恩节的凌晨，天色未亮，寒气逼人，"变形金刚"基地的巡逻队集合到位，整装待发。在做了简短任务安排后，唐纳利把索泰罗拉到一边，问他是否做好了准备。

"一切准备就绪"，索泰罗表示，"但如果我们损失了一名战士，对他家人来说感恩节就完全不是那么一回事了。"

唐纳利回道："我也不希望那样。好了，现在出发吧。"

等到黎明时分，十八名海军陆战队员惴惴不安地离开了基地。班长索泰罗是战术指导，唐纳利在队尾殿后。此行的目标是一名叫"卡塔基"的

第六章 节日大礼

塔利班头目。他住在 P8R 区 117 号建筑附近某处地方。他们以突击队的队形穿过"高尔夫球场"区，沿途洒下白色的婴儿爽肤粉来标记安全通道。到达球场的另一边时，二排一路向前，路边有两个人坐在火堆旁，注视着他们走过去。

索泰罗心想，突袭泡汤了。

当二排到达 117 号建筑时，那里一片荒芜，只有墙上留下一些粗糙的涂鸦，画着直升机被击落的情景。一名自愿加入二排作战行动的阿富汗士兵摇了摇头，指向远处一座大院。索泰罗带着一个火力小组穿过农田，进入一座房子。屋内的墙壁都装了隔热板，有一台烘干两用洗衣机，一个橱柜，里面放着精致的陶瓷茶杯，窗户上挂着紫色的窗帘。

"中头彩了！"索泰罗用对讲机向还在队列后面的唐纳利说道，"这肯定是卡塔基的老窝。"

索泰罗走出房间，唐纳利也正穿过农田向这边走来。索泰罗听到西边一百五十米处的一排树丛里传来砰砰的枪声，他立马回头开枪。他用眼角的余光瞟到唐纳利还有几名海军陆战员卧倒回击。蒂亚戈·罗德里格斯准下士瞄见那排树木里有一个黑影，举起手中的 M240 机枪猛地射出一长串子弹。索泰罗一边带着火力小组向枪声传来的地方行进，一边隔着老远朝唐纳利大喊："跟上！掩护他！"而此刻唐纳利趴在了地上。

跑在唐纳利后面的队员开始撤退时，唐纳利趴在地上没动，即使索泰罗跑过来了，在他身边，他仍一动不动。其他队员跑上前来将他翻了个身。唐纳利牺牲了，额头中了一枪，手还紧紧握着枪。索泰罗将大家叫到一块。

"二排长牺牲了。"他说。

威廉·唐纳利中尉，二十七岁，九月结婚，十月牺牲。

"唐纳利中尉很大度。"索泰罗说，"跟我们这些班长一起打那帮天杀的，还给我们钱，让我们去市场买米买鸡——好人呐！"

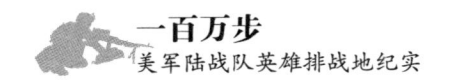

一百万步
美军陆战队英雄排战地纪实

后来唐纳利的妹妹提起他说:"他注定是要战死沙场的。"

士兵们把他的尸体拖到了火线外。敌方架着一把 PKM 机枪死盯着他们猛打,让他们无法从 117 号建筑脱身。两个塔利班突然从 117 号建筑后的果园里冒了出来,一下子翻进墙来。队员们在敌方逼近到五米左右时开始交火,随后那两个塔利班又跳到墙外。索泰罗向墙外扔了颗手雷,接着赶回去,用毯子盖住唐纳利的尸体。他们卸下他的装备,但没有动头盔。随后索泰罗冲进附近的一座大院,想要给打散的队友们找一个集结地。为了把唐纳利的尸体带回去,"变形金刚"基地又派出八名士兵,但走到距离大院不远处的地方被敌人火力压制,无法前进。

此时此刻,二排的两个班都在"高尔夫球场"巡逻区西边很远的地方与敌人交火,没有人殿后掩护,他们脱不开身;塔利班把后路给切断了,这正是索泰罗担心的,然而"变形金刚"基地已经没有快速反应兵力可供调遣。

在"烈火"基地里,三排一直密切关注着前线的激战。迪克洛夫中士正向无线电室走去,想知道战况如何,加西亚突然冲了出来。

"有人牺牲了。"他说,"唐纳利死了。"阿巴特冲到狙击手中间喊道:"全体集合!"很快,整个排的人便准备就绪。

"二排被困在'高尔夫球场'北边。"加西亚说,"我们向东北移动,分散敌军火力,然后跟二排会合。"

上午九点左右,一班向东北方直线前进,目标是一千五百米外索泰罗作战的地方。几分钟后,他们就没法前进了,敌人埋伏在 Q1E 区的一座大院里朝他们开火。

埃斯奎贝尔向基洛指挥中心发出无线电信息:"呼叫'浮木'2 号,我被困住,位置 545、792,3 号建筑 PKM 机枪一架。"

"钢丝"比尔兹利上尉叮嘱他们趴在地上掩护好。十分钟后,F-18 战机向 3 号建筑扔下近二百三十公斤的激光制导炸弹。尘埃落定,一班继

第六章　节日大礼

续前行。

　　炸弹一爆炸，二班便紧跟着出发了。迪克洛夫中士看到远处亮起一个信号弹，受困的二排士兵在打信号，告诉这边他们的位置。

　　这就让你们血债血还，迪克洛夫心想。

　　十分钟后，排头兵瓦格纳在一堵低矮的石墙后停下，让三班跟上。敌方的两挺PKM机枪和几支AK步枪在不断地射击。伦纳德·劳施准下士端着他心爱的班用机枪向前冲去。他才二十岁，来自威斯康辛州。因为之前来过阿富汗，所以他一点也不担心简易爆炸装置，结果跑得太快，不小心滑倒在齐膝深的泥地里。阿曼多·埃斯皮诺萨下士想去拉他一把，结果脚踝中弹，倒了下去，短短十天之内，他竟负伤两次。劳施扔出一颗红色烟雾弹，示意同伴过来帮忙。

　　瓦格纳和德拉尼将埃斯皮诺萨救出受攻击区域，阿巴特站在田间，透过瞄准镜搜寻着远处树丛中的可能目标，不时地拿他的M4步枪射击。迪克洛夫中士毫不费力地用203榴弹发射器向树丛投射了十几颗爆破榴弹，敌军火力没有停息，反而更加猛烈。迪克洛夫让整个班的人做掩护，阿巴特和莱尔德也去帮忙把埃斯皮诺萨抬到沟渠里躲避。加西亚中尉呼叫炮火支援，很快，155毫米的神剑炮弹便把北边的树丛炸成了灰。

　　机不可失，他们得马上去跟还在守护唐纳利尸体的队伍会合。莱尔德深吸一口气，俯下身去，像一个消防员一样，一把背起埃斯皮诺萨。他右手拿着步枪，左手紧紧抓着埃斯皮诺萨的手臂，一步步向前跋涉。

　　双方已经交战了将近两个小时。到了中午，二排和三排的士兵分散成十几个小分队。每个人都极力避免出现在开阔的地方。及膝的烂泥像水泥一样缠住所有人的双腿，他们因此步履维艰。

　　战线已经打乱。敌军无处不在，又无处可寻。桑金估计只有百来个经验丰富的塔利班主力战士，还有百来个塔利班"小喽啰"，也就是当地的年轻人——平时在玉米地里忙活，偶尔才让自己的AK–47步枪开开嗓子。

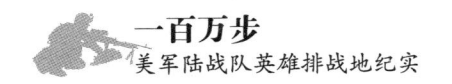

感恩节是个绝佳的"开嗓"机会——他都听说刚才塔利班打死一个不信安拉的美国鬼子,还把其余的都围困在绿色地带。于是这些农民纷纷丢下锄头,不到几分钟,AK-47步枪的子弹就从各个方向扫射过来。几座大院的围墙、窗户上都冒出了塔利班的白旗。

在八公顷的战场上,十几个小分队正和塔利班进行周旋。二排的一个班打响了第一枪,第二班接着跟上。加西亚带来三个班、一个狙击分队和几个机枪队。总共六支兄弟队伍并肩作战。敌方兵力与我方相当,还有积极的农民为塔利班待命。这次作战,德拉尼一共换了十个弹夹,却只看到两个身穿黑衣、塔利班打扮的人。这种事情太常见了:趴在烂泥里,炮声震耳、浓烟滚滚、植被茂密,哪还看得清敌人?

"那儿!他们在那儿!"迪克洛夫一边喊,一边指向一群正沿树林逃跑的人,"灭了他们!打!打!"

兰兹内斯特趴下来,把班用机枪的两支腿架在泥地里瞄准,但是前方目标十分模糊。他扣动了扳机,竟没反应!什么动静没有,更别提发射子弹。搞什么鬼?以前可从没出过故障!

他猛地取下弹鼓,拍掉上面的大块泥土,再装上弹鼓,调整了瞄准图像。

"别开枪!别开枪!是二排!"

兰兹内斯特深深呼出一口气,脸颊贴着机枪上,趴在原地半晌没有动。

指挥部那边,唐纳利中尉不幸中枪,三营立即呼叫空中支援。天空阴云密布,但靠近地面时视野清楚,飞行条件良好。

九点左右,"钢丝"比尔兹利正在连指挥中心,他从无线电台听到熟悉的声音,是"门神"凯西·布拉辛格姆上尉。

"'浮木'22号,我是'鹰眼'。"布拉辛格姆说道,"情况如何?"

布拉辛格姆来自得克萨斯州,三十岁,此时正驾驶着一架"休伊"直升机,载着十枚火箭弹,每个舱门各坐着一名机枪手。紧随其后的是一架"眼镜蛇"武装直升机,飞行员是二十八岁的乔伊·达迪欧莫夫,人称"套筒",

来自弗吉尼亚州。"眼镜蛇"上搭载了十四枚火箭弹和一架口径 20 毫米的机关炮。此前两名飞行员都参与过六十多次的空中作战，都是十分优秀的武器指挥操作官。

"钢丝"答道："'鹰眼'，我们的人和敌人都散布在'变形金刚'西面四百米一带。'疯狗'也在战地，我现在给你转接过去。"

"'疯狗'报告。"迈尔斯中士通过无线电向飞行员报告，"北面有敌人朝我们开火，他妈的整个排都困在这儿。还没跟二排会合，他们在东边哪个地方呢。赶紧行动！"

迈尔斯对三排吹了好多牛，大话一个接一个，好让他们不要担心。信号一接通，他就一股脑把情况全报出来。

飞了几圈，布拉辛格姆无奈地摇了摇头。他和陆军士兵拿着一样的地图，开火之前他必须圈出友军的阵地。他看着地面上若干个分散的分队，完全不知道迈尔斯在哪儿。

"'疯狗'，放个烟雾弹。"

一分钟后，他看见一团紫色的烟雾升腾而起，接着又有一团烟雾腾起。停了一会，又腾起第三团烟雾。

"这帮兔崽子也在放和我们一样的烟雾弹！"迈尔斯用无线电说道，"那不是我们！"

"哪个不是？"

加西亚做了一些调整，然后又放了两颗烟雾弹。

布拉辛格姆说，"我们现在放了两颗黄色的烟雾弹。"迈尔斯回复说；"明白！明白！这两个阵地都是我们的。"

为了让在右舷的机枪手能够看清下面树丛的动静，"休伊"直升机从东往西低空掠过。"眼镜蛇"紧跟在"休伊"后面几米处，飞临了树林上空。埃里克·尤因上尉坐在前排操纵着 20 毫米机炮，后座上的达迪欧莫夫负责驾驶飞机。当两架武装直升机向左转舵时，滚烫的子弹壳雨点一样

一百万步
美军陆战队英雄排战地纪实

落在陆战队员的头上。

迈尔斯通过无线电说:"揍死他们！狠狠地揍！再来一轮！"

两架直升机再次飞过来的时候，加西亚召集一排向西进发，接应唐纳利。这次仍然飞得很低，大约只有三十米高。这次，达迪欧莫夫看到树丛里发出的曳光弹、枪口的闪光、反坦克火箭弹的烟迹，以及机载 20 毫米机关炮弹击中树木和地面后冒出的火星。他瞥见树林中有几个塔利班在狂奔，他们都穿着黑色的标准制服。

"好家伙！"他大叫道。

两位飞行员简直不敢相信自己的运气。这两架庞然大物上的六名陆战队员正目不转睛地搜寻树丛中的蛛丝马迹，塔利班竟然敢用 AK-47 步枪或 PKM 机枪攻击他们，简直是活腻了。通常，塔利班纪律严明，轻易不会暴露自己的位置。现在，他们竟然敢用反坦克火箭弹朝天上打。两名飞行员看到了爆炸产生的黑色烟火，于是再次折回来，循着火箭弹尾焰产生的烟迹找到了目标，然后猛烈开火。

"他们枪口的闪烁看起来像闪烁的圣诞灯饰。"布拉辛格姆说，"我们接连发现很多目标，然后一起开火，打得田里的泥土都飞溅了起来。"

当飞机第三次飞过来时，他们开始绕圈盘旋，布拉辛格姆调整了"休伊"的飞行姿势，让左舷的机枪也发挥一下威力。当"休伊"从"眼镜蛇"前面掠过去时，达迪欧莫夫通过无线电大声地叫:"喂，'门神'！别打到我！"

树林里浓烟滚滚，三排顺利通过。但当两架直升机加大油门赶上三排时，一些塔利班武装分子再次开枪。"眼镜蛇"和"休伊"再次编队发起进攻，把那片树林打得东倒西歪。为安全起见，两架飞机稍微后退，原地盘旋观望，看哪个二愣子还会开枪暴露自己藏身之处。他们看到树木闷烧，浓烟腾空，但没有看到更多的射击火星。

在地面上，一班和阿巴特的狙击手们成功与二班会合，他们把唐纳利

100

第六章 节日大礼

中尉壮硕的身体放到担架上。加西亚与其他队员从西面赶了过来。大家在一座大院里分散开来。从这里，他们都能清楚地看到东南面的"变形金刚"基地，在他们和"变形金刚"基地之间是"高尔夫球场"巡逻区。

他们背后向北有一排树林，唐纳利就是在那里中弹牺牲的。左边是一排长达二百米的树林，代号"贝洛森林"，里面通常藏匿着狙击手，并埋设了简易爆炸装置。在"变形金刚"基地，二排的乔伊·贝利中士用M2勃朗宁重机枪反复向"贝洛森林"扫射，驻扎在桑金三营总部的炮兵也连续炮击。

陆战队员们周围有大院围墙遮挡，头顶有武装直升飞机盘旋掩护，现在安全无虞。他们的任务是抬着唐纳利的遗体穿过"高尔夫球场"，返回"变形金刚"基地。塔利班的火力慢慢减弱，但加西亚没有被这假象迷惑。塔利班的对讲机里仍传来叽里咕噜的通话声。他们就在附近，陆战队看得清楚的"高尔夫球场"也近在他们眼皮底下。一旦陆战队员们进入开阔地，塔利班一定会从北面和东面伏击他们。

一班出发了，担架队抬着唐纳利的遗体跟在后面。当他们向西行进穿越"高尔夫球场"时，遭遇的唯一敌人似乎是脚下的泥泞的农田，他们一步都快不起来。布拉辛格姆和达迪欧莫夫驾驶着直升机在"变形金刚"基地上空警戒，机头都对准了"贝洛森林"。当陆战队员们走完"高尔夫球场"四分之一的距离时，达迪欧莫夫发现"贝洛森林"里火光闪烁，接着六至八枚火箭弹拖着尾焰飞向了陆战队员们，他们立即卧倒，密集的子弹落在他们附近，打得泥浆飞溅。"休伊"立即扑向"贝洛森林"，"眼镜蛇"紧随其后。

索泰罗说："当我们踏上'高尔夫球场'的一角，穿越那片开阔地时，我们进入了世界上最长的靶场。子弹从611公路、农民大院、我们身后的绿色地带、我们左侧的树林里飞了过来。好像每个农民都端着AK-47向你突突地开枪。盘旋在头顶的'休伊'猛烈开火，子弹壳瓣里啪啦地掉

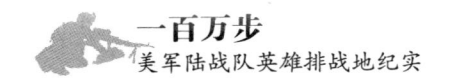

一百万步
美军陆战队英雄排战地纪实

在我头盔上。"

陆战队员看到两架直升飞机把他们左翼的那片树林打得稀巴烂，又站起身来，在烂泥中拖着沉重的步伐，踉踉跄跄地向前奔跑。连队里最壮硕的士兵赖安·克罗齐莫尼中士一把扛起埃斯奎贝尔曳步前行。当他累得走不动时，莱尔德再次抓住无杆担架的手洞，步履蹒跚地朝"变形金刚"基地走去。

阿巴特一只手提着担架的一头，一同抬着唐纳利的遗体，另一只手举着9毫米手枪朝一座大院射击。

"阿巴特简直刀枪不入。"劳施说，"你就想身边有这样的猛人。他向来说到做到。但是这仗打得实在太滑稽了。"

迈尔斯一边提着担架的另一头，一边通过无线电与两位飞行员联络。他嘴里念念有词，就像篮球赛现场解说员一样吐沫星子乱飞。当他说得太过兴奋时，比尔兹利就打断了他与飞行员的通话。比"疯狗"迈尔斯低调很多的前线观察员尼克·托克中士也在给飞行员提供敌人的火力情报。

比尔兹利说："敌人在我们前面四十米的地方开火。"

于是两位飞行员驾机从东往西飞，搜索"贝洛森林"中的敌人，然后左转，向北面唐纳利牺牲的树林射击。这样来回一圈只需要大约两分钟。

"我们俩在空中飞，下面陆战队的一举一动看得清清楚楚。"达迪欧莫夫说。"我们编队发起攻击，朝陆战队旁边的树丛一顿扫射。"

每盘旋一圈，达迪欧莫夫和布拉辛格姆轮流发射火箭弹，以防打光弹药。火箭弹爆炸后产生的高温点燃了灌木丛和树皮。盘旋到第四圈时，"贝洛森林"已经一片火海，红色的火焰高高地蹿向天空。

巡逻队中的阿富汗士兵在返回"变形金刚"基地途中，一路笑得合不拢嘴。

"他们说心情大好，他们都支持陆战队。"翻译史蒂夫大声说道。

当一班走到"高尔夫球场"中间时，二班也开始撤退，这时塔利班的

第六章 节日大礼

子弹像蜜蜂一样缠上了他们。

"当时一片混乱,"劳施说,"我用机枪压制敌人火力。我们穿过这片农舍区,看到前面是一片毫无遮挡的泥地。我们还是走了过去。"

劳施看到泥浆里丢了一挺 KPM 机枪和一把 AK-47,他没有停下脚步去拾。

"当时,三三两两的农民地在农田尽头注视着我们。"劳施说,"他们似乎都没有带武器,但我不停地听到啪、啪、啪的枪声从耳边飞过,好像就从附近射来。这太诡异了。你会向农民开枪吗?"

"眼镜蛇"飞行员遇到了问题:机上的 20 毫米机关炮弹和小型火箭弹已经打光,只剩下"地狱火"导弹,从瞄准到击中目标需要三到四分钟。油表显示飞机只剩二十六分钟的燃油,而从这里飞回加油站需要二十分钟。"休伊"上的弹药只够再打一圈。

"我就在这里等。"达迪欧莫夫用无线电对布拉辛格姆说,"你再去兜一圈,然后我们再看是不是可以返航了。"

"休伊"独自沿着熊熊燃烧的"贝洛森林"飞了最后一圈。陆战队员们在泥泞的田里跋涉了很长距离,加上与敌人交火数小时,个个累得筋疲力尽,原来的小跑变成了行走。迪克洛夫中士催促大家跑步前进。

"粘在靴子上的泥土被甩到空中,就像有人点燃了一串鞭炮似的。我当时想,我们没法全员成功撤退了,可能有人会挂掉。"迪克洛夫说。

在队伍前面,莱尔德背着埃斯奎贝尔蹒跚前行。他时而把埃斯奎贝尔放下,用 M4 步枪朝树林打上一梭子,再背起他继续前进。他感觉腰背部一阵阵痉挛,但他根本没在乎。

埃斯奎贝尔被打了满满两针吗啡,在药力作用下有些神志不清,听到火箭弹在头顶爆炸,直升飞机在头顶轰鸣,他不停地喃喃自语:"真带劲!真带劲!"

当加西亚与殿后的队员一同穿越那片空地时,前面的一些队员已经跑

103

一百万步
美军陆战队英雄排战地纪实

得上气不接下气,纷纷停下了脚步。

"你们穿了装甲板,还是怎么的?快给我跑!"加西亚大声叫道。

等加西亚和殿后的那名队员抵达"变形金刚"基地后,达迪欧莫夫一颗悬着的心终于放下了,于是调转机头向东,离开绿色地带,飞越岩质沙漠,朝"爱丁堡"前沿作战据点飞去。布拉辛格姆紧跟着"休伊",万一"眼镜蛇"因燃油耗尽而迫降,他就跟着降落,接走上面的机组人员。

"眼镜蛇"顺利抵达基地,油箱中只剩下不到六分钟的油量。经过三个小时的连续战斗,"休伊"和"眼镜蛇"打掉了二千六百发机关炮弹和二十一枚高爆火箭弹,而且都是在三十米的可见高度射击的。

熄掉飞机引擎后,大家都径直走向餐厅,一起享受感恩节大餐。他们往餐盘里装满了食物,思绪仍然留在"变形金刚"基地。

达迪欧莫夫后来告诉我:"即使今后不再执行任务,我也已经完成了当年的心愿。陆战队陆空协同的打法效率很高。'疯狗'、'钢丝'、凯西以及我们的机组人员,所有人齐心协力,帮助队员们安全通过'高尔夫球场'。但是我们那天损失了一名队员,他是一名排长。我心里很难受。"

当天下午,一架医疗直升机降落在"变形金刚"基地,接走了唐纳利的遗体和受伤的埃斯奎贝尔。阿巴特让手下的狙击手沿着大院围墙分散部署,监视西面的动静。"贝洛森林"仍在燃烧。史蒂夫从缴获的对讲机中听到塔利班正转移伤亡士兵。连队总部的陆战队员们通过陆基作战监视系统看到一大群妇女推着独轮车、男人骑着摩托车运走伤亡士兵。三排咕咚咕咚喝饱了水,带足了弹药,再次上路,他们得返回"烈火"基地。这回没有敌人朝他们开火。

"我们一共有五十个人,排了一长队。"加西亚说,"随时有人想搞你,你是不敢大意的。"

此前,基洛连的卡梅伦·维斯特中尉被炸伤,现在一转眼,三排的又一位排长又倒下了。

第六章 节日大礼

从截获的无线电通讯、线人的报告和大量的葬礼可以确定，陆战队打死了大约二十名塔利班分子。塔利班用枪打武装直升飞机，虽然可以理解，却是大错特错的行为。他们看到那么多的陆战队员穿过没有遮掩的田野，开火是一种自然直觉。当时陆战队一心只想把唐纳利的遗体带回来。塔利班知道他们的行进方向和意图。战斗一打响，就形成大火燎原之势。枪炮声越发密集，场面越来越混乱，塔利班通过对讲机发出的各种命令也淹没在战场的喧嚣中，"因克曼"基地谍报中心的翻译听不清他们在喊什么，塔利班三五成群的战斗分队也听不清上级的指令。

陆战队以班为单位行动，分散了敌人的火力，因此塔利班这次没有打完就走。当他们朝武装直升机开火时，枪口的火光暴露了他们的藏身地点。在交火过程中，人有时会失去理智，因为端着枪连续喷射子弹的感觉令人振奋。但塔利班也因一改往常的谨慎、一时冲动而付出了沉重的代价。"休伊"和"眼镜蛇"的机组人员因为这次战斗获得了贝尔直升机公司的"年度英勇空战奖"。

2010年感恩节那天，陆战队员的态度发生了大转变。他们不再畏惧塔利班，只有满腔的愤怒。

"唐纳利中尉牺牲后，我们个个义愤填膺。"迪克洛夫中士说，"无论下次战斗多么残酷，我们的态度是，你害我们一命，我们让你用二十条命来偿还。"

在历次战争中，复仇心理总是让战事更加惨烈。1966年在越南战场，九团一营重创越共领导人胡志明的一个嫡系营。看到自己最亲信的游击队员死伤惨重，胡志明火冒三丈，发誓为他们报仇雪恨，称九团一营"死期不远"了。他发誓发动地雷战，把每一名陆战队员都炸上天。我们驻扎在九团一营南面几公里的一个村庄，经常遭到越共地方军三十一连独臂连长的攻击，他认为我们胆大包天，竟敢闯到他的地盘撒野。

在桑金，在感恩节战役爆发前几个星期，在基洛连防区以北，陆战队

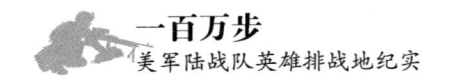

的红魔飞行中队同时轰炸了十二个目标。桑金地区的塔利班首领和他手下的十几名随从都被炸死。

感恩节一战之后,桑金的陆战队员们和塔利班就发誓与对方势不两立。

第七章　狙神殉国

"除非你一无所有，否则你永远都不知道你多么需要上帝，因为你只能过一天算一天，不知道明天自己的双腿还在不在，甚至不知道自己命还在不在。"

——迈克尔·威廉姆森，来自亚利桑那州

第 51 天：三十万六千步

感恩节后一周，一班前往北边的 P8Q 巡逻区。他们已经掌握埋雷害死布埃纳古和皮托的塔利班炸弹协调员的行踪。行进到两片树林边缘时，阿巴特和莱尔德组成的二人狙击组脱离队伍，藏进了灌木丛。阿巴特扛着一把 M40A5 狙击步枪，莱尔德拿的是标准型 M4 步枪。

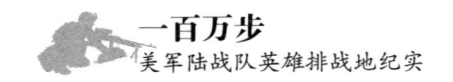

"我一直在跟这家伙玩捉迷藏。"阿巴特说,"前两次巡逻,让他逃脱了。我知道这次他就在附近。"

一班继续前进,正准备钻进下一片树林的时候,走在队伍最前面的胡安·帕尔马准下士发现灌木丛中藏着两套叠放整齐的队服。大家会心一笑,停下脚步。十五分钟过后,巡逻队再次出发。阿巴特和莱尔德继续在原地埋伏。又过了几分钟,一名男子骑着摩托车在近旁一条小路上停了下来,向一个拿铁铲的人打暗号。现在不行动,陆战队员们返回基地的时候就会有地雷等着他们。

这是狙击的绝好时机。莱尔德轻声确认射击距离———一百一十五米,在射击范围内,瞄准,开火。一枪命中目标的鼻子正下方,枪响人倒。阿巴特看了朗声大笑,激动地给莱尔德的肋部来了一拳。

"这一枪,"阿巴特说,"是他欠布埃纳古和皮托的。"

两名狙击手在一块农田边追上了巡逻队。陆战队员们隐蔽在灌木丛里面,耐心观察。没过几分钟,两个农民慢吞吞地走过去。莱尔德透过望远镜发现其中一个农民的衣服下面露出一支枪管,便果断开枪放倒了他。前方的树林里随即枪声大作。

一班很快在火力上占了上风,随即向一处大院移动,这个大院在照相地图上标记为64号建筑。一个五十多岁的男子悄悄从大院爬到农田里,一边爬,一边还时不时把脑袋探出田垄张望,队员们开枪击中了他。双方交火还在继续。一名男子不停地从大院围墙探出头来。

这时阿巴特正全神贯注地盯着瞄准镜,他说:"我看到一只火鸡探头探脑的。"

听到交火消息,在"烈火"基地的三班整装前往北方支援。在连队总部,"钢丝"比尔兹利派出两架在附近巡航的 F–18 战斗机。

"我们本来不需要空中支援,"兰兹内斯特说,"但是他们非要派,那就恭敬不如从命了。"

第七章　狙神殉国

空中力量就位后,按作战惯例来了个混合投弹——先投一枚炸弹把大院炸个稀巴烂,接着再投一枚白磷弹,在空中爆炸,消灭所有跑动的目标。这是三排获得的第四十三次近距空中支援。

队员们呈一字趴在布满犁沟的泥泞农田上,距目标大院约二百米。

"把头低下!"一名陆战队员喊道。

西布利看到半空中飘起了一团浓烟,那是一枚火箭弹爆炸产生的,原来是塔利班试图袭击F-18长机。火箭弹击中战斗机的概率几乎为零。战斗机俯冲飞过他们头顶,投了一枚近二百三十公斤的炸弹,这枚炸弹装了延迟引信,落地才爆炸,把院墙炸了个大豁口。炸弹掀起了冲天的尘土,让人一看就知道目标在哪里。三十秒后,第二架F-18战斗机接踵而至,紧接着投放了又一枚近二百三十公斤的炸弹,这次在空中引爆,爆炸产生的无数弹片像割草一样消灭了试图跑出大院废墟的敌人。

看到战斗机飞过来,一名陆战队员恨不得把整个身体都缩到头盔里去。他听到一块弹片撞击地面,接着以音速擦身而过。他如释重负地咧嘴笑了笑。

"好险啊!"他扭过脸去看身边趴着的阿巴特。

阿巴特脸朝下趴在他一臂之遥的地方。一名陆战队员顿时看到鲜血从阿巴特脖子上涌了出来。或许他只是稍微抬头看了一眼敌人的情况,或许他头低下时正好被划过地面的弹片击中。

一名陆战队员把阿巴特翻了个身,让他平躺,然后扯出一条厚厚的绷带。其他队员也赶忙跑过来,手忙脚乱地拿出自己身上携带的绷带。埃斯奎贝尔立即呼叫直升机救援,医务兵斯图尔特·富克用纱布紧紧按住他的伤口。

"别碰我!"阿巴特话已经说不清楚了,一把把富克甩开。血又从伤口喷涌出来。

"按住他!"

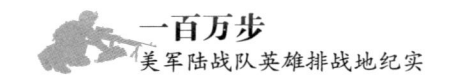

一百万步
美军陆战队英雄排战地纪实

四名队员摁住阿巴特的四肢。富克抓了一把纱布，让迪伦·诺戴尔准下士塞进阿巴特脖子的伤口里。

"我喘不过气了！"

"兄弟，要是喘不过气，还怎么能说话！"

队员们牢牢按住阿巴特，压住他的脖子。莱尔德看了看表，已经过了五分钟了，直升机还不见影子，它在哪？快点，快点！

"太操蛋了，"阿巴特咕哝，"不再这么玩了。太操蛋了！"

"你不会有事的，"莱尔德不停地安慰他，"我们已经止住血了，没事的。"

"像火烧似的。"阿巴特一说话，血就汩汩地流出来。

"兄弟，感觉像火烧就好，是纱布里的药，能止血。"

莱尔德又看了一眼手表，已经二十分钟了。这时终于听到了旋翼的声音。

他懂得怎么处理伤口。2004年，在费卢杰战役中，他曾经给两名受伤的狙击手同伴止血。现在的情况一模一样。

看到直升机飞来，他用无线电嘱咐飞行员："你告诉大家，抬他上飞机的时候，一定要按紧绷带。"

直升机很快就降落在农田的另一边。队员们急急忙忙把阿巴特抬上软担架（就是一块装有把手的帆布），一刻也不耽搁地奔过去。走到一半的时候，他们脚底打滑，阿巴特掉到了泥里。英军直升机机组人员抬着担架跑过来。他们让阿巴特头朝前，快速把他抬上了飞机。莱尔德和诺戴尔一直用手按着绷带，半截身子也跟着钻进了直升机里。

"走开！别碍事！"飞行医务兵大吼道，一把拽开诺戴尔。

"你他妈给他按住伤口啊！"

战友受了伤，队员总想跟着陪护，这样的场面医务兵早已司空见惯。

"知道啦！走吧！"

第七章 狙神殉国

直升机起飞了,医务兵稍微动一下阿巴特的身体,纱布一下子就散开了。

"按住啊!"旋翼的巨大轰鸣声中夹杂着莱尔德的叫喊,"按紧!按紧啊!"

在直升机飞往医院的途中,马特·阿巴特不幸离世。

对此,三排的日志只有寥寥几个字。

"下午一点,一班于 P8Q 巡逻区 63、64、65 号建筑北面伏击敌军,三班前去支援。空袭有效打击了敌军,同时误伤己方士兵。HA 1894。"

这个乐于助人、总是打头阵的海军陆战队中士从此与世长辞,三排再也见不到他的音容笑貌和搞怪表情。在这惨烈的战火中,到底该责怪什么呢?是头盔与防弹服之间那十五厘米毫无保护的缺口?是那二点五厘米的炽热弹片?还是直升机起飞时没能压住伤口的那一只手?

对于陆战队员来说,死亡是家常便饭;要么杀人,要么被杀。但是他们也是有血有肉的人,在死亡面前同样无可奈何。战友一个个地牺牲,他们也已经麻木。死亡像是一个黑洞,你朝它大叫,连回声都不会有。

古罗马帝国皇帝马可·奥勒留曾写过一句话:"死者一无所求,生者营营不休。"

陆战队员有着自己独特的世界,我们没法用外界的观点去判断一个士兵在战争中的行为。士兵在战场的高压环境中,需要当机立断。即使是与隐匿在百姓中的敌人作斗争,也不能玷污了荣誉,不可以被怒气冲昏头脑,干出伤天害理的事。阿巴特为众人带了个好头。

"我们第二天出去的时候,"迪克洛夫中士说,"没有呼叫任何炮火增援。没有采取报复行动。正如阿巴特所愿。本本分分做好该做的。"

阿巴特牺牲几周后,狙击分队举行了一次追悼会。追悼会上谁都没提起战斗,只是在聊阿巴特行为如何古怪、举止如何逗趣、为人如何友善,狙击队员你一言我一句地讲一些好笑的事。

一百万步
美军陆战队英雄排战地纪实

巡逻中，每当听到"砰"的一声，就是一颗白热的弹丸突破音障在朝你射来，只是没有打中你而已。战场就是一张大赌桌，每个人都相信宿命，没人傻到以为自己能赌赢死神。死亡无法预测，无法解释。若你赌技高超如阿巴特，或许能为自己增添少许胜算，但最终同样是输。

第八章　敌人喘息

"我们都很害怕，但也要为了不能战斗的兄弟们而战。"
——布雷特·斯蒂夫，来自威斯康星州

二十六岁的约翰·D. 布朗宁中士接替阿巴特，带领这个十人狙击队。布朗宁自幼就在乔治亚州的一个农场里打猎、玩枪，尽管如此，他还是觉得狙击学校的训练非常艰苦。训练一次就是好几天，他要在山区里用指南针找路，射击八百米开外的目标，在模拟训练中深入敌后完成任务。在第十一周快结束时，他班上的三十个人中只有十三个人通过考试。他毕业以后在伊拉克服役两次，受伤一次。

布朗宁很佩服塔利班的韧劲。有一次他在浅沟里行走，以防暴露自己的位置，突然一名塔利班从离他一两米外的一堵墙后跳出来，像敢死队员一样端着PKM机关枪哒、哒、哒乱射一通。布朗宁说这人"真有种"。

不过，幸好这个人算是桑金枪法最烂的，一枪都没打到。

布朗宁初到桑金时，一名英国士兵提醒他："千万别跑出基地二百米外的范围。"而他12月接管狙击分队的时候，特别自信，觉得只要给他一个四人的狙击小组，他就能攻无不克，战无不胜。布朗宁读过一本叫《异类》的书，讲的是一万小时理论，即练习一万个小时就能成为专家。布朗宁已经射击过不止十万次了。

12月4号，敌方的PKM机枪火力猛吼，一班被压制在V3J巡逻区无法动弹，"疯狗"迈尔斯呼叫"烈火"基地提供迫击炮增援。在"因克曼"前沿据点里，驻守在指挥中心的值班员听出"疯狗"非常果断的语气后，断定"部队正在交战"。"正在交战"的意思就是部队陷入困境，需要增援，甚至需要调动空军和炮兵力量。"钢丝"比尔兹利授权动用四枚约二百三十公斤的炸弹进行空中支援。最后敌方PKM终于哑火，一班得以返回"烈火"基地。

近来三排衍生了一种不着实际的傲慢情绪，这让约翰逊上尉非常恼火。他们从来不报告"正在交战"，而是呼叫自己排里的60毫米迫击炮增援。至于是否需要加大支援力度，他们全都交给上级决定。

营里除了三排之外，丧钟继续鸣响。12月5号，来自得克萨斯州奥兰治格罗夫、年仅二十岁的一等兵克尔顿·鲁斯科中弹牺牲。他中学时曾被评为"高中人气之星"。他生前有一条黑色的拉布拉多军犬，叫伊莱，后来被他父母领养。

12月6号，德里克·怀亚特上尉牺牲，就在他妻子凯特产下儿子迈克尔的前一天。

五团三营里的八百名陆战队员在一起相处已有十八个月。每个人都至少跟两百个战友能说上话。一个连里如果有人阵亡，第二天这消息就会通过死者的熟人传到各个连队里。这种高度密切的联系快速地传播着不安的气氛，这是我们在越南时未曾经历的。

第八章 敌人喘息

记得 1966 年的一个晚上，我们步枪连在一片稻田执行任务，突然遭到敌人的迫击炮弹袭击。我们赶紧猫着腰躲进一小片棕榈树林里。当时一片漆黑，只看见炮弹爆炸的光亮。一名队员受了重伤，疼得直喊娘，他叫得异常恐怖，听得人胆战心惊。战友的安慰也无济于事，他最后惨叫着死去。黎明来临，他的尸体被雨披衬垫裹着运走了。这名陆战队员是迫击炮袭击一小时之前刚刚空降到这里的五名替补之一。我们连他叫什么名字都还不知道。

在阿富汗战场，情况却恰恰相反。只要一有士兵牺牲，军营里每个人都知道他是谁。五团三营的官兵尤其痛苦，因为每隔几天都会传来士兵牺牲的噩耗。在阿富汗战场，每个营平均每月会有一名士兵牺牲，而五团三营仅仅两个月就牺牲了二十人。

对于这些士兵的家人来说，更是一种折磨。这种突如其来的变故让所有人都措手不及。在加利福尼亚彭德尔顿军营中的军嫂们都亲如姐妹。阿富汗传来的每一批信件和电话也让她们更加焦虑，彻夜难眠。按照标准程序，阵亡士兵的名字不会立即公布，只有在通知过他们的家属之后才会予以公开。不过，在这个数字化的时代，地雷爆炸袭击的消息会即刻传到国内，就如爆炸声会即刻传入双耳一样。那么，这次又会是谁呢？

陆战队司令吉姆·阿摩司将军来到彭德尔顿军营慰问五团三营官兵的家属。作为一个有着三十年驾龄的飞行员，阿摩司很清楚每当有飞机坠毁，给飞行员家属带来的打击有多大。在担任伊拉克空军中校的时候，阿摩司就曾给遇难士兵的家属写信。现在，作为指挥官，阿摩司正慰问三营的家属，三营遭受了重创，且死伤人数仍在继续增加。

阿摩司富有同情心，善于倾听、理解和体谅他人。当这些士兵的家属见到他时，劈头盖脑地质问：为什么不告诉我们桑金是个地狱般可怕的鬼地方？我们要的不是这样的结果！并没有报名参加这场战争！我们打出了什么名堂？为什么阿富汗军不主动攻击？为什么其他营没有分担一点任务？

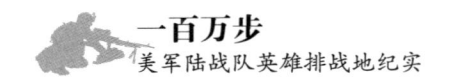

阿摩司不愿将五团三营调离桑金，那样做，只会让塔利班认为我方战败而逃，助长他们的气焰，在其他地方也这样疯狂地与陆战队顽抗。借用拿破仑的话来说："精神上的东西比物质上的东西重要三倍。"五团三营要原地待命，与敌方决一胜负。

不过，这使得士兵的家属焦虑不安。阿摩司和士兵家属紧张的见面会仍在继续，时间一分一秒地过去了，仍然没讨论出什么解决方案来。陆战队员们在战场上继续奋勇作战，直到胜利那一刻才会停止战斗。他们的吉祥物是一只斗牛犬，而他们军队体制的核心价值就是打胜仗。

阿摩司将军进退两难。如果对着这些焦虑不堪的士兵家属振臂高呼"我们必须打胜仗！"，他会显得像个傻瓜。可是，再温柔的话语也无法安抚家属担惊受怕的心——他们并没有胡搅蛮缠。五团三营的士兵们继续英勇作战，牺牲仍在继续，士兵的家属依然生活在焦虑不安之中。

第56天：三十三万六千步

加西亚派二班士兵前往P8Q巡逻区，又将一班士兵从北边调过来，想从两边夹击敌人。在进入P8Q巡逻区之前，他们必须涉过宽阔的运河。迪克洛夫中士率领的班还未上岸，就有PKM机枪子弹和火箭弹纷纷向他们射来。战士们纷纷潜入水中进行掩护，与此同时，迪克洛夫中士用对讲机报告了敌人五处火力点的坐标位置，敌人就埋伏在被炸毁的大院的废墟碎石中，这座大院名叫"匪窝"。

迪克洛夫看到，一百五十米外，有一个人跑出了大院，然后猫着腰跑向附近的碎石堆。迪克洛夫静静观察着他的举动，等他趴下来之后，他向碎石堆发射了一枚四十毫米榴弹。看到这一幕，队员们放声大笑，接着又发射了一枚AT4火箭弹。

就在这时，一班从北边赶到。火箭弹爆炸后的烟雾还未散去，"疯狗"

第八章 敌人喘息

迈尔斯就一边挥舞着对讲机,一边向运河飞奔过来。

"迪克洛夫!趴下!"迈尔斯大声喊道,"危险!"

"什么?"迪克洛夫大声问,他震耳欲聋的枪炮声盖掉了迈尔斯的喊声。

"快趴下!"

迈尔斯一把抓住迪克洛夫,把他拽倒,同时,拼命向其他队员挥手,示意他们也都趴下。几秒后,一共几百公斤重的数枚"地狱火"导弹纷纷飞向了碎石堆,瞬间将其夷为平地。爆炸声让迪克洛夫的耳朵鸣响了好一阵子,直到耳鸣慢慢消失,他才抬起头,看到一架巨大的银灰色的四引擎飞机从他头顶呼啸而过。

这是一架KC-130运输机,运输机中的"大力神"。KC-130机队将部分飞机改造成了世界上最大的空中炮艇,命名为"收割鹰"。该机长三十多米,重达八十吨,载满了多种导弹和望远装置。刚才是飞行员出身的比尔兹利调用他的人脉,让"收割鹰"来了个低空飞行。当"疯狗"迈尔斯听到二班方向传来的枪声后,他说服加西亚允许自己呼叫"地狱火"导弹支援。在"因克曼"基地的迈尔斯和比尔兹利,对自己的行动感到十分满意。迪克洛夫中士被"收割鹰"的块头大小惊呆了,简直像一架火星宇宙飞船。

敌人哑火后,"收割鹰"发现地面有几个人在搬运三具尸体,因为不确定这些人是塔利班武装分子,还是同情他们的农民,便放了他们一条生路。

在南面约五公里的地方,又一名陆战队员牺牲。他叫克里斯多夫·蒙哥马利,是一名下士,他不幸踩到了简易爆炸装置,双腿和左手被炸飞,腹部被弹片划开。他很快被送往医院,临死前,他托人转告母亲:"上帝让我去完成一项任务,但我还不知道是什么,不论是什么任务,我都一定会完成。"

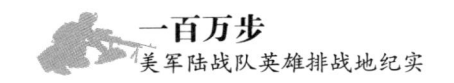

一百万步
美军陆战队英雄排战地纪实

九月的第一周,"烈火"巡逻基地的班领导职位有所变动。托马士军士被提拔为中士,然后又被调到"变形金刚"基地接任排副一职。麦卡洛克中士接管三班。这是他第二次证明自己有两把刷子的机会。麦卡洛克从小在得克萨斯的加尔维斯顿长大,有着艰辛的成长经历,因此对待自己手下的士兵总是很苛刻。在他们连进驻阿富汗之前,麦卡洛克被调离三排,前往连指挥部工作。

一个月前,麦卡洛克驾驶悍马装甲车,不幸被两枚火箭弹击中。其中一枚把车子炸翻,另一枚穿透了装甲,停在他的脸旁,所幸的是没有爆炸。住院几天后,麦卡洛克想方设法让医生相信自己并无大碍,可以返回基地。现在,麦卡洛克如愿以偿,重新回到三排,他摩拳擦掌,急着证明自己的价值。

12月8号,麦卡洛克率领三班进行例行巡逻。巡逻到基地以北一公里的地方,几名塔利班武装分子朝他们开枪,于是陆战队员们追了过去。接着又有几名塔利班分子加入,从西面向他们开枪。他们击毙了一名敌人,但当他们向前行进时,北边的武装分子朝他们疯狂扫射。巡逻队冒着枪林弹雨继续追击,在武装分子进入远处一片树林之前,又击毙一人。现在,麦卡洛克距离巡逻基地已经两公里,他一边呼叫迫击炮增援,一边继续追击塔利班,敌人背着中弹的同伙,逃跑的速度慢了下来。

巡逻队边追边打,向东北方向又前进了一公里,击毙第三名塔利班分子。"钢丝"比尔兹利给他们调来了两架"眼镜蛇"直升机作为支援。这两架直升机打死了数名塔利班分子,接着第二批支援直升机赶到,加入了战斗,又让一名塔利班分子下了地狱。

接着一架"收割鹰"隆隆驶来。当它飞至交火区上空时,一名塔利班分子吓得方寸大乱,从藏身的地方奔出落荒而逃。驾驶员见机发射了一枚二十公斤重的格里芬导弹,将他炸得粉碎。

火力的配置决定着战斗的策略。在迫击炮和空中火力支援下,麦卡

第八章 敌人喘息

洛克一直从正面攻击敌人。这天，塔利班分子像中邪似的一直没反应过来，他们死盯着视线内的几名陆战队员开枪，却暴露了自己的位置，遭到空中火力的反复打击。经过六个小时的火拼，三班干掉了七名塔利班分子，缴获了好几件武器。但是，他们此时已经追到距离"烈火"基地西北方四公里的地方。要是他们中任何人有点闪失，其他人得拼杀好几个小时才能脱身。

"过足瘾了吧，"加西亚说，"该回来了。"

十二月第一周的周末，一直监听敌方无线电通讯的翻译员发现，说普什图语的塔利班分子总是反复提到"陆战队"这个字眼。他们和巴基斯坦那头联络时说，"陆战队总是冒着子弹往前冲"，或是"陆战队的弹药比我们充足"，或是"你有能耐，你怎么不上啊！" 三排继续对恐怖分子保持高压态势。12月9号，三班扣押了一名携带一沓巴基斯坦货币和一部对讲机的男子。由于语言不通，最后只好将他释放。三班继续向前巡逻，发现了两枚简易爆炸装置。当两名男子直冲着一条水渠逃跑时，三班的战士们毫不犹豫地将他们击毙。就在不远处的玉米地里，三班发现了对讲机的零件、肩扛式反坦克火箭筒和几发弹药。

12月10号，一班和三班正排查民居，附近的树林中突然枪声大作，子弹如下雨一般倾泻而来。 一名陆战队员立马呼叫60毫米口径迫击炮增援。接着，他和麦卡洛克沿着院墙悄悄溜出大院，去侧面包抄他们，但敌人后来从林子后方成功逃脱。

与此同时，帕尔马准下士因为没能一同去包抄敌人，窝了一肚子火。正巧旁边的工兵手握全队第二台"瓦伦"探测器，扭扭捏捏地不敢往前走。帕尔马一把抢过他手上的探测器开始扫雷，为包抄敌人清出一条安全的道路。正是因为他，机枪手才成功架设火力点，而不至于让麦卡洛克陷于危险之中。熊准下士带着一支六十毫米口径迫击炮增援小队，沿着帕尔马沿途扔的瓶盖找到了他们所在的位置。迫击炮的加入很快给这场战斗画上了

一百万步
美军陆战队英雄排战地纪实

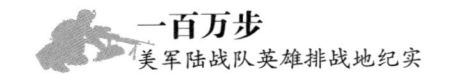

句号。

与敌军的交战磨炼了三排，让他们变得成熟起来。两位班长在酣战中培养出了默契。他们两人的性格截然相反：麦卡洛克夫性情外露，埃斯奎贝尔内敛少言，好斗而谨慎；麦卡却好斗且张扬。对埃斯奎贝尔来说，首要任务是保证弟兄们的安全，其次才是杀敌。而对于麦卡洛克而言，杀敌永远排在个人安危之前。他们一阴一阳，一对绝佳搭档。

这天下午，连指挥部下达指令，由于有"敏感情况"，所有各班必须全部回营。国防部部长盖茨莅临赫尔曼德省探望陆战队员。此时，高层最不希望看到三排与敌人打一场硬仗。

"我马上要动身回去了，这一趟让我坚信，我们的战略正在奏效，"盖茨部长在海军陆战队指挥部向媒体说道，"说老实话，即便是在过去几个月，进展已经超过了我的预期。"

事实上，美军战略一直都有两个。盖茨这位职业官僚，要么同时在执行这两项战略，要么就是无法区分两者的本质差别。陆战队员正在把塔利班赶出赫尔曼德省，他们决心杀光塔利班。可是，盖茨说他们"思想偏狭"，因为这里的陆战队员拒绝听从喀布尔军事指挥部（麦克·克里斯托里斯特尔）的直接命令。"只有赢得民众的支持，我们才能打赢这场战争，"最高指挥官麦克·克里斯托里斯特尔写道，"我们要努力将95%的精力放在95%的民众身上，他们理应获得我们的帮助也需要我们的帮助。这样，叛乱分子就会被孤立。在必要或恰当的时机，再对5%的叛乱分子采取行动。不要因为他们而分心、而忘记了自己的首要任务。"但事实上，这已经不是分不分心的问题。一直以来，陆战队员都以杀敌为己任。显然，战略的决策层与执行层之间出现了脱节。

2009年3月，奥巴马批准了盖茨所说的"一场万事俱备的反叛乱仗——一场雄心万丈的仗"。为了打好这场"雄心万丈"的仗，盖茨钦点麦克·克里斯托里斯特尔上将担任驻阿最高指挥官。

第八章 敌人喘息

这位将军曾是一支七千人特战部队的指挥官,他们以夜袭杀敌见长。但尽管盖茨不赞成麦克·克里斯托里斯特尔力推的重建阿富汗战略,麦克·克里斯托里斯特尔仍要求联军的十万常规军不要把重点放在击杀恐怖分子上,而是保护民众,并劝说他们支持卡尔扎伊政府。

这个战略的理论基础就是荒谬的。盖茨称之为"一场美梦"。巴基斯坦方面给塔利班提供援助,给他们开放长达二千二百千米公里的边境线而不加任何限制。而卡尔扎伊领导无方,无法让一千万普什图人觉得应该冒着生命危险站出来对抗那些残暴无良的塔利班恐怖分子。陆战队平均每周只能巡视一个村落一次,但是塔利班分子还是想来就来,想走就走。要想真正保护这五千个普什图村落,需要二十万士兵和当前数目两倍的直升机。而实际的资源根本不足以支撑起这个战略,更重要的是,卡尔扎伊也反对。

根据反叛乱战略,美国的主要目标是为那些部落提供保护,由此得到他们的支持。其次才是"有区别地消灭捣乱分子"。这简直是痴人说梦。唯有杀光"捣乱分子",安全才能得到保证。即便是匀出5%的军事力量击杀塔利班分子,也不能说动当地部落支持美军。一次又一次的调查都表明,普什图人普遍厌恶我们的陆战队。

当国防部长盖茨在赫尔曼德省说出"我们的战略正在奏效"的那一刻,我们无法知道他指的是哪个战略——消灭塔利班分子,还是劝说当地部落反抗塔利班?

12月14号,约翰逊上尉命令三排停止巡逻,返回基地。桑金地方政府大楼里不时有上访的农民,他们对三排怨声载道,说三排带来了无止境的战火,害得他们没法犁地,眼看就要错过罂粟种植期。他们要求陆战队员们隔一天巡逻一次,或者最好不要巡逻。农民们想让陆战队员们离开,说不需要他们的"保护"。

来桑金后不久,莫里斯中校立即组建了一个长老理事会。理事会负责向他和地方行政长官提供咨询意见,其成员由当地两大部落联盟的代表组

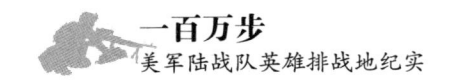

成。这两大部落联盟是：深受塔利班影响的潘吉派部落，和较为温和、以阿里克扎伊部落为主的西拉克部落联盟。理事会成员还包括一些大毒枭，甚至有一位"罂粟大王"，以及塔利班同情者们，这让莫里斯怀疑理事会的作用。理事会总共三十一名成员，其中十五名有犯罪或参与叛乱的嫌疑。但至少理事会是拉拢阿富汗民众的一个手段。

三营主管民事的卡尔·嘉顿中尉对此也持怀疑态度。嘉顿中尉负责的所有民事项目每个月耗资高达二十五万美金，很多项目旨在帮助最贫穷的小部落。他并不奢望这些钱能换来当地民众对陆战队员的忠心。四个月以来，当地村民仅报告了塔利班的四个武器藏匿点，而其他二十六个都是由陆战队员和阿富汗士兵在巡逻中发现的。

阿富汗的基建承包商漫天要价，一些很简单的工作都让陆战队花上大把的美金，这使嘉顿感到非常恼火。比如，铺一公里沥青要花一百万美金，在沥青上铺碎石的花费也高达二十五万美金每公里。和任何有影响力的酋长一样，嘉顿每周都要抽出几天来专门发放战争赔偿金，安抚地区行政长官首肯的索赔人。嘉顿中尉工作效率极高，他不仅要伏案批阅每一个索赔事项，还要问索赔人一些基本的问题。但通常情况下，索赔人都答不上来。

"你叫什么名字？"嘉顿问来申请赔偿金的一位农民。

"费萨尔·朱扎雷。"

"可是卡上的名字是加扎兰。"

"加扎兰是我哥哥，这有什么不妥？我哥哥的两只山羊和关山羊的两间房子被炸了，你得赔我五百美金。"

嘉顿明白部落的农民们想白拿外国人的钱。

"你哥哥这么有钱，给每只山羊单独一个房间？回去吧，下次来记得编个好一点的理由。"

陆战队普遍怀疑普什图人的诚信。肯尼迪的副手史蒂夫·葛拉斯少校说："在桑金，任何能消灭敌人并给朋友带来利益的团体的命令只要获得

第八章　敌人喘息

部落的认可就是合法的,有近一半的当地人站在塔利班一边,而另一半人选择隔岸观火。"

在桑金,将近百分之八十的人是文盲,要在这里建立一个持久的政府,就好比在退潮时搭一座沙堡。陆战队来之前,和英军打交道的一名地方行政长官就是文盲。这样的官员往往假装认识字,装模作样地签署自己根本看不懂的文件,过后却又不承认那是自己的笔迹。各方经常今天达成协定,明天推翻重来,导致持续不断的重新谈判,每一轮谈判中,各方都根据自己的比较优势讨价还价。更令人恼火的是,部落首领们早就逃跑或和当地塔利班分子达成了秘密协议。

阿富汗人同英军或陆战队指挥官达成的协议只是暂时的休战协定。这些协定一般在一周后,甚至一天后就会失效。桑金的居民都知道政府没有长久执政的根基,今年来,明年走。因此,他们不把政府承诺当回事,部落里或村里谁有权势,就听谁的。对于完全没接触过部落政治和教区政治的西方人来说,这两种政治体系就像蜘蛛网一样复杂且虚无缥缈。想在这里寻找忠心?买只狗吧。

理查德·米尔斯少校说:"部落长老们承诺,叛乱分子会停止袭击联军,并驱逐桑金的外国武装人员。"作为交换,美军要停止巡逻,释放一名凶残的炸弹制造者,提供资金,并允许各个部落在自己的领地上巡逻。

肯尼迪和莫里斯决定检验一下这个停火提议。也许一些中立者会站在阿里克扎伊部落的那些酋长一边,因为这些酋长痛恨当地的塔利班头目。也许他们真的会杀掉几个该死的塔利班。肯尼迪管辖的防区共有 6 名地方行政长官。其中有一个声名狼藉,三个形同虚设,其余的两位行政长官为人正派,桑金的行政长官就是其中之一。停火将增加他在各个部落中的威望。同时由于英国积极地促进停火协议的签订,这也是向英国人展示善意的机会。

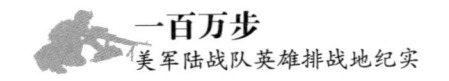

第65日：三十九万步

12月15号，肯尼迪同意基洛连防区内停火。这下，阿里克扎伊部落有了好几个星期来证明自己的立场。由于巡逻被暂停，莫里斯将三排转移到距离基洛连南面3公里处的"美国"巡逻区。三排很高兴获得"救火队"的美誉。布朗宁带领的狙击分队和预备役军人继续留守"烈火"巡逻基地，这让他们颇为不快。

"美国"巡逻区位于"杰克逊"前沿作战据点的五团三营总部东南方六百米处，面积两平方公里，其中树木、低矮灌木丛生，运河深不见底。在"杰克逊"据点镇守的陆战队员警告三排："美国"巡逻区危机四伏。

在"美国"巡逻区，陆战队和塔利班控制区的分界线是一条名字叫作卡洛特的公路。12月16号，在三排抵达巡逻基地一个小时后，加西亚便下令越过卡洛特公路，进入敌控区进行侦察。一班首先放了一根21米多长的爆炸索。陆战队员点燃爆炸索后，几个简易爆炸装置被引爆，炸出了一条安全通道。爆炸声同样惊动了正在埋伏的塔利班。

于是他们过早地开枪乱射。一班的陆战队员向塔利班所在方向投掷了几颗烟雾弹。然后，帕尔马拿着探测器冲到最前面，带领一班其他人向前行进。麦卡洛克见机带领三班向塔利班南面包抄，而加西亚则呼叫迫击炮支援。夹在两班之间的塔利班分子只好撤退。

第二天，三排又一次穿越了卡洛特公路。印度连派出了一个侦察小分队。小分队发现远处的树丛中潜伏着两名塔利班侦察兵，于是呼叫大炮和F-18战斗机进行火力打击。在战斗机低空扫射的掩护下，迪克洛夫中士率领二班突进了浓烟滚滚的灌木丛中。他们发现了一具尸体，尸体旁有一个电池组以及一把装有榴弹发射筒的AK-47。迪克洛夫继续往灌木丛的深处搜寻，来到了一条隐蔽的运河前。在不深的水中，一具尸体忽上忽下地浮动着，旁边一支AK的枪管直指天空。当迪克洛夫在确认他是否真的

第八章 敌人喘息

死亡的时候，加西亚向他喊道。

"不要浪费子弹了，"加西亚叫道，"他已经死了，他在水里怎么可能喘气？"

迪克洛夫走下运河去捡那把 AK 步枪。但是他没有闻到死尸令人作呕的臭味，反而闻到新鲜水果的味道。因为，尸体背包里装满了橘子，这些橘子被 30 毫米子弹打了个稀巴烂。他的衣服下藏着一台对讲机和一把带有红镜片的手电筒。

二班来到了一座清真寺，阿富汗士兵首先进去搜查，陆战队员在外面等待。队员们等得很不耐烦，开始四处搜查，找到了一个藏匿武器的地方。那里有一把反坦克火箭筒、两枚火箭弹、一些制作炸弹的材料，以及几百发 AK 步枪子弹。土生土长的得州工兵德拉尼在武器藏匿点引爆了炸药，爆炸产生的大火点燃了旁边堆放的玉米秸。德拉尼此时对燃起的熊熊大火视而不见，不紧不慢地走回队伍，这时，埋在那堆玉米秸下的一颗简易炸弹也被高温烤炸了。突然的爆炸声吓得他连蹦带跳地逃开，狼狈的样子引得其他队员一阵哈哈大笑。

加西亚摇了摇头。

"你们要有个三长两短，我也会吃不了兜着走。"他喊道，"别胡闹了。"

大家士气高涨，进入了一座废弃的大院，并升起了美国国旗。二十一岁的约翰·佩恩准下士也来自得州。他准备骑上一头驴子，拿着 AK，摆个造型，驴子甩起后蹄把他踢飞到了墙上。佩恩打算退伍后去教历史，毛驴这一闷蹄让他晕头转向，给他上了一堂生动的地理课。

12 月 17 号，五团三营又一名士兵牺牲，阵亡人数至此也上升至二十一人。牺牲的是荷西·马多纳多准下士，二十岁，得州马西斯人，他之前是学校橄榄球以及棒球队里的明星运动员。最重要的是，荷西是自愿为国而战的。

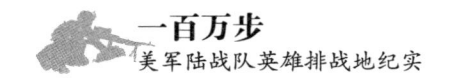

一百万步
美军陆战队英雄排战地纪实

"我很荣幸地说他并不是因为打架斗殴而死的，"他的表亲如是说，"他也不是因为吸毒过量而离开我们的，而是为了保护祖国光荣牺牲的。"

第73天：四十三万八千步

在圣诞节两天前，三班碰到了一队在小路旁闲荡的男人和男孩。这不是什么稀罕事。这里的男人没有女人勤快，经常闲坐着，互相吹牛聊天。他们从这群人身上搜出了一些电池和手机。麦卡洛克中士把这些电池扔进了河里，并且用手提电脑拍下了他们的照片，记下了他们的名字。中士向工兵科尔比·亚奇准下士示意，让他出列。

亚奇是纳瓦霍人，二十一岁，身材矮小敦实，脸上总是挂着灿烂的笑容。他生性害羞，却像钢铁一般坚强。他的父亲曾在陆军服役，亚奇打算退役后回到内华达州的印第安保留地。他说他想和自己的叔叔一起在矿地上工作，这让三排其他队员听了都很惊讶，因为他太喜欢圣迭戈和拉古纳海滩了。

一个月前，亚奇最好的朋友亚登·布恩纳瓜准下士在随舒马赫中尉执行巡逻任务时被简易爆炸装置炸死。然而，在每天执行巡逻时，亚奇仍然打头阵，对自己脚下随时可能出现的死神毫不畏惧。三排像迷信一般信任亚奇的直觉，他们认为亚奇能够嗅出简易爆炸装置的味道。

亚奇沿着路往东北走的时候，突然有种不好的感觉。他用刀子在地上试探性地戳了戳，发现了一条很粗的电灯线。顺着这条线向前摸个一米左右，他发现了另一头连着两枚简易爆炸装置——一个是装了十二公斤炸药的瓦罐，另一个是装了四公斤炸药的塑料容器。两只压板等待着陆战队员踩上去，然后被炸个粉碎。

"这都是我哥们儿亚登·布恩纳瓜的功劳"，亚奇跟我说，"在我们刚到这里的前两周，他发现了十个简易爆炸装置。是他教会了我这些。"

第八章　敌人喘息

那天晚些时候，印度连的一名狙击手在和三排一起巡逻时，踩到了一个压板，失去了一只脚。

一个小时之后，二班在几排树丛以外射杀了一名十几岁的少年。伤心欲绝的母亲跑过来，尖叫着喊道："为什么你们要杀害我的孩子？"迪克洛夫中士举起他儿子的 AK 步枪示意了一下，给了这个女人一些钱，然后继续前进。

在美国，来自伊利诺伊州伯索尔托的肯尼·科尔津准下士因为当月早些时候踩到简易爆炸装置受伤过重，不幸于圣诞夜那天去世，年仅二十三岁。

"我们是一家人。"他的牧师菲尔·施耐德说道，"他是我们的孩子，我们的兄弟，我们的朋友。他不会白白牺牲。他做出的牺牲会让我们的社区和国家更团结，让我们更自豪。"

圣诞节那天，刚恢复枪伤返回到"烈火"巡逻基地的杰夫·西布利下士搭乘部队的便车，来到了连队位于"因克曼"的大本营。在那里，他跟国内的妻子通了很长时间的电话。他的妻子即将诞下他们的女儿奥布莉。

"迪克洛夫中士就是在圣诞节出生的。"西布利说，"他让我把 6 月 25 号当作奥布莉的半个生日过，这样她就会收到单独的生日礼物了，而不只是圣诞礼物。我觉得这么做挺好，因为我 6 月就回家了。"

我无法想象在两个截然不同的世界生活会是什么样子。当年越战期间，陆战队进入了丛林，除了树什么都没有，就像是在月亮的另一面。1967 年的一天，负责整个太平洋战区的四星上将突然乘着直升飞机空降到我驻守的义平，当时我们的指挥官是威尼·麦克中士。威尼的队伍一直承担着艰巨的作战任务，战绩显赫。作为一个纽约西区人，威尼在上将面前不卑不亢。他带着上将参观了他的小据点，回答了上将的一些问题，在上将临走时，向他的直升飞机敬礼。上将一走，他就当这些事情根本没发生过。

可事情还没结束。上将是一位老派绅士，他亲自给威尼父母写了一封

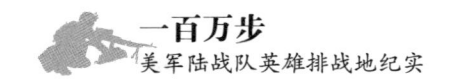

表彰信，称赞他们的儿子作战英勇。但是，你可以想象，儿子在外打仗，收到官方来信多么可怕。威尼的母亲此前好几周没有收到儿子来信了，因此收到信后硬是没敢打开看，第一时间给威尼的父亲拨通了电话。他父亲做好了最坏的打算，急匆匆赶回家，拆开信才发现是虚惊一场，于是他们给儿子回了信。接下来六个月，威尼手下每名队员每周至少往家里寄一封信。

那时，与家人联系只能写信，很不方便。而现在，大兵们能用Skype跟家里通话，聊奥斯卡奖，问哪些账单还没有结，还有孩子作业完成了没有……作为一名老兵，这些事情我想都不敢想。

感恩节那天，劳施准下士果断投掷红色烟雾弹发求救信号，救下了一名受伤的战友。不久后，圣诞节那天，阿莫斯将军来营队总部视察，恰巧遇到也在总部的劳施，对他说："仗很难打，我能做的只是来看望你们。"并给劳施颁发了一枚奖章。

第二天，劳施回到排里，跟战友炫耀阿莫斯将军颁发的奖章。据说，在美国，如果去酒吧喝酒，你拿出奖章拍在柜台上，一定有人请你喝酒。不过，二十岁的劳施还要在阿富汗作战一年，得活着回国，才能亲自核实真假。

在一封写给五团三营家属的圣诞节问候信中，莫里斯中校写道："最重要的是，我们在与塔利班分子交战中节节胜利，我们也正尽最大努力帮助阿富汗政府赢得民心。"

在桑金，总有陆战队员在与塔利班分子交火中牺牲，但是仍然没有迹象表明桑金人民支持当地政府、反对塔利班。

12月28号，五团三营又有一名陆战队员牺牲，他是阮泰官下士，年仅二十一岁，来自得克萨斯州哈顿市，他的儿子刚出生三个月。

他表哥说："他笃信上帝，不吸烟，不喝酒，而且他总能逗我们笑。"

第九章　征旅过半

"飘扬的国旗总让我们想起兄弟们的巨大牺牲。"

——察猜·雄，来自明尼苏达州

到一月，停火协议签订刚两周，基洛连与塔利班便又起冲突。而赫尔曼德省省长与阿拉卡扎部落长老签订的协议太脱离实际而以失败告终。塔利班不但没有离开，反而叫来了援军。

理查德·米尔斯说："我们海军陆战队向阿里克扎伊部落承诺过，会支援他们，我们不会撇下他们不管。"

但是，陆战队是必须要撇下他们的。奥巴马总统已告知各战地指挥官撤军期限。奥巴马在同意向阿富汗派出陆战队前，曾与高级指挥官们开过会。据史学家兼记者乔纳森·奥尔特所述，奥巴马就曾问戴维·彼得雷乌斯将军："你不要有任何隐瞒，十八个月确能完成任务吗？"

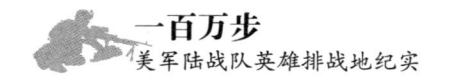

戴维·彼得雷乌斯时任美国中央司令部首长兼中东战区指挥官。阿富汗战区从属于中东战区。

"总统先生，我有信心在十八个月内对阿富汗国民军进行作战培训，然后把阿富汗交给他们。"彼得雷乌斯回答。

"如果十八个月完成不了这样的任务，我们就只能撤军，是吧？"奥巴马问。

"是的，总统先生。"彼得雷乌斯回答。

截至 2011 年 1 月，十八个月的期限已到。戴维·彼得雷乌斯接替麦克·克里斯托里斯特尔上将成为阿富汗战场的最高指挥官。二人都坚定拥护"建设阿富汗"的反叛乱策略。但奥巴马总统对该策略失去信心，并下令逐步全面撤军。桑金陆战队员可能是最后一批撤离的，但毕竟会撤离。

桑金阿富汗陆军指挥艾哈迈德非常坚定，他劝勉士兵与塔利班作战。但是阿富汗国民军兵力不足，斗志消沉。阿富汗警察士气更加低落。自从五团三营入驻，阿富汗警方从未出过桑金市集广场，也从未拘捕过任何可疑分子。阿富汗国家安全理事会特工的表现虽然好一些，但也好不到哪儿去。理论上，国家安全理事会相当于联邦调查员、得州骑警、得州警察的合体，都应该是誓死完成任务的硬汉。单在 12 月份，五团三营就逮捕了十四名嫌疑分子，两名嫌疑人还随身携带简易爆炸装置。十四名嫌疑分子中两人被押赴至省监狱，其余十二人被国家安全理事会偷偷释放。

在停火期间，桑金的塔利班分子听命于身在巴基斯坦的"上级"，仍然统一行动。布朗宁中士的狙击队，暗中巡视"烈火"基地周围农田的动静。他们发现，塔利班分子经过时朝农民们打招呼，一些农民不再理会，但是也没有打手势赶他们走。此次停火，阿里克扎伊部落没能将塔利班驱赶出自己的地盘，反而给了塔利班喘息重整的机会，而且将作战物资输送至基洛连所在的区域。

2011 年元旦，肯尼迪上校终止了停火协议。我问上校理由，他也只

第九章 征旅过半

是无奈地耸耸肩。塔利班签协议时信誓旦旦，各种承诺，却不见实际行动。所以双方又开战了。

在感恩节战事中遭遇美军重击后，塔利班信心严重受挫。此后，尽管"作战指令"有诸多约束，但三排呼叫空中支援时变得更加干脆。比尔兹利上尉坚持寻求空中支援，而且一班的前线观察员乔·迈尔斯中士跟空军飞行员"关系很铁"，虽然对着麦克风讲话的声音就像打鼓。

阿富汗的塔利班分子也会向他们藏身巴基斯坦的"上级"抱怨，"你有能耐，你怎么不上啊！"三排管当地这些塔利班分子叫"小喽啰"。他们是受毒枭雇佣回战地采摘罂粟的，按天发工资。塔利班组织是一群由普什图一百多个部落的狂热分子混编而成的乌合之众，他们加入的动机各不相同。在阿富汗，人们或忠于家族、宗派或部落。在桑金以及其他一百多个区，当地人想做每天拿到五美元的临时工作，就要听从当地黑手党正式成员的命令；而拥有特许权的黑手党，则对位于距桑金一百四十多公里的巴基斯坦奎塔市人民立法会议——"舒拉"负责。

盘踞在奎塔的塔利班头目是一名毛拉，叫扎基尔，2007年刚从关塔那摩监狱放出来。在停火期间，应桑金塔利班的求援，扎基尔派出二三十名塔利班武装分子前往桑金，这些人个个久经沙场，身经百战。这一战术的确高明，两个世纪前，著名军事理论家卡尔·冯·克劳塞维茨就曾在其经典著作《战争论》中有所论述。

克劳塞维茨在书中写道："指挥官只要派几支小规模的正规部队支援地方人民起义军，就能轻松组织指挥人民起义军。有了正规部队的鼓舞，地方起义民众就会士气大增，武装反抗的信心也会更足。"

三排发现敌人这一次的战术与以往截然不同。以前，一旦敌人从某一个方向开火，陆战队员就从两侧包抄开火位置，一逮一个准。如今，敌人学聪明了，每当陆战队去包抄机枪火力点，第二挺机枪就从另一个方向开火。以前敌人只有一架PKM机枪，两到四把AK-47，现在他们有两架

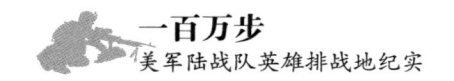

一百万步
美军陆战队英雄排战地纪实

PKM 机枪，可以互相掩护，陆战队员难以攻破。由于巴基斯坦的塔利班源源不断地为桑金塔利班提供军火，加西亚根本不能指望对方在第一轮交火之后主动撤退。

塔利班和从巴基斯坦来的武装分子一起，开始不按常理出牌，不分时间和地点，见到陆战队员就是一通乱射。如果有人提供子弹，负责放哨的狂热年轻人见了陆战队也会掏枪就打。即使上级不允许开火，他们也会忍不住扣动扳机，感受子弹出膛时的爆炸声和后坐力带来的快感。同样的情况在 1966 年的越南战争、2005 年的伊拉克战争以及 2011 年的阿富汗战争中也出现过。当地叛乱分子只要看到巡逻队经过就是一通乱射，虽然这种行为很愚蠢、很冲动，却是不分国籍的。

为期七个月的作战任务才刚过半，三营的八百名战士中就已经伤亡二百多名。三营共排除了五百多颗简易爆炸装置，另外引爆了大约一百颗。

基洛连一共有一百三十六名陆战队员，其中九名牺牲，四十五名受伤。尽管后期有新的队员补充进来，但目前基洛连只剩九十六名队员，损员率高达 30%。还有十几名陆战队员受伤，但是他们拒绝接受连级以上更专业的医护治疗。和橄榄球运动员一样，他们用沉默拒绝承认自己患了创伤性脑损伤。简易爆炸装置的爆炸是陆战队员应该学会适应的战场状况。通常，一旦触发，你会看到一阵强烈的白光，眼前一片模糊，这时如果快速移动会引发前额周围疼痛。大约一周过后，你就恢复正常了。你感受到了冲击波，但大家也都感受到了震荡。只要命大不死，再过三四十年都不会有问题，也许永远不会有后遗症。你要做的，是拍拍身上的灰尘，继续战斗。

五营三团的每个排都在与塔利班打一场直接消耗战，牺牲自己来拯救阿富汗人的生命。如果陆战队员消灭的塔利班足够多，阿富汗军队可能就有信心接管这一地区，阿富汗政府可能就有机会获得老百姓的支持，共同反对塔利班，而且很多塔利班分子本来就是从老百姓中抓的壮丁。

所谓"战略"，就是调动资源实现某个目标。但打"消耗战"并不算

第九章 征旅过半

真正的战略,因为这场消耗战的成功与否取决于阿富汗政府的行动,而这是美国无法掌控的。美国无法替阿富汗官员做抉择,也无法鼓励他们做什么,更没法直接让他们按我们说的做。

三排的人员损失即将超过极限。在过去的十周里,三排有三分之一的陆战队员牺牲、失去手脚或因中弹受伤而转移到后方。八十二天以来,他们发现了七十五枚简易爆炸装置,与敌人交火四十余次。总的看来,三排士兵与一百五十多名塔利班交过手,消灭了几十个,此外,狙击手还击毙了三十多名。即使有重复计算的情况,这也是不小的战绩。陆战队员们的日常就是离开基地巡逻,遭遇敌人攻击,眼前一阵火光,持枪反击,一声轰响,一阵尖叫,满嘴朱砂味……这就是真实的战争场景。

在桑金,看到妇女儿童像中世纪的人在锄地,不必惊讶;要注意观察林间的动静,看到有丁点的红色火焰就开火;要听从加西亚、埃斯奎贝尔、迪克洛夫和麦卡洛克的指挥;如果子弹落在你眼前,打得泥土四溅,不要畏惧;不要问为什么要来桑金执行这愚蠢的任务。因为你是一名陆战队员。你的任务就是扣动扳机,保持人性,不要滥杀无辜,支援队友。

阿富汗战争和越南战争的反叛乱战略重心完全相反。

在越南战争中,美国的军事目标就是打败敌人。越战结束后,海军陆战队在1980年出版了一本作战指南,书中强调:"应集中力量全方位压制、摧毁敌人,而不是占领土地。"这一目标仍然适用于今天的赫尔曼德战场。

"敌人越是认为自己厉害,我们越要灭他们的威风,"陆战队四星上将詹姆士·康威说,"在桑金,我们不会留下任何一个死角。"

不过,2006年,海军陆战队同意执行新的反叛乱战略,战略重心不再是打败敌人,而是赢得当地民众的支持,劝他们去反抗塔利班,并积极与阿富汗官员协同合作。

1980年,美军的战略重心是消灭叛乱分子,保护当地民众。2006年,战略重心又变为己方赢得民心,让叛乱分子失去民心。

"我们要在这里待七个月。我们不能再采取'清理—据守—重建'的反叛乱战略。我们可以向塔利班证明,我们想去哪里就去哪里,他们别想拦住我们。"尼克·约翰逊上尉说道,"在苏拉会议上,几位阿富汗长老让我们停止巡逻。他们怎么能说这种话?我决不同意,我们从不退缩。"

陆战队员的作战行为与2006年作战方针之间的脱节问题仍然没有解决。打仗从来都是指挥官看重什么结果,那么就按照哪种战略行事。如果最高指挥官不再看重消灭了多少敌人,那该如何衡量我们打赢了还是打输了?

1941年,日军占领东南亚,新加坡、泰国和缅甸等国家一片焦土。在这种形势下,英军陆军元帅威廉·斯利姆给战斗失利的英军鼓气,并最终打败了日军。他在回忆录《转败为胜》中这样描述他的作战思想:

"必须给战地指挥官发出清晰、明确的作战目标指示。"

在桑金,上层从来没有下达过清晰确定的目标。国防部长盖茨信奉"根除负隅顽抗的塔利班"这一理念,他明确指出,就是要攻击敌人,消灭敌人。

然而盖茨莫名其妙地先后任命了两名持相左战略的指挥官。一位是麦克·克里斯特尔上将,他下达了严厉的命令,坚持只派出军事力量的百分之五去打击塔利班。另一位是彼得雷乌斯将军,他对塔利班的态度隐晦不明,其战略意图让人猜不透,往往反复揣摩后才能抓住一丝头绪。

在一次采访中,他解释道:"如果不想亲自费力地把阿富汗的叛匪赶尽杀绝,你就需要团结那些愿意妥协的人,使他们从问题本身转换成解决手段……进行一种军民一体的综合反叛乱运动……我们必须把取得进展的片区连接起来,扩大这个区域的范围,然后再接再厉。因为,众所周知,安保是一切工作的基础,是政府治理、经济建设、法治建设等等的保障。"

这种"综合运动"必须以一种"惊人的"(盖茨经常用到这个词)速度推进,因为奥巴马已经决定撤军了。彼得雷乌斯想要五团三营这样的队伍像油珠滴落在桌布上、然后迅速洇染一片那样,迅速地扫清敌人。这项

第九章 征旅过半

任务是艰巨的：六十支联军队伍必须扫荡藏匿在五千座村庄的敌人，还要说服这些住在大山和荒漠之中的村民，而这些大山与荒漠紧邻广袤的巴基斯坦边境。彼得雷乌斯的时间不多了，还缺少人手。然而就算资源不足，就算卡尔扎伊不是一个靠得住的伙伴，他也仍旧坚持"重建阿富汗"的战略。

陆战队员的处境很尴尬，他们正采取国防部长盖茨所主张的强硬战术策略，来达到彼得雷乌斯将军信奉的战略目标。盖茨想的是，五团三营会以雷霆之势击败塔利班。而彼得雷乌斯想的是，让陆战队员在桑金再待上几年，帮助当地发展经济，建立政府，开展国家重建工作。另外，陆战队员还将把根据地往北再推进大约三十二公里，打通611公路，以实现原定的七年内往卡贾基水坝安装第三台涡轮机的目标。

悬而未决的，是把团结当地人当作赢得战争的手段（彼得雷乌斯的主张），还是当作赢得战争后的奖项奖赏（盖茨的主张）。然而这两种策略都需要三排冲到最前方，在泥淖的荒野打击残暴的敌人。敌人根本不管什么战略理论，他们只管四处埋雷，希望把陆战队炸得血肉模糊。

"疯狗"迈尔斯说："这些农民都是帮孬货，不敢为家人挺身而出。阿富汗士兵也是软蛋。知道这儿靠谁撑着吗？我们真枪实弹打出来的。"

但是，我们的目标是打败战场上的敌人吗？

国防部长盖茨写道："军人冒着生命危险去战斗，必须让他们知道，他们的目标是打败那些试图杀死自己的人。"

他们还来不及高兴，彼得雷乌斯将军发出了一个不同的声音。

他说："我们一直在取得进展。进展就意味着胜利，如果你愿意这样认为。但不用说，要想取得全面胜利，就需要累积许许多多的进展。这是一个长期的命题……我总是尽量避免使用'胜利'这种字眼，你知道，它会给人一种暗示，仿佛你只需要找到目标山头，占领它，插好旗帜，就可以凯旋了。我认为在这里，完全不是那么回事儿。"

盖茨部长认为，必须让军队知道，他们的目标是打败塔利班。然而，

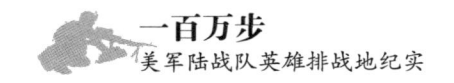

最高指挥部却不确定塔利班是否是美国的死敌，应该像对待"基地"组织一样彻底铲除；还是一支造反有理、奋起反抗卡尔扎伊集团的地方势力。在高层这种模糊不清的战略下，三排也就无所谓成功和失败，他们能做的，只是日复一日地战斗下去。

第 83 天：四十九万八千步

2011 年 1 月 2 号，二班发现，巡逻基地外一百五十米处的灌溉渠旁，有两个人在埋设简易爆炸装置。蒂姆·瓦格纳（二十岁，来自内布拉斯加）干掉了那两人。没多久，卡梅伦·德拉尼发现了另外一伙敌人，干掉了五个人，这是一项空前的成绩。他来自得克萨斯，总是喜欢当尖兵。

迪克洛夫中士说："这是运气，他们不知道我们回来了。"

在之后的一次巡逻中，二班杀死了一个骑着摩托车正在用对讲机通话的人，并发现了六个简易爆炸装置。他们把电池埋在树根底下，让我方很难发现。队员手中的瓦伦探测器侦察到就在附近，但却无法定位具体位置，直到队员刨开重重树根，才发现引起感应的金属源。工兵标记出危险地带。有些时候，陆战队员需要跑着跳过去，避免踩到可能埋有的简易爆炸装置的地带。

爱冒险的帕尔马"中奖"了。他和工兵赫斯被一个弱爆震掀起近一米高。帕尔马左脚踝严重瘀青，他艰难地站起来，却拒绝呼叫急救直升机。在接下来的巡逻期间，他继续保持一贯的做法，那就是从屋顶开洞，而不从大门进入民居。

对赫斯来说，这次爆炸的后果更严重。这已经是他第四次踩到简易爆炸装置了，他的神经受了伤。加西亚决定以后不再让他负责巡逻任务，他已经超额完成任务。

三班重新回到 P8Q 区后，首次巡逻就遭到了机关枪扫射。麦卡洛克

第九章　征旅过半

呼叫 60 毫米口径的迫击炮轰击了一座大院，但等陆战队员赶到该大院时，敌人机枪手早已逃之夭夭，留下一地凌乱的 PKM 子弹壳。很显然，在停火期间，塔利班大大扩充了作战资源，又满血复活了。三排各班也不甘示弱，他们争相向加西亚请缨到巡逻区北部和东部，因为那里与敌交火的机会最多。

杰弗里·拉什顿二十四岁时加入了海军陆战队，他说："就算从我高中同学中选出最好的苗子，让他们接受世界一流的军事培训，他们也比不上我们。重要的不是训练，而是作战时的默契。"

他们的哨所孤零零地矗立在绿色地带的中心位置，因此他们之间的战友情不断升温。火坑和洞穴是他们的消遣之地，这里没人管理，没有上士指派杂务，也没有与家人往来的日常电邮，互相打趣成了他们的唯一的乐子。而在后方的士兵，工作十个小时后就有两个小时到网上遨游，线下线上生活两不误。鼠标轻轻一点，就能见到家人。然而，这些对他们来说都是奢想。

也不是每个士兵都有个兵样。来桑金之前，约翰逊上尉就开除了连里二十名陆战队员，而总共人数也就只有一百四十四人。到桑金几个月后，一排排长汤姆·舒曼称四十人的队伍中有四个不够尽责，但还没对他们下逐客令。

加西亚也面临同样的情况，手下有四名士兵表现太差，其中两名是十二月末才来的替补士兵，他们完全不在状态，巡逻时不够警惕，被派到了基地的哨岗上。另一名在遭到攻击时经常畏畏缩缩，还有一名任由敌人压着打，也不知道开枪还击。

加西亚说："我不想把问题士兵推给别人，每个士兵都可以找到适合自己的位置。"

当三排在"美国"巡逻区时，留在"烈火"巡逻基地的阿富汗士兵养成了我行我素的恶习。

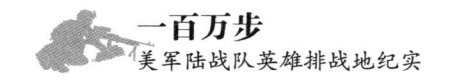

一百万步
美军陆战队英雄排战地纪实

"一盘散沙!"陆战队军事顾问阿尼中士如此评价阿富汗士兵,"我跟两批阿富汗军官共事三个月,军官不在时,士兵爱来就来,爱走就走,十分散漫。"

对此,海军陆战队在阿富汗的总教官特里·沃克一针见血。

他说:"要弄明白阿富汗的情况,往钱的方向想就对了。在桑金这个烂地方,没法赚钱。所以,吃空饷是赚外快的好办法。如果多谎报20%的员额,就等于有20%的军饷就落到了某人的腰包里。我就奇了怪了,既然这样,那在'烈火'基地卖命的士兵图个啥?"

三排不在期间,阿富汗士兵就占用各班的火坑,在铁丝网上开洞溜到外面,向当地人买吃的。三排一回来,做的第一件事是修补铁丝网。当麦卡洛克命令几个阿富汗士兵跟随巡逻时,竟然没人响应,事情终于闹到不可开交的地步。而在这之前几个月,他们都不用请,自觉跟着去巡逻。

但这次,阿富汗士兵选择了不配合。他们居然示意麦卡洛克自己去巡逻,不要带上他们。麦卡洛克向来不玩手段,得到众人拥护。所以,当他大声吆喝、破口大骂时,他的跟班们立即跑过来,围成了一个半圆,等候发令。双方都剑拔弩张。有人叫来了加西亚中尉。

加西亚擅长摔跤,胳膊粗如大腿,不仅是三排的军官,也是排里最强壮的人。他朝阿富汗军火坑冲去,手里习惯性拎着M4步枪。带头抗令的那名阿富汗下士见状,吓得钻进洞穴,然后提着PKM机枪走了出来。加西亚走过去,甩开巴掌把他的机枪打落在地上。

一时间,大家都呆立在原地。接着十二名士兵端着枪在来回走动,一言不发。最后,几名阿富汗士兵极其不情愿地加入了巡逻队伍。三排控制"烈火"巡逻基地时,与阿富汗士兵的关系从没好转过,都是孽缘。

加西亚随后说:"这是我的错,我早该预料到的,将冲突扼杀在萌芽状态。"

陆战队面临的阿富汗军不仅有阿富汗军的纪律问题,更严重的是,没人信任他们。自五团三营总部发生枪击命案后，总部以北地区又有两名陆战队员命丧枪口。这些谋杀动机很难揣测，有悖常理，夹杂着个人自尊受挫感、伊斯兰意识形态和部落文化的成分。

由于双方互不信任，"烈火"基地的阿富汗士兵尽管跟随三排执勤，但战斗能力没有任何提高。他们桀骜不驯，捉摸不定，而且冷漠无情，折射出阿富汗分崩离析、部落割据和矛盾重重的社会现状。

第90天：五十四万步

1月9号，陆战队一名狙击手解决了八百二十米外的一个敌人。同时，有一个人在埋地雷时被二班发现后，逃进了芦苇丛。德拉尼顺着地雷引线来到了一个简陋的小屋。他掏出一颗眩晕弹，往里一扔，然后冲进去，把这个家伙揪了出来。

兰兹内斯特说："我们让这个家伙走在前面带路，心想要是有地雷，也是他第一个给炸飞。我以为走在后面会没事，但一个没留神绊了一跤。当时只听'嘭'的一声巨响，脚底下地面在震动。我想跑，心跳加速，像心脏病发作一样，最后被炸倒在地。幸亏罐里的大包弹药没有引爆，只是一次弱爆震。我除了脚踝扭伤外，没其他地方受伤，然后听到迪克洛夫中士喊我跟上队伍。"

这次死里逃生后，兰兹内斯特决定定期做祷告。他跟瓦格纳和大卫·希克尔准下士同住一个洞穴。每晚睡觉时，三人都会听特雷西·劳伦斯的歌《如果我回不来了》，这是一首忧伤的曲子。瓦格纳带头起唱："兄弟们，如果我回不来了……"

希克尔接着唱："请为我喝一杯，不要为我流泪。"

三排士兵认为自己还是幸运的，至少晚上能睡觉。他们的后备军就不一样了，他们要在漫漫寒夜中守着安全监视塔，让战友能有个觉睡。

在战术制定上，三排自己说了算。美国陆军和海军陆战队向来不重视研究创新型小部队战术。美国南北战争结束后，尤利西斯·辛普森·格兰特上将曾写下这样一句话："我在运用某一战术时，之前并没有做过研究，但是我相信团里军官并非对此一无所知。"

一场橄榄球比赛也就三小时，但为了准备比赛，专业教练必须精心策划三千个小时。在P8Q区与敌人交火一小时，或是执行一小时的巡逻任务，其危险系数当然都远远大于一场橄榄球赛。但军队里的将军和高级官员们每天只为了数据而摆弄各项数据，却无法为前线的战士们提供任何新策略或新战术。加西亚就是桑金战场上的专业"教练"。

他说："没有一个营级以上的官员为我们提供新策略，在战术上，我们没有得到任何指导建议。每天的任务就是杀敌。没有阿富汗线人为我们通风报信，我们还是一样作战，我们靠的不是情报，而是真枪实弹。"

约翰逊上尉在指挥中心的墙上挂了一张巨大的照相地图，上面用大头针标着在哪里发现了简易爆炸装置，或是在哪片树林与敌军交过火。每周，加西亚、舒曼和其他中尉会与约翰逊上尉聚在一起，研究敌人的作战模式。

美国国防部已斥资220亿美元对付塔利班埋设的简易爆炸装置，其中大部分资金都用来采购了一批功能强大的防雷反伏击车。在桑金，徒步巡逻时最容易踩到简易爆炸装置，但士兵们配备的巡逻装备却非常原始落后。三排士兵基本是依靠肉眼排雷，沃尔玛就能买到的金属探测器偶尔会派上用场。阿富汗人信守"部落忠诚"，几乎没有人会去举报私制地雷的人，因此这些人依然逍遥法外。这种"部落忠诚"也为塔利班组织提供了保护伞。

阿富汗村民们对待美国大兵的态度冷热不一，这一点与在越南时没什么两样。但喜欢也好，痛恨也罢，村民们心里都清楚一点：大兵们在这儿待不长。正因为他们是外人，所以没人会明目张胆地为他们提供信息。他们能活下来，是因为他们比敌人更厉害。在作战策略方面，上至美国国防

第九章　征旅过半

部,下至连级军官,没有一个人能想出更好的点子,因此三排士兵见哪招好用,就用哪招。

美国国防部长和四星上将们在访问桑金过后,发表了公开声明。声明中用词含糊、基调乐观,与这场殊死较量的战争完全不符,让人很难相信他们了解真实状况。但话又说回来,指挥系统中的每一级官员在上报情况时哪怕只粉饰5%,那么等到消息传到最高指挥官耳朵里时,便已失去了一半的真实性,我们又怎能指望他们了解真实的战况呢?

以色列有一位著名的独眼陆军准将,名叫摩西·达扬。越战期间,他跟随一个排在离我们不远处的灌木地带进行为期一周的随军考察。当时,我们每晚都会与敌方交火,当他离开时,已经对我们的战术了然于胸。当时,他的举动对我的触动很大。美军将军并不是没有胆量的孬种,许多人很愿意像达扬一样,深入战地,了解真实状况,但让一个四星上将随军进行战地报道,毕竟不切实际。然而,能够设身处地地体会实际战斗,却又是指挥战斗的关键。

时过境迁,在如今的军队里,将军之间要互相尊重才算是守礼节。2003年,雷·史密斯少将与我一同来到伊拉克做战地记者。他外号"神铲",是一位声望极高的斗士。当时几名现役将军努力想要把史密斯挤出战区,原因是他太专业了。让这样一个行家来写其他将军的作战策略似乎不太合适。同理,让一位现役将军随军作战,要么显得多管闲事,要么有不信任自己的下属之嫌。

但是,这便造成了又一个两难境地,让人无从选择:一个四星上将随军进行战地报道固然不切实际,但将领指挥战斗的关键就是要设身处地地了解战况,体察军情。莎士比亚笔下的亨利五世便是如此。在亚琴哥特战役前夕,他乔装打扮,混在弓箭手中,与士兵们交谈,以了解真实状况。然而在桑金,将领们了解到的只是一个理想的战争状态,他们甚至因此以为这里会造就出女性领导者。

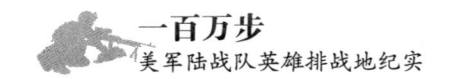

一百万步
美军陆战队英雄排战地纪实

1980年出版的海军陆战队《反叛乱手册》中写道："要坚持不懈地打击敌人。通过地毯式巡逻，确定叛军的具体方位，然后大举进攻歼灭叛军。这便是战略作战的真谛。"要做到这一点，需要安排一个班的士兵，长期驻扎"在一个指定的区域进行巡逻，这样，叛军的一举一动尽在掌控之中"。

三排将这一指导方针完全落实到了行动中，每天坚定不移地进攻，进攻，再进攻！对于为什么把战略从反叛乱变成国家重建，彼得雷乌斯将军做出了这样的解释：这属于"高水平战争"。这就意味着无法像过去那样凭一句"坚持不懈地打击敌人"就了事，因为桑金的陆战队员们肩负多重任务：建言献策、维护治安、管理项目、评判争端以及组织社区。

在军事史上，这些雄心勃勃的任务并无成功执行的先例。20世纪，西方国家也有反叛乱的历史，但大部分都发生在殖民地。在20世纪五六十年代，英国在肯尼亚和马来亚培植了傀儡政府，而法国在阿尔及利亚和印度支那半岛培植了傀儡政府。当时，英法两国在各自的殖民地选出地方长官，再下达命令让他们去执行。但是这种殖民时期的指挥方式在21世纪并不适用。

美国在越战中扮演的角色也没有为其在阿富汗的战事提供多少启示。当时，越共叛乱的平息得益于多方面因素，其中包括接收各路情报、无情镇压、拘留监禁以及越共自身做出的灾难性决定：1968年2月，他们离开农村，以传统的人海战术攻打城市。

越战期间，联合作战排和陆战队员就住在越南的各个村子里，他们当时之所以取得了胜利，是因为他们深得民心。但是在桑金，没有一个村的村民愿意接纳美国人。就连口口声声说痛恨塔利班的阿里克扎伊部落也不想让陆战队出现在这片区域。大多数农民对美国巡逻兵手中的武器忌惮不已，总是躲得远远的，不想与他们有任何瓜葛。美国领导高层可能会说，大兵们在桑金是为了"保护当地的平民百姓"，但事实上，大兵们一直

第九章　征旅过半

都在独自作战，百姓对他们避之唯恐不及，根本不想要他们保护。

三排士兵带着几个装样子的阿富汗士兵在各个大院搜查，虽然阿富汗总统卡尔扎伊谴责此种行为，但为了找到塔利班的藏身之处，他们别无他选。麦克·克里斯托特尔上将发布的"战术指令"明确要求慎用空袭。尽管如此，三排的空袭总数算起来创下了纪录。仅十周之内，五团三营就呼叫了一百七十七次火炮和空中支援，其中包括二十四枚"地狱火"导弹和四十四枚二百三十公斤重的炸弹。没有这些重型火力提供间接支援，三排早就不得不卷铺盖走人了。

农民大院多数没人居住。三排和基洛连的日志簿里有几百篇日志，其中零零散散地记录了伤亡平民的人数。实际伤亡的平民和被炸毁的大院数量当然不止这些，但之间误差也不算大。当地农民知道哪片地方会有塔利班随时冲进大院，钻几个射击孔朝陆战队开火，然后陆战队会直接或间接地倾泻火力，因此他们和家人自然不会住在那里。

三排和当地人之间谈不上什么交往，也谈不上和睦。我对三排战士做了一次调查，三个认为阿富汗人还是"值得为之战斗的"，十九个认为阿富汗人和塔利班是一伙的、不可信，三十个认为阿富汗人"不坏，只是怕塔利班"。

在镇压叛乱这件事上，陆战队自上而下的要求是友好劝降。"友好劝降"是最高指挥官和参谋长联席会议主席提出并命令下级强制执行的，他们只是命令下达者，但他们和教练不同，顶多算陆战队的裁判，确保陆战队士兵按照他们定的规则作战，而塔利班有自己的规则，想怎么打就怎么打。

与叛乱分子正面交火的三排战士算是幸运的。五团指挥官肯尼迪上校在伊拉克拉马迪的时候，试过按照高层的指导精神镇压叛乱，结果蒙受了损失。有次在"因克曼"指挥中心，肯尼迪上校看到监控录像显示有两名塔利班分子正在过桥，负责监控的士兵正在犹豫要不要申请炮火支援。肯尼迪上校当即告诉他自行决定，要是有人找茬，他会出面处理。

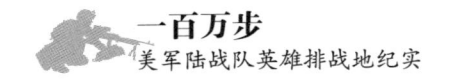

一百万步
美军陆战队英雄排战地纪实

肯尼迪上校只有一个要求，这个要求简洁明了，掷地有声：

"打好每场仗，敌人开火，就地打回去。"

到十二月底，三排带的狙击手已在基地附近的农田和大院巡逻几百个小时，一共歼敌四十人。

布朗宁说："一月份，我们的战术没有太大变化。我们曾经试过建立一些标准的狙击点，太阳下山的时候换一个地点，同时设下伏兵。但在这儿，每一个男人、女人、孩子，甚至连狗都在盯着你，你不可能真正隐蔽起来。到现在最管用的，就是跟着班走。"

塔利班分子与巡逻队保持着越来越远的距离，一般都有三四百米。狙击手们通过观察所谓的"生活规律"，找到了分辨敌人的窍门：比如村民什么时候起床、早上什么时候洗漱，谁去地里耕作，谁傍晚去祷告，以及哪些家庭平常相互来往。

就这样，后来打扮成农民模样的塔利班就算不带武器，狙击手都能一眼辨认出来。塔利班分子大多在二三十岁之间，穿戴干净整洁，鞋子上还带花样装饰。走的时候腰杆笔直，这是年轻人有点权势就不可一世的典型表现。许多衣服底下穿了弹药背心，看起来圆鼓鼓的。有平民在的时候，当地塔利班分子一般不开火，而从巴基斯坦来的塔利班就不怎么在乎有没有平民。这两派塔利班在开阔的地方行动时，都知道附近有美军的狙击手，所以都会拿妇女儿童做人肉盾牌。

在赫尔曼德省，每个连的指挥中心都配有监控屏幕，连接十五米高的陆基望远镜，条件好一点的还在一千六百米的高空悬浮着军用监视飞艇，这种高度远在敌人火力范围之外。陆基望远镜和飞艇都配有监控摄像头，半径约五百米范围内什么动静都看得一清二楚。谁手里拿了对讲机，枪管从谁裤腿里稍微露个头，立马就能看见，因此也被称为"天眼"，在交战时，敌人的一举一动尽在陆战队的掌握中。

一月，五团三营的情报官蒂姆·洛加尔斯基上尉跟我说："自我们十

第九章　征旅过半

月份到这儿来，其间最大的不同就是，各个连都在利用科技得到越来越多的情报。"

但是，"烈火"基地的战士们对于地基望远镜褒贬不一。他们讨厌连里的操作员整天盯着摄像头，监视着哨所士兵的一举一动，还对巡逻队的战术指手画脚。

加西亚告诉我："就算哪个班的班长把火力分队放错了地方，他都不乐意听到指挥中心的人说要给他提供支援。"

虽然战士们多多少少有些抱怨，但这两样东西真是好得没话说。一旦塔利班用对讲机通话，天上的"大耳朵"听得一字不漏；他们稍微一有动静，"天眼"看得一清二楚。

一月，我去五团三营的指挥中心，当时，一名下士正在监控三百米外的桑金市集。

他在一面巨大的彩色平板屏幕上放大了监视影像，可以看到两名男子正骑在一辆摩托车上。街上还有十几个男人从他们身旁走过，一家挨一家店地逛。

所有路过的人，一看到这两个人，立马绕开一点，也不打招呼。两个人神情算不上紧张，但在警惕着什么，看到别人惧怕他们，也不觉得奇怪。

"肯定不是什么好鸟。"下士说。

他继续盯着监控，两个人慢慢悠悠骑到一幢土楼前，在一扇破门前面停下来。接着，门里出来一个人，张头往四周扫了扫，把鼓鼓一麻袋东西给了那两个人。两个人接着前往另一条人多的街，下士一直盯着他俩。两人又在一个灰不溜秋的门前逗留了几秒，紧接着，门里有只手扔出一把锄头。他们拿了锄头，一并捎上麻袋，骑走了。

下士叫道："上！让'收割鹰'待命！"十几名战士立刻停下了手上的工作，等着看敌人怎么挨打。

"收割鹰"呼啸着从东南方向约一千五百米的高空怒冲过来，但敌人

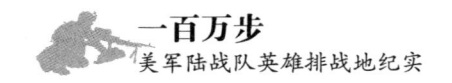

一百万步
美军陆战队英雄排战地纪实

此时还听不到声音。

看着那两个人那样作死,却毫不知情,这画面非常怪异。他们骑到路边一个浅坑前,却不知道西北方四百米上空有个亮闪闪的铝制摄像头正盯着他们这两个"猎物"。其中一个已经兴致勃勃地锄开了硬邦邦的泥土地,另一个把挖出的土放到毯子上。接着,他们从麻袋里拿出塑料壶,开始往上边连电线。

指挥中心静悄悄的,只听见"收割鹰"飞行员传来的声音。

"发现目标。投弹。"

投弹?飞行员和陆战队员一样,纵使换了装备,作战状态也始终不变。"收割鹰"飞行员向地面发射了一枚"地狱火"导弹。我们在指挥中心可以清楚听到导弹发射时"轰"的一声巨响,那两个可疑分子一定也听到了动静。短短三秒内,他们跳上摩托车慌忙逃窜。

导弹在空中飞行了二十秒,在它落地爆炸前,他们已骑了十秒钟,逃出二百米远。

下士一直在密切注视着他们的一举一动。只见他们飞速驶上一个山丘,又骑过几个街区,在一个大院前停下了。骑车的那个敲了敲门。里面的人把门打开之后,他们二话不说冲了进去,没到三十秒又被赶了出来。——房主不是傻瓜。

他们又跳上摩托车,高速驶往绿色地带。"收割鹰"还在空中盘旋,指挥中心的人通过陆基望远镜摄像头静静观察外面的情况。两个可疑分子刚刚驶入一条空旷的道路,"收割鹰"又立马投下一枚"地狱火"导弹。显示屏里出现了一股黑烟。微风吹散烟尘之后,被炸得变了形的摩托车和两具尸体在马路上清晰可辨。

"正中目标!"无线电里传来驾驶员兴奋的叫喊声。

三营指挥中心没人建议派出小分队去现场核查攻击效果,因为不值得冒这个险,让镇上的人去掩埋他们的尸体吧。

第九章 征旅过半

宏观来讲，这次任务充分展示了美军雄厚的资源实力与阿富汗人的民心民意向背。美国人财力雄厚，大可动用价值数百万美元的高科技装备来干掉两名可疑分子。他们投入了更多的钱在当地建造发电厂、学校、医院和公路。纵使如此，这两名骑着摩托车埋地雷的叛乱分子还明目张胆地骑着车招摇过市，丝毫不担心多年来从中受益的民众会去告发他们。

到了一月，"因克曼"据点附近的战火渐渐平息。一天，莱尔德下士随舒曼中尉和一排一起例行巡逻。走了几个小时都未发现异常，于是他们来到一个长满草的小山包，吃点东西稍作休息，山包下面是几处民居。莱尔德吃了一块糖，然后伏在地上，脸贴着枪托。他漫不经心地朝瞄准镜里看了一眼，正巧看到三百米开外有一处民居，院墙上有一个缺口，一名男子正手持对讲机鬼鬼祟祟地窝在墙角通话，另一名男子扛着火箭筒在一旁替他作掩护。莱尔德见状小心翼翼地将手指移到扳机的位置，这时扛着火箭筒的那名男子钻过缺口进入大院。另一名男子打算尾随进入时，莱尔德连续扣动扳机，两颗子弹飞向了他的胸口。那名男子跟跟跄跄地从他的视线中消失了。第二日，"因克曼"基地负责陆基作战监视系统的一名下士报告说，在那所民居附近发现正在举行葬礼，葬礼出席人数众多。

"来这以前，"舒曼说，"我们见了很多重要领导，跟他们喝茶、聊天，还听了不少关于'仁慈反叛乱'理论的讲座。可是现在想想，做那些事真是屁用没有。无论我们怎么努力，当地人始终觉得我们迟早会离开，到那时塔利班会卷土重来，然后把他们统统杀掉。战火平息只是暂时的，硝烟还会再起。"

自唐纳利中尉牺牲以后，"变形金刚"巡逻基地的战况就不如从前激烈了。那一战，虽然陆战队打死了塔利班的大量民兵，但他们在611公路设的哨岗并未阻挡塔利班沿着以前的路线进入桑金市场。到十二月中旬，"因克曼"基地到"变形金刚"巡逻基地之间近两公里的碎石路已在陆战队的安全管控之下。过去，运输补给物资的车辆需要绕六个小时的远路横

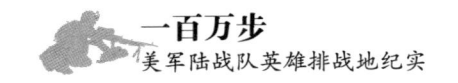

穿沙漠才能到达"变形金刚"基地。如今，随着611公路开放通车，两地间往返一次只要十二分钟。

"在我们'变形金刚'基地，"索泰罗中士说，"圣诞节的时候情况已经好转很多了：有一百多名难民迁至我们哨所附近，我们会去市集买食物，给小孩子发糖果的时候他们也不再跑开了。虽然塔利班明令禁止，但还是有人放风筝，一些妇女出门时也不再以黑布遮面了。"

但情况不总是令人乐观。一月中旬，有一次索泰罗正穿过一个巷子，几个小孩在那里打闹。突然，打来一串子弹，他立刻卧倒。他没看到是谁开的枪，看着那几个孩子四散逃开，他没有开火。他随后厉声质问村民们到底在搞什么鬼。

他们疯了吗？街上那些可是他们自己的孩子啊！陆战队员来了之后，村民们每天可以在集市上多做二十美元的生意，为什么还要做这样的蠢事？

据村民交代，几个小时以前，四名来自巴基斯坦的塔利班分子偷偷潜入此地。他们威胁说，如果谁敢告密就要了他的命。这次事件以后，不管有没有村民在场，站岗的士兵们都会不时开火以扰乱敌方部署。敌方的一名狙击手在"贝洛森林"选了一处狙击点。每天下午，当他身后的阳光像聚光灯一样照在"变形金刚"基地时，他就朝哨兵塔开上一两枪。长此以往，一定会有陆战队员因此丧命。

于是，"烈火"巡逻基地派出一队狙击手。第一天，他们的任务是在塔墙上摆放假人，并且故意把假人的脑袋、头盔和肩膀伸出墙外。摆好之后，威利·迪尔准下士爬到沙袋外面检查，以确保假人可以被"贝洛森林"里的敌人看到。

"迪尔，危险！"莱尔德下士说。

话音刚落，只听得"砰"的一声，一颗子弹打在了沙袋上。迪尔一跃跳了回来，队友都在骂他蠢，说他差点把自己变成假人。

第九章　征旅过半

敌人太狡猾，不好对付，于是约翰逊上尉调来一门 105 毫米口径的无后坐力炮，它可以发射九公斤的爆破榴弹。敌人依旧每天下午放上一两枪。数日后，榴弹小分队已经可以大致确定敌人的位置。当他再一次朝哨兵塔开枪的时候，小分队回给他一份"大礼"——六枚直冲射击点而去的爆破榴弹。枪声终于停止。

一旦上了战场，就意味着要忍受泥浆、恶臭、严寒、酷暑、劳累，当然还有无处不在的危险。士兵们明白这一点，但没有一丝怨言，反而以自嘲的态度面对这一切。

"我头盔挨了一枪，"说这话的人是凯文·史密斯下士，一名狙击手，"我正走过一个房顶，突然'砰'的一声，我一屁股坐了下来，手里握着我的头盔，上面已经被子弹打出了一个凹痕。等我回过神，站起来，兄弟们都不愿意靠近我了。乖乖，我成了扫把星！"

乔丹·格伯下士是史密斯的朋友，他有一颗假门牙。每次去巡逻前，他都会把假门牙摘下来放在枪托的空腔里。有一天，巡逻队遭到袭击时，他的枪托后盖弹开了，假牙从中掉出来。其他陆战队员硬是冒着枪林弹雨，在泥土里扒拉着帮他找到了假牙。几个星期之后，同样的事情再度上演。不过这一次，战友们没再冒险帮他找假牙。

再看看国内，陆战队员的家属常常以泪洗面，给队员们打电话时满腹担惊受怕。三营长莫里斯中校的妻子简·康威尔·莫里斯每天都会收到数百封邮件，要应付八百名士兵家属的愤怒与焦躁。一名陆战队员的妻子说自己每晚都会听到门铃响，仿佛一开门迎接的便是丈夫的死讯。

莫里斯中校说："陆战队员的家人，尤其是他们的妻子，几乎处于崩溃的边缘。"

在这个 Twitter 普及的时代，战场上发生的一切都会在第一时间传到家属的耳朵里。家里发生的事情，陆战队员也能马上知晓。

卡梅伦·维斯特中尉十月份被炸伤之后，就被转移至到贝塞斯达海军

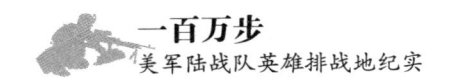

一百万步
美军陆战队英雄排战地纪实

医疗中心养伤。第一周他很少能睡着，吸入性胸壁伤口害得他呼吸十分困难。卡梅伦的父母每天都来医院看望他；他的母亲是一名护士。他们二人对他受到的医疗护理赞不绝口。

尽管如此，他的情况还是很糟糕。连续几周，他的右腿一直被细菌严重感染。每天，护士都要给他清洗伤口，把感染的皮肉从他腿上剥离，这个过程简直让他痛不欲生。他的右腿又被截去了五厘米，六处感染造成的血凝块差点要了他的命。

卡梅伦说："与其他战友相比，我这点伤算不了什么。五团三营有几名队员高位截肢，伤势比我更严重。况且我还有一只眼睛，也在逐渐好转。道格·隆下半身都瘫痪了。我之所以愤怒，是因为我感到无助，我不能和战友一起战斗。"

一月，失去一条腿、一只手和一只眼睛的卡梅伦被转移到彭德尔顿军营以南一百一十公里的圣迭戈巴尔博亚海军医院。在那里，他与十二位截肢者以及其他来自五团三营的百名伤兵相处得十分融洽。他们被派到"伤兵团"是为了给彼此加油打气的，卡梅伦是"团长"。

因此，在简·莫里斯的邀请下，卡梅伦代表那些远在万里之外奋战的将士们参加了一个五团三营的家属集会。在参加此次会议前，卡梅伦专程回到"烈火"基地见了约翰逊上尉还有他之前所在的三排的战友。战友们前呼后拥，把自己想对家人说的都告诉了他。当他在会上发言时，他很紧张，但是他准备得很充分。在这么多焦虑不安的妻子和母亲面前发言并不是怯场的人能完成的任务。

"这个房间里的每个人都很害怕、担心，"他说，"但是我那些远在战场上的兄弟们又何尝不是如此。他们需要的不是你们的抱怨、眼泪，不是你们作为母亲、姐姐、妻子或是女友的牵挂，而是你们的支持。当然，你们的日子也不容易——孩子调皮捣蛋，各种各样的账单要付，事情常常出乱子。不要把这些琐事告诉他们，不要在电子邮件中向他们发牢骚或是

第九章　征旅过半

在脸书上发表愚蠢的帖子。在最后这十四周，不要对他们说任何悲观的事情。他们要烦的已经够多了。你们担心没错，但不要让他们反过来担心你们。他们需要你们，所以请常常说'我爱你，我想你，我为你祈祷'，这就够了。"

第十章　例行巡逻

"流血冲突看不到尽头。"

——维克托·巴尔德斯，来自得克萨斯

2011 年初，我再度飞往赫尔曼德省，见到了保罗·肯尼迪上校。早在 2004 年，我在伊拉克做过他所率营队的随军记者。当我在桑金以南的团部见到他时，他仍旧是以往简单直接的作风。

"在团部待着会很无聊，而且什么都了解不到，"他说，"我会把你安排到真正的战场上去。"

第 91 天：五十四万六千步

我到达"烈火"巡逻基地的时候刚好赶上早间巡逻。维克·加西亚递

第十章 例行巡逻

给我两条止血带，算是给我的见面礼。

"你知道怎么用，"他说，"一条留着自己用，必要时把另一条用在别人身上，拧紧旋钮，收紧绷带，直到他疼得叫出声来。顺着瓶盖走，我们可不想抬着你回去。"

如同马镫或自行车一样，现代止血带也是一项很简单的发明。虽说简单，却也耗费了数百年时间才发明出来。只需手握绷带，拧紧旋钮，血液就会停止涌出。在半个世纪以前的越南战场上，我们都是把窄小的橡胶管生生插进肉里，尚不能完全止血。当年，每四名伤兵中有一名丧命，大多数是因失血过多。而在阿富汗战场，每七名伤兵中只有一名丧命。不过，被截肢的伤兵人数却在猛增。

三排的十五名陆战队员都穿着防弹背心，溅上去的泥浆都干在上面。从远处很难发现他们黄褐色的迷彩服和风吹日晒、不苟言笑的脸庞。大多数队员把止血带塞进急救包里，只有少数几个缠在大腿上。我把两条缠在大腿上的止血带解开，分别放进了我外套两侧的前胸袋里。

陆战队以松散的队列向前移动，加西亚一言不发，与队员们保持着一段距离。我注意到他左手上绑着一张破烂的照相地图，就像是戴着一枚结婚戒指一样。这张地图是行军途中呼叫火力支援的救命地图。晚上，他可能还会把它当枕头。巡逻的时候，你就算切断他的手指，也休想把地图从他手中夺走。

巡逻队朝北面的 P8Q 巡逻区行进。此次巡逻要走四五公里，他们要小心避开地雷，时刻都要提防敌人打来暗枪，同时还要想着干掉几个敌人。我们经过朝着瞄准标杆排成一排的迫击炮筒，静静地离开基地，蹚过冰冷的激流，穿着湿透了的靴子艰难地行走着。每个队员身上都湿漉漉的，还沾满了烂泥。一开始境况就如此糟糕，到后面就完全不在意难受与否，都豁出去了。这里冬天萧条死寂的景象，就像是 20 世纪 30 年代大萧条时期俄克拉荷马州萧索的农场的褪色老照片。眼前的一切都死气沉沉，黯淡

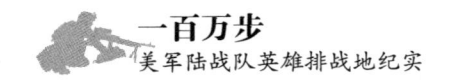

无光——农田、垄沟、树木、大院的围墙，有的聚集成群，有的孤零零地矗立在远方。

巡逻队并不着急着赶路。二十一岁的工兵亚奇缓慢地走在队伍的最前面。他手里拿着探测器前后移动，眼睛盯着探测器手柄上的磁力仪指针。全身心地专注于眼前自己影子覆盖的一小片土地，他几乎不抬头看其他地方。他的队友凯尔·道尔准下士一边防范塔利班的狙击手，一边丢下指路的瓶盖。

我们踏着青翠欲滴的罂粟苗行进。这种植物看起来像一棵普通的生菜，却能搅乱人神志，阿富汗遍地都是。在美国，我们天天在禁毒，但毒品越禁越多。我们漂洋过海来到遥远的阿富汗打击恐怖主义分子，却不得不容忍美国严令禁止的海洛因；阿富汗出口的毒品夺去的生命超过阿富汗战争。但是如果我们在阿富汗下令严禁种植罂粟，当地的农民们一定会站到塔利班的阵营中去。这就是这场战争的荒唐之处。

罂粟苗一垄垄、一行行伸向远处，我们顺着瓶盖前进，偶尔会踩倒一些罂粟苗。道尔身后是两人的机枪组，他们后面紧跟着二十四岁的麦卡洛克中士。在最近的一次巡逻中，他的大腿内侧被子弹打伤。他不想因此而获得第二枚紫心勋章，因为那样的话就会被意味着调离前线，于是他自行包扎伤口，并拒绝在营部的急救站进行检查。受伤后他走路跛着腿，但是幸好伤口还未感染。巡逻队列队前进，从不躲躲藏藏，相比农渠旁的灌木丛，他们更喜欢空旷的农田。站在基地的瞭望台环顾四周，看到的只是普通的农耕生活场景。地上零星分布着被踩踏得如高尔夫球场一样平整的草皮，骨瘦如柴的牛羊自由地四处走动，啃食着这些所剩无几的草。放牧人有小至八岁的男童，也有四十岁的男人，他们手里拿着细细的鞭子，懒洋洋地跟在牛羊后面。巡逻队向北行进时，队员们都尽可能地沿着这些动物刚留下的蹄印走。

一个穿着棕色长衫，戴着破旧头巾的瘦弱男人轻快地跳过一条灌溉渠，

第十章　例行巡逻

向巡逻队跑了过来，身后还跟着一个老人和几个男孩。见陆战队员们不理睬他，他便蹲下来，展开一张纸拿在手中，张着嘴巴一言不发，露出两颗硕大的门牙。麦卡洛克举起拳头，示意队员们停止前进。

"长官！"围着头巾的男人挥舞着手里的卡片喊道，"长官！"

他手里的卡片是一张用来填写战争损失的专用表格。如果一名陆战队员在上面签字，并注明估计的赔偿金额，这个农民就能从当地政府那里拿到相应的赔偿。麦卡洛克和其他大多数陆战队员一样，会一点并不标准的普什图语。他用简单的单词结合手势试着与这个农民比画，弄懂了他的大意。

"大门牙说我们打死了他的一头牛，他想要二百美元的赔偿。"麦卡洛克说。

"牛呢？"加西亚问道，"他说几周前埋了。"

加西亚挥了挥手中的地图，拒绝了这个农民的要求。

"把牛挖出来吃了吧。"麦卡洛克边说边把卡片还给农民。

巡逻队继续沿着瓶盖走着"之"字形，走在队伍最后的队员会捡起瓶盖。每个陆战队员都会负责盯着一块区域。他们扫一眼四周，然后瞄一眼地上的瓶盖，扫一下，瞄一眼，扫一下，瞄一眼，保证自己紧跟着队伍。

巡逻队行进至一座运河上的人行桥时，亚奇停了下来，举起拳头，然后跪在地上，在泥土上扒拉了一会儿。他拿出一把钢丝钳，剪断了几根电线，从地上拿起了两片背对背绑在一起的电路板，扔给了我。电路板的背面都分别粘上了一股金属丝。当有人踩到电路板上时，金属丝相连就能使一节普通电池和装满炸药的塑料桶形成回路，引爆炸弹。亚奇把一节小电池连接到埋在地里的炸弹上，引爆了它，然后巡逻队继续前进。

行进至离基地一点六公里的地方时，陆战队员看到一群女人和小孩慌张地从一处民居中逃窜出来，有十几个人。他们从巡逻队面前的一块空地上穿过去，同时扭头惊恐地瞥了队员们一眼。"小黄鸭"（"因克曼"基

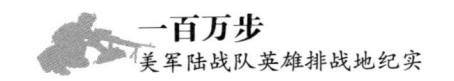

一百万步
美军陆战队英雄排战地纪实

地无线拦截小组的呼叫代号）通过无线电提醒巡逻队，有两股塔利班分子准备发起攻击。巡逻队往右边看去，发现三个男人正在土路上慢悠悠地骑着摩托车与他们并行。

"是探子，"麦卡洛克说，"这帮鸟人。"

这让我联想到在约翰·韦恩的一部西部片里，印第安人在山脊上跟踪一队士兵的场景。但是陆战队员们似乎毫不在意这些塔利班的盯梢人。

"他们也不是傻子，"加西亚说，"他们知道像这样暴露自己，我们一枪就可以干掉他们。等平民疏散后，前面时刻会有子弹打过来。"

巡逻队折向了西面，逐渐地与土路和骑车的人分开了。走到一块地的中间时，亚奇在一处看似普通的沟渠旁停住了。他专注地低下头，手里拿着探测器前后来回移动了几次，然后举起了右手，示意大家他发现了一个简易炸弹。

塔利班的简易炸弹就是如此防不胜防。虽然很多会发出微弱的磁信号，但是无论探测的尖兵如何仔细，还是会有疏漏的时候。而且，塔利班埋炸弹的地点是没有规律的。因为担心空中无人机的攻击，他们都草草地挖个坑，把炸弹埋进去后就很快逃走了。陆战队员在像人行桥和小路交叉处这些很明显的地方都特别小心。尽管如此，无论是陆战队员、农民还是牛都可能在不可思议的地方踩中炸弹。

"时间久了之后，我手下的一些工兵神经会越绷越紧，"加西亚对我说，"心里想着，下一步可能就翘了，时间久了，他们打头阵时就会越走越慢。但是也有像亚奇这样的，一次又一次的巡逻中，他们前进的节奏很稳定，总不会慢下来。"

亚奇小跑着回来向加西亚和麦卡洛克报告。他们一致同意撤离那里。

"我们会把这个地方标记出来，以便工兵来排雷，"加西亚说，"这块空地对我们巡逻队来说风险太大。这些混蛋肯定在这里到处都埋了地雷。"

第十章 例行巡逻

队员们提到塔利班时，都会用"混蛋"或是"傻×"等表示蔑视的语言，但是几乎不会把他们叫作塔利班或恐怖分子。

巡逻队接着向北走了半个小时，加西亚走在队伍的中间，一有情况前方的尖兵会首当其冲，他便能命令后方的队员迅速应战。三排需要巡逻六平方公里的区域，其中共有数百间民宅分散在约两千块农田之间。加西亚那张从不离手的照相地图表面有乙酸防水层，从中地图上可以看清每一块空地和每一条林木线，并且用亮黄色的数字标出了每一处民居。

有时加西亚会喊出这样的口令："11 点钟方向，23 号。"多名陆战队员会喊回去，以确认他们锁定的是同一处大院。如果他们喊的不一样，巡逻队会单膝跪地，等待加西亚再次确认坐标并给每个人在同一张精确度为一百米的方格地图上指出具体方位。他们对林木线和民宅这些伏击热点了如指掌。哪怕是有一名队员对民宅的编号有异议或是不确定，巡逻队都会停下来，加西亚会在 GPS 上再三确认他们的位置。他们不赶时间，也没有什么应赴之约，要说最不希望发生的事，就是临时内急、需要上大号。

当我们达到 P8Q 巡逻区北部的边线时，加西亚朝我大喊。

"这就是贝洛森林，"他说，"感恩节那天我们打仗的地方。"我一看，前面只剩一片东倒西歪的残枝败叶，右边大片泥地和杂草一直延伸到"变形金刚"巡逻基地。我仿佛看到阿巴特顶着敌军的子弹，步履维艰地穿过黏稠的烂泥地，一只手开枪反击，另一只手死死抓住载着唐纳利中尉的担架杆。

法国上校阿尔丹·杜·皮克在其著作《战役研究》中指出了一个现象：即使是大无畏的士兵在作战时也会有退缩的念头。为了解决这一难题，他命令陆战队的指挥官强化士兵的"袍泽精神"，就是要让他们的士兵继承自己团的优良传统。

1918 年，美国海军陆战队在贝洛森林阻断了德国军队进攻巴黎的步伐。2011 年，"贝洛森林"一词也出现在了三排感恩节这一天的行军日志中。

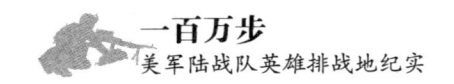

一百万步
美军陆战队英雄排战地纪实

写这篇日志的人把那场战斗和 90 后的他们自己的战斗联系起来了。这就是阿尔丹上校所说的"袍泽精神"。

亚奇带领巡逻队继续曲折地行进了半个小时后,在一处庄稼已经烧毁的农田边缘停了下来。在远处大约三百米远的地方有两座大院,墙上布满了弹孔。远远看去,手巾般大小的白色塔利班旗子插在大院的屋顶上。机关枪手和狙击手们架枪时,加西亚用无线电把他的 GPS 定位发回给了迫击炮分队。

"连瞎子都看得见我们在这里,"加西亚说,"我们再等三十分钟,看看这些叛乱分子要不要出来应战。"

陆战队员们端枪瞄准,准备迎战。

"那些臭虫肯定会忍不住要偷看一眼的。"麦卡洛克一边用望远镜观察对面的墙壁后的动静,一边说道。

过了十来分钟,还是没有农民冒险走到田里去。微风中,只有塔利班的旗子在轻轻飘动着。

"我看见了一个人,"麦卡洛克说,"三点钟方向,左边墙上的射击孔后面。跟火鸡似的在探头。"

有人透过墙上凿的射击孔快速地瞄了一眼。麦卡洛克把装有望远瞄准器的 M4 步枪稳稳地放在左膝盖上,卷好背带,跪姿准备射击。他一面继续盯着瞄准镜观察,一面试图引导一名狙击手瞄准目标。狙击手没找到目标,于是他自己开了枪。他扣动的步枪扳机,"砰"的一枪,打出一颗 5.56 毫米口径的子弹,那声响听起来如同小孩子玩的爆竹一样,似乎没多大威力。

"打中了吗?"加西亚随口问道。

一名陆战队员应该有七成把握在二百米外击中直径 15 厘米的孔。

"不知道,"麦卡洛克说,"我看到他往后退了。"大院里的人也没有回击。

第十章 例行巡逻

"要我去确认下吗？"麦卡洛克问道。

加西亚不说话，只是摇摇头。到这个时候，三排的士兵都管他叫"老炮"。没人想让他失望或敢跟他顶嘴。他决不会允许任何陆战队员穿过那片空旷的农田去确认具体情况。那个人或许死了，或许没有。不管怎样，这件事就此作罢。

几个陆战队员大口嚼着饼干，另外一两个啜饮着军用水壶里的水。按照军规，队员们不得射杀只是从墙洞里窥视的人，只有当他用步枪瞄准我们的时候，我们才能射杀他。但是考虑到桑金的特殊情况，三排对军规做了调整，即使有违规射杀敌人的事情发生，大家也都缄默无言，不予置评。

过了一会儿，一个头戴黑色头巾，身着褐色长衫的男人骑着摩托车慢悠悠地经过。陆战队员们挥手示意他过来时，他一点也不害怕。

"过来。"麦卡洛克用双语喊道。

麦卡洛克抓住这个男人的手，嘀咕着说干农活的人手哪有这么柔软。这个男人把手伸进手提包里，拿出一张整洁的证件递给他。麦卡洛克把文件举起来对着太阳，眯缝着眼睛看，好像在寻找隐藏的全息图。

"靠！这上面写着本·拉登的一句话，像是'逆我者亡'或类似的屁话。"

"把证件还给他。"加西亚说。

"他说他是毛拉，要到市集上去，"麦卡洛克说，"我们放走太多这样的混蛋了。"

"通知连队用陆基望远镜跟踪他。"加西亚说。

那个男人骑着摩托车穿过农田，往大路去了。一路用陆基望远镜观察他的指挥中心通过无线电回答说，他正往北边走，但市集是在南边接近五公里的地方。

"看吧，他撒谎了，"麦卡洛克说，"他就是想试试看我们能不能抓到他。"考虑了一会儿，加西亚决定返回基地。

"叛乱分子不喜欢我们现在的阵势，"他解释道，"他们占不了便宜。"

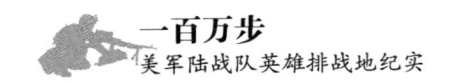

一百万步
美军陆战队英雄排战地纪实

像橄榄球球队一样，每个小分队都有各自的战斗风格。塔利班让我想起了1966年在越南岘港南边稻田里行军的日子。在那个时候，如果我们晚上行军，敌对村民中的哨兵会敲打竹棍发出"嗒嗒嗒"的声音，以提醒其他村民有情况。那真是太瘆人了。同样地，在桑金，塔利班利用便携无线通信设备，构成一张预警网络，可以在巡逻队到达之前，让各个小分队提前溜走。当巡逻队穿过空旷的农田时，塔利班便会开火，想要击中陆战队员，或是让他们在雷区中慌不择路。

陆战队的反击办法同样简单。四人组成的火力分队带着探测器从侧面包抄敌人，与此同时，另一组继续提供火力掩护。如果塔利班在同一个地方停留的时间过长，就会被迫击炮分队发现。

当亚奇带领巡逻队穿过一片表层土壤已被烧焦的农田时，他第三次停了下来，因为他又发现了一个有压板的简易爆炸装置。

"我不理解为什么在这儿埋雷。"我疑惑地说道。

"这里不会有多少雷的，"麦卡洛克说，"这帮混蛋就是在钓鱼呢。往水里撒了饵，等着鱼上钩。"

这里人迹罕至，塔利班究竟在给谁下套？是陆战队员、奶牛还是孩子？把地雷埋在这样一片没什么特别的农田实在是莫名其妙。不过这也可能是塔利班的狡猾之处。毕竟，要不是亚奇的第六感，我们当中可能已经有人踩上去了，也有可能要了谁家奶牛或孩子的命。

几分钟后，当巡逻队经过一堵破墙时，两匹深棕色的大郊土狼受到惊扰跑开了。亚奇又一次跪下来，拆除了一个压板，然后引爆了一罐炸药。

不到一分钟后，"砰"的一响，左边突然传来大口径狙击步枪的枪声，所有人立刻卧倒。右边，那片烧焦农田的另一边又传来PKM机枪几下短促的枪声。

"这群混蛋怒了，看来是等得不耐烦了，"加西亚说，"他们这是想把我们骗到有地雷的地方。"

第十章 例行巡逻

加西亚派麦卡洛克绕到左边去包抄机枪手。麦卡洛克看到一个身穿深棕色男士裙装的人逃跑了，还丢下了一罐炸药和两块压板。他听到了狙击步枪枪栓拉动的声音，这说明狙击手就在前方不远处。但是亚奇花了十分钟才清理出了一条小路，而敌人狙击手和机枪手们早就趁机逃跑了。麦卡洛克只在一堵墙后发现了一堆子弹壳，于是只能原路返回到加西亚身边。

在回基地的路上，巡逻队碰到了三个流浪儿，他们在房子前门的碎石堆上站成一排，最大的也就七岁左右。房子旁边是一大块农田，几个月前，一名陆战队队员就在这里踩到了地雷。爆炸一发生，塔利班随即开火。伤员倒地痛苦喊叫，其他人员呼叫救护直升机，一片混乱当中，他们请求火力掩护。后来，一枚火箭直接将农舍的一头炸毁。

后来，在雨水的冲刷下，废墟变成了一堆湿透的砖头、泥巴和混凝土碎块。这个小村庄被火箭炮击毁后，陆战队就将这个地方称作"废墟堆"。

三个孩子的父亲正在附近锄草，并没有理会陆战队员跟他打招呼。这些孩子明显营养不良，衣服松松垮垮地挂在瘦弱的身子上。其他大院里的孩子碰到我们时，总是冲上前来，伸手喊着："我要糖果！糖果呢？"但是这几个孩子不会这样。他们很安静，大大的眼睛一直随着这些身穿防弹衣从他们身边经过的巨人转。巡逻队不禁加快步伐，因为没有什么比见到一个营养不良而又神情麻木的孩子更让人感到难过。

基地已经近在眼前，陆战队员们紧张的情绪立刻放松下来。你几乎可以听到大家不约而同地松了口气。又回到家了，而且没有弟兄受伤。他们站在四周，进入基地前先把步枪里的子弹退了出来。一名队员晃悠到一片灌木丛边上解手。

"嘿，"他举起一个扭曲的黑色管子喊道，"是波尔克的203发射器。"

几个月前，詹姆斯·波尔克准下士在基地外几步远的地方踩到了简易炸弹。他牺牲后，那把被炸扁的榴弹发射器就一直丢在灌木丛下面。

半个世纪前，我曾担任排长一职。那么这五十年来军队变化大吗？

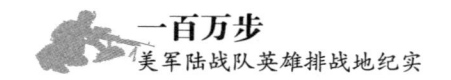

一百万步
美军陆战队英雄排战地纪实

1965年，飞行员的座舱不可能像2012年的战斗机座舱那么舒服。而步兵排的技术装备技术没有这么大的进步。从越南战争以来，我们增加了夜视设备、防弹衣、数字通信、高空侦察，以及后方的餐厅。其余的基本都一样，包括组织结构、得力的军官、巡逻节奏以及陆战队一贯的凶猛无畏。

在战场上，这五十年里我看到的所有变化中，最伟大的就是对于人类生命的保护。这一点适用于所有参战人员，无论是欧洲人、美国人还是阿富汗人。在20世纪的两次世界大战中，西方国家参与了影响所有参战人员的大规模厮杀。21世纪，西方国家和它的伊斯兰敌人又回归到部落式的战斗状态。就像三排或塔利班组织一样，部落里每个人都互相认识。没有一方会为守住一块土地或静物而豁出生命。双方都很在意自己的生命，一旦被包抄或被打败，都会选择立即撤兵。

泛伊斯兰恐怖活动杀戮成性，桑金的塔利班也是其中的一支，但他们也会尽力保存有生力量。在巴基斯坦，塔利班培养了不少自杀式炸弹袭击者，但是并没有派到桑金去，没有在陆战队员的枪口下像个僵尸一样晃悠。虽然他们把死去的同伴叫作"殉道者"，但是并没有人赶着去送死。即使觉得己方占优势时，他们也十分谨慎，小心前进，不会把自己变成活靶子。他们就像是19世纪70年代的阿帕切族印第安人，残忍、勇敢、但不愚蠢。他们潜伏在沟渠和丛林中，他们口头上鼓励牺牲，但不是真的要你牺牲。塔利班分子不想死，西方国家也是如此。二战时，进攻一方会对敌人阵地反复发起攻击，直到占领为止。在二十年后的越战中，普通士兵命比纸薄的宿命论观点依然流行。然而，1991年科威特、2001年阿富汗以及2003年伊拉克的几次战争的胜利改变了这一思维定势，让我们知道只有技术进步和机动作战才能以较少的损失取得成功。

在阿富汗战场，联军依然英勇作战，但非常谨慎。这不是一场你死我活的战争。西方国家，包括陆战队在内，都奉行消灭敌人的策略，同时尽可能避免己方损失。士兵们穿着沉重的防弹衣，行动十分不灵活。所以在作战时，每个排都会用压倒性的火力打击来代替"火力压制，趁机包抄"的战术。

第 92 天：五十五万二千步

清晨，巡逻队再次出发，向北挺进两公里。在一堆冲击砾石堆旁的一片树林里，陆战队员发现了一辆四开门的旧丰田车，很像情报部门最近提醒说准备进行自杀式攻击的那辆车。

陆战队员标记好当前位置，继续向挂着塔利班白旗的几座大院前进。几百年来，各国军队都会在自己的据点升起军旗，这是告诉敌人，"我们就在这里，敢跟我们斗，你们真是蠢到家了。"在"烈火"基地，三排在巡逻基地立起一根旗杆，挂上星条旗，星条旗下方挂着褐金相间的陆战队军旗。

我们看到塔利班的旗帜后不久，一挺机枪打来一串子弹，在亚奇右侧扬起一阵尘土。陆战队员立刻趴下进行还击。塔利班设立了三个火力点，最近的一个在一片沿沟的树林里，离陆战队前锋三百米远。远远望去，渺小的人影窜来窜去，从这棵树后面开几枪又跑到另一棵树后面开枪。

十几名陆战队员趴在运河沿岸的草地上，大致成一排。远处，在一片又大又空旷的农田之外有一片树林，树林背后是一条运河。运河对岸矗立着一座壮观的大院，屋顶飘扬着塔利班的旗帜。塔利班从树林和大院墙上的洞向我们射击，子弹从我们头顶嗖嗖地飞过。也就是读完这句话的工夫，我看到一个男人，在约两百米开外的地方，从一棵树后面窜出来，又安全地躲到另一棵树后面去了。

趴在我身边的是杰克逊据点三营指挥部的一名军士长。有时参谋人员也参与巡逻，这有助于让他们了解战况。如果发生交火，他们还有资格获得所有人都梦寐以求的作战行动绶带。军士长以典型的卧姿进行步枪射击，

一百万步
美军陆战队英雄排战地纪实

枪带挂在左臂，右颊贴在枪托上，手指放在扳机上，透过三倍瞄准镜目不转睛地窥视着。砰！枪响人倒。

"爽！"他大叫道。

这条命是为指挥部夺的。加西亚抬起头，露出一丝笑容。前线的其他陆战队员却没有任何反应。

"你也打中了？"我问布朗宁，他刚也开了一枪。"已经挂了。"布朗宁答道。

每次交火时，嘈杂的爆炸声不绝于耳。在一个局外人看来，就像乱成了一团。一个顽固的塔利班分子不停地从约两百五十米以外的大院墙壁右方朝我们开枪，陆战队员回以短点射还击。一架F-18战斗机轰鸣而过的响声震耳欲聋。

一切射击的目的，用行话说，就是为了"取得火力优势"。这就意味着你要用火力压制敌人，直至他们慌乱躲避，漫无目标地乱开火。敌方也同样会采取这样的策略，你可能会停止射击去帮助受伤的战友，或者因害怕而蜷作一团。当你看到敌人停止射击，就应不失时机地干掉他，因为此时易如反掌。士兵们有着鲨鱼的本能，总是先干掉最弱的敌人。

班长必须控制好大家的射速，以防激动过头的士兵打光弹药。十几次战斗之后，一个班或一个排就形成了一种固有的战斗节奏，队员的每个动作都是自然而然的。这就叫"后天习得的本能"。在阿富汗形成的战斗节奏和在越南的是一样的。

"战斗没完没了地持续着"，一名陆战队员这样描写越战，"没人搞得清自己打出去的是哪几枪；几十支自动武器，有我方的也有敌方的，同时全自动开火，轰鸣声盖过一切其他声音。几十颗手榴弹在靠山处和我们周围爆炸，也分不清来自哪方。除了自己阵地的周围，没有人真正知道其他地方到底在发生什么。"

那声音能把耳朵震聋。每个人的枪都在喷射着火苗。你在自己的位置

第十章 例行巡逻

上,等火力队长发信号,而队长此时也在等班长发信号,班长又在等排长发信号,而排长此时正在通过无线电对讲,眼睛紧紧盯着目标。

"迈尔斯!"加西亚喊道,他伸出右手去够无线对讲机,没有回过头来。

等了几秒钟并没有反应。迈尔斯中士处在队列比较靠后的地方,正望着大院。

"他妈的迈尔斯!"加西亚声音凌厉起来,"我叫你,你就给我过来!他妈的磨蹭什么!"

趴在地上的队员们听了都猛地一颤,好像集体触电一样。那是我唯一一次听到加西亚在战斗中扯着嗓门说话。说实在的,迈尔斯跟他之间也就隔了三名队员,不像是离得有多远。迈尔斯吓得就像是有鞭炮在他裤裆里爆炸,跨过其他队员跳到了排长身旁。

"呼叫浮木2-2,我是'疯狗',"迈尔斯对着无线电说道,"我这边情况如何?"

浮木是在"因克曼"据点绰号"钢丝"的比尔兹利。他告诉迈尔斯,F-18战斗机飞行员在38号建筑房顶发现了两名男子,地图显示该建筑已被废弃。

迈尔斯转向加西亚。

"'钢丝'说战斗机燃料不足,无法支援。改用迫击炮?"

加西亚在他的地图上指了一个地方,迈尔斯研究了一下,又看了看GPS定位,点了点头。

"我们现在的位置是7950 8013,38号建筑西边的运河旁,""疯狗"对着他的麦克风喊道,"向树林旁的38号建筑东面开炮。一发试射,校准再射。"

不到两分钟,大院右侧大约二十米的地方,迫击炮弹爆炸升起一股黑烟。迈尔斯通过无线电报告了修正量,随后,数枚炮弹准确地落入了大院。敌人的火力这才停息。

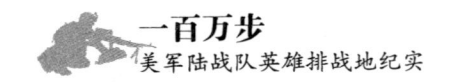

一百万步
美军陆战队英雄排战地纪实

我们都趴在河岸上。面前两三米的地方，混凝土水闸门中间有条一米多宽的豁口，湍急的河水从中泄出。这个豁口看起来可以跳过去，但我们每个陆战队员都身负四十多公斤的装备和弹药。麦卡洛克看向加西亚。

"准备好了吗？"

"往前冲，到大院的右侧去。"加西亚说。亚奇、道尔和帕尔马轻松地跃过闸门，冲向大院的围墙。加西亚的跳跃能力不行，笨重得像混凝土块，麦卡洛克在后面等着他。加西亚连跨越一条农渠都感到吃力；对他来说，能跳过小水坑都算得上壮举。

他犹豫了一下，助跑了三步，然后连人带装备一百多公斤的重量冲向空中，就像推土机飞了起来，然后砰然落地。他右脚尖刚好落在豁口的边缘，一把抓住麦卡洛克伸过来的步枪枪柄。三排可算前进了一小步。

前方两百米处，亚奇用 C4 炸药包把大院围墙炸出一个洞，然后队员们在浓烟的掩护下快速鱼贯而入。荒废的大院里一片狼藉，气氛悲凉。他们走进一间屋子，看见地上火堆的余烬还在闪着微光，旁边搁着一只茶壶，壶底已经被烧得发黑，还有一个米袋，周围洒落着大米。门口挂着一条毯子，用来挡风御寒。之前睡在坚硬地面上的三四个人已经从屋后一条狭窄的通道里逃走了。

屋外沟渠里横着几具尸体，他们是被总部的上士和布朗宁击毙的。其他塔利班分子已经撤退，没留下任何武器。于是巡逻队便按照 F-18 战机飞行员从据点出发前的建议，继续向西北方向推进。

一班在我们的左翼行进，加西亚用无线电和他们保持联系。塔利班分子就藏在我们和一班之间的某个地方。一班在搜查 40 号大院的时候，在屋顶上发现一个狙击点，旁边散落着几枚黄铜弹壳，弹壳余温尚存。陆战队的狙击手"女妖"一号爬上屋顶，透过 7.62 毫米口径的 M12 狙击步枪的瞄准镜，观察着田野里的动静。他缓缓稳住准星，打出一发子弹，直击四百四十米外的塔利班中心窝点。

第十章　例行巡逻

"原地待命，"加西亚通过无线电对他的班长们说，"我们还有可能再逮到个傻×。"

然而田野里一片死寂。陆战队员们等了十五分钟，推倒了塔利班的旗帜，然后返回基地。一路上亚奇和道尔探测到了三颗简易爆炸装置，要不是亚奇在，其中一颗定会害陆战队伤亡惨重。巡逻队在第九十二天无一伤亡。他们却并不引以为傲，因为他们知道，还有更多的损失在等着他们。

做完汇报，布朗宁走到狙击手住的洞穴后面，在泥巴墙上又刻了一个小人。一排排简笔画小人旁边，潦草地画着十字轮廓。

一次巡逻任务中，我跪卧在狙击手雅各布·鲁兹下士和他的侦察员杰夫·西布利准下士旁边。他们正在观察几百米开外的大院旁边一个拿对讲机讲话的男子。鲁兹非常讨人喜欢。他调整风力修正量，朝那人开了一枪，子弹略左偏，没打中。那人仓皇闪到墙后，我们三个哈哈大笑。对于这一幕我当时并没有想太多。

之后的交战当中，英国广播公司的记者菲尔·伍德和节目组跟在队列后方，无法拍摄到交火镜头。鲁兹当时在附近，看见一个手握对讲机的线人。

"身份确认，"狙击手说，"可以射击。"

鲁兹摆开阵势准备射击，他允许英国广播公司把这一幕拍摄下来。陆战队向来以其狙击传统为荣。美国《石板》杂志曾引用了海军上将詹姆斯·马蒂斯的一段话：

"我们的杀敌嗅觉十分灵敏，无人可及，"马蒂斯说，"有陆战队员取得了七百米以外狙杀敌人的成绩，我给他们颁发了奖章。还当面给予表扬：'打得漂亮！'对于出色的表现，你必须给出奖励。"

鲁兹接受的训练就是如此，他成功狙杀了七百米以外的敌人。

"我们看见他在用对讲机讲话，"鲁兹说，"然后他走进大院又走出来，试图掩人耳目，让人看他不那么显眼。"

然而，这段视频在伦敦英国广播公司播放之后，却引发了一场军事调

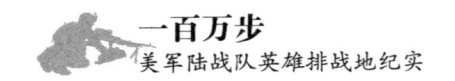

查。经过七周让人紧张的审问和指天誓日的回复，鲁兹终于被宣告无罪释放。然而，最高指挥部的命令逐级传达下来：不得射击用对讲机讲话的人；作为一名陆战队员，鲁兹狙击敌人的行为合情合理，但大家以后不得再这样做了。这真是令人无语的宽大处理。

那些农民用的是手机，而不是短距离对讲机。一次交火中，反坦克火箭弹向我们飞来的电光石火间，我听见身后屋里一个农民正对着手机尖声咆哮。陆战队没向他开火。我不禁发问：这是为什么？一个下士哑然失笑："他有可能在给他的邻居打电话，也许正在大吼'我他妈的怎么才能离开这鬼地方？！'"

后来，最高指挥部撤销了这项命令，把处置交火中拿对讲机讲话的人的权利交给了战斗中的队员。

这并不是在为战争找理由，或有意弱化战争的破坏力。战乱一直使桑金民不聊生、鹤怨猿啼天怒人怨。

只要塔利班开火，陆战队就会以五倍的火力予以还击。在鲁兹开枪的这次交火结束之后，英国广播公司的记者菲尔·伍德采访了几位愤怒的老人。"我们不需要你们帮助，"一位老人说，"也不要你们的钱。你们不该来这里杀人、搞破坏。"

持续不断的交火摧毁了农庄、牲畜等财产，并造成了平民死伤，到处可以看到痛失骨肉的母亲和满眼惊恐的孩童。每次作战时，三排都试图围住每一个敌人，不给他们逃走的机会，免得遗留后患。在桑金，每一天都有枪声回荡，没有一天不是如此。

战争中的平民死伤往往比军队更为惨重。据估计，1944 年诺曼底登陆当天，联军伤亡人数为 1.2 万，而法国平民死伤人数达 4.5 万。在桑金，普什图部落居民不愿冒生命危险驱逐塔利班分子。尽管阿富汗的民意调查显示，塔利班非常不受欢迎，但喀布尔政府没有兵力、财力和精力团结人民抗击塔利班。塔利班活动造成的平民伤亡占 70%，总统卡尔扎伊却将他们视为兄弟，反而怨恨以美国为首的盟军，因为他们造成了 30% 的伤亡。他煽动民众怨恨美军，但他忘了，正是因为有美军存在，他才没被塔利班绞死。

我在三排做过一项调查，看大家认为美军离开后这里会是什么情形，43% 的人认为塔利班力量更强，20% 的人认为是阿富汗军队更强，剩下的则觉得双方势均力敌。总而言之，三排认为塔利班厉害一些，但这也不是绝对的。阿富汗的命运由阿富汗人自己决定。

在一次又一次的巡逻中，陆战队员们总是很难区分狡猾的敌人和不幸的平民。

一班当时在 P8Q 区巡逻，帕尔马负责侦察。凯文·亨森下士发现六百米以外有七名身穿黑衣的男子快速穿过田野，还带着一群女人和小孩。几分钟之后，帕尔马遭到敌人攻击，巡逻队伍里的阿富汗士兵迅速反应，朝正在侧翼行进的另一帮人开枪射击，加西亚请求 60 毫米迫击炮支援，塔利班随即后撤，带走了所有武器，只留下两具死尸。

附近的一班折返回来时，克莱·库克准下士在三百七十五米处干掉了一名塔利班分子。陆战队员在尸体上找到了一沓巴基斯坦卢比，一张人名单，一个巴基斯坦银行账号，一把巴基斯坦租车公司的车钥匙，以及一封要求释放关押在喀布尔的囚犯的请愿书。一个平民和家人一同目睹了搜尸过程，他小心翼翼地询问翻译员史蒂夫：陆战队不会丢下我们的，对吗？

几个大院之外，三名男子和一名老人站在庭院里向那户受惊的家庭挥手示意。阿富汗士兵坚信，那几个人是伪装成农民的塔利班人员，要求加西亚逮捕他们。经验告诉加西亚，在没有证据的情况下，即使逮捕了他们，地方警察还是会把他们放走。因此他示意巡逻队继续前行。

第 97 天：五十八万二千步

肯尼迪上校带着一个特遣小分队向 611 公路出发，同行的有美国驻阿富汗准将扎勒迈·维萨和杰森·莫里斯中校。肯尼迪想夺取北面二十四公里外塔利班的一个潜渡点。一路上，肯尼迪不断停下来和村民交谈，这些村民从来没见过美国人。大概是第四次停下时，肯尼迪一边微笑着简短描绘了今后美好的生活，一边往后移，好让那些老人自己讨论。这时，一名衣着脏乱的男子拿着石块走上前，对着肯尼迪的脸砸过去，将肯尼迪打得晕头转向，鼻子鲜血直流。不过他还没来得及砸第二下就被击毙了；要再砸一下，肯尼迪可能就没命了。

老人们对袭击者的描述五花八门。有说他精神不正常的，有说他是个瘾君子的，还有说他游手好闲的。但是那个人每天都从村民口中听到些什么，才这样对一个完完全全的陌生人猛下杀手？他是否受令于奸诈的敌人？这是否是当地民愤的一个征兆？

吉卜林那句"日之东方，月之西方"放在这里合适极了。在地球另一边，这位上校不知身处何处，就被一名素不相识的村民直击脸部。肯尼迪用薄纱压住鼻子止血，继续向北迈向潜渡点，反复说自己没事、头不痛。

当三排战士听到他们上校被打的消息时，只是耸了耸肩，没有表现得很意外。在桑金，什么事都有可能发生。

第 98 天：五十八万八千步

1 月 18 号，三班遭遇机关枪扫射，火力点仍来自 P8Q 巡逻区。当时一架"眼镜蛇"直升机和一架"休伊"直升机正在待命。麦卡洛克中士便指引飞行员们仔细侦察可疑林区。P8Q 区是一个射击场，没有农民，没有任何人。不管哪一方，去那里都是为了打仗。

西南方一公里处，二班正准备对赫尔曼德河河岸的两艘小船实施搜查。凯西·哈尔曼准下士看见一块电池，于是他弯下身，顺着铁丝网回去找盛放炸药的水壶。

第十章　例行巡逻

就在布朗宁往后退的时候，另一名队员喃喃自语："妈的，旁边还有一只。"

就在两人蹑手蹑脚地往后退时，哈尔曼踩到了一颗地雷，被炸飞到空中，一条腿骨折。德拉尼不顾脸上还有炮弹碎片，踮着脚走过去把哈尔曼拖离雷区。在等待直升机救援过程中，瑞查德·户珥下士射杀了450米外一名持对讲机的男子。

那天晚些时候，帕尔马在P8T区茂密的藤蔓中辟出一条小径，这是一班标准的"以险制胜"手段。他们想偷袭F-18战斗机（32号战机）跟踪的那三名塔利班人员。一班现在的打法是17世纪印第安人的策略和21世纪先进技术的奇异组合。他们派出了价值超过四千万美金的直升机，动用价值1.7万多美金的电台收听飞行员从三千多米的高空中报告的方位消息，只为了追踪一个一年只挣二百美金的人。在亚奇探测到一枚简易爆炸装置后，追捕才告一段落。亚奇解除压盘的这段时间里，F-18战机跟丢了猎物。

当时一班用的是一种新式无线电信号探测器，代号"猎狼"。口译员史蒂夫拦截到敌方的对话，翻译如下：

"我这包（简易爆炸装置）满了，埋在哪儿？"

"随便找个地方埋了。放心。你身后没有人。"

"小心三排。都是狙击手。"

双方每天的行动已经形成一种套路。从巴基斯坦来的叛乱分子安置妥当后，塔利班便开始从两三个不同的方向向陆战队员开枪，让陆战队无法灵活机动。树丛与灌溉渠之间的任何地方都可能埋有简易爆炸装置。敌人会三五个一组，分开行动，从远处射击。双方交火时间通常不超过十分钟，而且一旦听到直升机逼近，敌人就在灌溉渠和树丛的天然掩护下逃之夭夭。

塔利班都很精明，学得很快。桑金地区的军事专员欣然安置了从巴基斯坦来的战士，而且坚持要求每个作战分队接受为期两周的培训。不过感

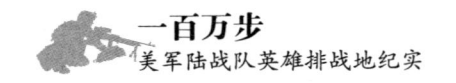

一百万步
美军陆战队英雄排战地纪实

恩节一战后,塔利班再也没组织过大规模的行动。

桑金的战争是靠小班打起来的,每个小班都独自出战。为加强兵力再配两名工兵、一个机枪组和几名狙击手。尖兵拿着"瓦伦"探测器在前带路,陆战队员们如蜗牛一般小心翼翼地跟在后面,穿过空旷的田野。他们就这样暴露着,一枚迫击炮弹就能在顷刻间让所有人一命呜呼。万幸的是,塔利班不会到巴基斯坦集市上买迫击炮,因为即使买来也无法把那些沉重的炮筒和炮弹走私入境。

加西亚从不做动员讲话,他相信各班长的能力,班长们也都相信各小组长。

"'烈火'基地每个班的关系都很铁。"拉什顿跟我说道,"我们情同手足。又跟两口子过日子似的,互相唠叨着'你吃相太难看啦'之类的。不过要是班上哪个人半夜偷偷抹眼泪,我们绝不会到处嚷嚷。"

一月中旬接下来的几天内,巡逻部队摧毁了三颗简易爆炸装置,其中两个都是亚奇发现的。部队在一个大院里搜查时,发现了几本教科书,书的主人解释说自己在偷偷教课。于是巡逻队赶快离开了,希望这名教师不会因为被美军搜查而招来塔利班的盘问。

一班在 Q1C 巡逻区巡逻时,西布利发现一名形迹可疑的男子,他穿着一身干净的浅绿色长袍,在一个开阔的地方焦虑地走来走去。于是布朗宁断后掩护,巡逻队朝那人走去,那人见状立刻逃跑。随后队员们在旁边的大院里搜到一枚反坦克火箭弹,但隔壁院子里的两个人却称自己什么都没看到。翻译史蒂夫认定他俩都是塔利班分子,但觉得即使逮捕了他们,最终也还是会把他们释放。麦卡洛克中士只冲他们挥了挥手中的步枪,巡逻队继续前进。

在 P8Q 巡逻区,三班发现了四颗简易爆炸装置、约十四公斤炸药、一包 PKM 机枪弹壳。那包空弹壳连一美元都不值,可不管什么东西,哪怕只有一丁点价值,都能在桑金找到市场。

第十章 例行巡逻

为了改变这种每天一成不变的巡逻节奏，二班在 Q1D 巡逻区设了一个车辆控制点，想借此揪出塔利班的供应链。亚奇在监控点挖出一块压板，板子另一端还连着一罐炸药。从他所在的有利位置，亚奇看到一辆辆摩托车驶近控制点，然后突然转向、扬长而去。这让二班很失望，不久便关闭了控制点。

"农民不是要逃。"亚奇分析说，"只是不想被我们一遍遍搜查。现在每天都下雨，塔利班行动也少了。这鬼天气也还不赖。"

1月20号，贾森·阿莫雷斯中士踩到一颗简易爆炸装置，不幸牺牲，年仅二十九岁。阿莫雷斯家在佛罗里达的利哈伊埃克斯，家中还有妻子詹妮弗、九岁的儿子考彬和三岁的女儿维奥拉。他是五团三营牺牲的第二十五名战士。

"真不知道我们撤走后这里会变成什么样子。"加西亚跟我说，"我们不跟这里的人交流。我们的任务是将敌人赶尽杀绝。我跟战士们说：最重要的是全力以赴。不管任务是什么，要做就做到最好。"

第十一章　征途尾声

"他们认可我们的牺牲，但却不知道我们为何而战。"

——波菲里奥·阿尔瓦雷茨，来自康涅狄格州

进入二月，冻人的毛毛细雨一下就是几个星期，其间夹杂着几次倾盆大雨。加西亚风雨无阻，丝毫不敢懈怠。

陆战队几个月来不停巡逻，搜查民宅，使塔利班没法在一个固定的地方安营扎寨。只要三排不松懈，敌军就得不停转移。

对于美国而言，第二次世界大战无疑是20世纪的决定性战争。七十年前，美国全面实行严格的征兵制，所有达到兵役年龄的男性，按要求和规定都必须服兵役。那短短的五年间，美国变成一个强大、团结而坚定的整体。1943年，美国共有一千万适龄男性，征兵意味着他们每个人都有同样的机会，成为前线低等士兵。大部分人将身着戎装、杀敌冲锋视为义

务和荣耀。他们被称为"最伟大的一代"。

然而到了 2010 年，仅有两百万男性有资格参军。而这些有资格的男性中，仅有百分之一的人是志愿参军。21 世纪的低等兵因而是'百里挑一'的一代"。

三排的士兵心情复杂，作为一个小众、以及他们自认为精英的群体，他们既充满自豪又愤懑不平。服完四年兵役，大部分人会成为普通平民，没有养老金，也没有过硬的工作技能。社会没有给予他们特殊认可。他们回国的飞机降落在机场后，没人能够说出这些低等士兵有什么不同，或许也不应该说出有什么不同。在人们看来，他们跟不计其数的后方士兵一样，都光荣地服役。

就像艾德里安·巴贝拉准下士说的那样："我们做的这些，他妈的根本没人鸟。"

第 120 天：七十二万步

二月八日，三排到"变形金刚"基地跟二排会合，一起搜查 V3J 巡逻区，那也是唐纳利中尉牺牲的地方。陆战队从"贝洛森林"的北端开始搜寻，双脚泡在十几厘米深的雨水里，沿着被打得东倒西歪的树丛，有条不紊地向南搜去。为了找到泡在水里的简易爆炸装置，陆战队以每小时不到一百米的速度推进。大多数简易爆炸装置旁有一摞石子或一小块系在树枝上的布作为标记。塔利班只在自己的安全领地使用明显标记作为警示。一天下来，陆战队员发现了四十八个简易爆炸装置，无人受伤。这是二月以来，最令三排欣慰的一天。

二月的最后两个星期，三排与敌人仅枪战一次，发现的简易爆炸装置仅五个。由于天气不好，二月是他们驻守桑金最平静的时期。

"这几场雨可帮了我们大忙啊。"加西亚说道，"这样一来，我们巡

一百万步
美军陆战队英雄排战地纪实

逻就方便多了。二月最后几个星期，我们发现了十五个没连电池的简易爆炸装置。地面太湿，通不了电。我们没有塔利班人员方面的情报，也不知道是谁安置的。但是这些简易爆炸装置在水里也没法爆炸。"

湿冷的天气把陆战队员们冻得直打哆嗦，但他们却能借助这样的天气毫无顾虑地东戳西戳——就算是塑料包着的简易爆炸装置也都湿透了。曾有四次，简易爆炸装置的导火索被引爆，但幸好只是弱爆震，队员们只是崴了脚，个个脸色苍白，庆幸命大。

三排将交火数量的减少归因于恶劣的天气，高层指挥官们则认为那是因为反叛乱战略奏效了。二月，三排士兵的身上几乎没有干过，他们为简易爆炸装置没法爆炸而感到欢喜；此时，彼得雷乌斯上将似乎看到了即将到来的战略性胜利。

"我们终于将兵力和物资集结到位，"他说，"可以全面执行反平定叛乱的战略了。"

可是到了二月底，奥巴马总统决定慢慢从阿富汗撤军。之前的一切投入和战略物资也都将撤离。

关于陆战队的报道肯定了彼得雷乌斯的乐观。在公众眼里，陆战队的上将们强调与当地人友好相处，帮助他们建立学校、诊所，争取妇女权利，建立法治。这样的项目和善举能赢得众多普什图族部落和叛乱分子的好感。驻赫尔曼德的陆战队总司令理查德·米尔斯称，塔利班"已经失去在该省的群众基础"。

但是退一步说，海军陆战队的指挥官们是如何得出的这一结论，真令人费解。一项针对整个赫尔曼德省的调查显示，71%的民众认为，一旦美军撤离，塔利班就会卷土重来。更糟糕的是，一月的一项调查显示，99%的桑金百姓认为，所有百姓伤亡都是由联军造成的，并认为决不能跟任何北约军队合作。

尽管加西亚买点消息的钱还是有的，但他没在桑金花过一分钱。有点

第十一章　征途尾声

脑子的农民都不会公然与外国人合作，毕竟他们终究要离开。那些为情报特工队效力的陆战队员们，有时跟三排一起巡逻。他们都是训练有素的情报特工，想借巡逻的机会买通一些农民，但是得到的大部分情报都不可信。

阿莫·施瓦兹是一位来自爱达荷州的阿富汗裔美国人，他是情报特工队的卧底特工。他穿着陆战队的队服，说着一口流利的普什图语，在阿富汗南部混了三年。阿莫不愿随便推测海军陆战队撤离后会是何番景象。

"我和一个农民聊上一个小时，"他说，"都还不知道他是不是塔利班，塔利班太会装了。"

第143天：八十五万八千步

三月，雨过天晴，敌人也"出洞"了。趁着土地松软，塔利班在P8Q巡逻区的一条运河旁灌溉渠远处挖了个新战壕。正当三班涉水而过时，敌人突然用PKM机枪和AK–47步枪朝他们开火。麦卡洛克呼叫迫击炮支援，道尔准下士从西边包抄切断，迫使塔利班撤退。麦卡洛克来到塔利班的战壕，只发现一包PKM机枪和AK–47步枪的弹壳。三班花了半个小时填埋战壕。

这是一件让人骂娘的苦差事。肯尼迪上校跟队员们重复着一句话：我们要深入敌人的老巢，打赢每次战斗！迪克洛夫和麦卡洛克可能要花两个小时才能前进到塔利班的阵地，而埃斯奎贝尔要四个小时，可塔利班就在那儿等着，知道他们迟早会出现。

3月5号，二班前进到P8Q巡逻区的北端，加西亚想搜查塔利班之前用作集结区的废弃民宅区。一到目的地，迪克洛夫便在一座低矮大院的墙后设立了一个据点，这样他的机枪队便有了完美的掩护和绝佳的视角。

这是一个很好的据点，迪克洛夫心想。如果敌人开枪的话，我们已经做好准备了。

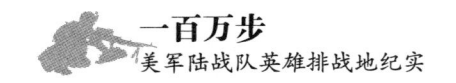

果不其然，塔利班朝他们射来一梭子子弹，但枪口过高，都从墙头嗖嗖地飞了过去。机枪分队毫不吝啬地向远处的树丛倾泻子弹。在机关枪分队的掩护下，迪克洛夫决定接近敌人。他用榴弹发射器向树丛发射了一颗40毫米的榴弹，他右边的一个大院随即向他射来密集的子弹。

惯用伎俩，迪克洛夫想，塔利班在向别的阵地撤退。

透过他的步枪瞄准镜，迪克洛夫看到大院的墙上有一些射击孔，而且附近的两堆干草和木材旁灰尘飞扬。一名塔利班一跃而起，端着AK步枪扫射了一通，然后转过身跳上摩托车。他直立着，花了几秒钟才启动摩托车，没等车轮向前转动，已经被陆战队打成了筛子。

当敌人向后撤退时，三百米开外的一片瓦砾堆里尘土乱飞，一看便知是敌人机枪子弹出膛时的冲击波扬起的。瓦格纳准下士将M72反轻装甲火箭筒的尾部向后拉开，并向迪克洛夫挥手示意，要求准予开火。在这个距离之内，击中小目标的概率只有百分之一。

"妈的，给我用火箭弹轰！"迪克洛夫喊道。

瓦格纳把射击标尺调到最高。他知道，这还打不到三百米，于是又把发射仰角抬高了几十度，然后按下了用橡胶包裹的点火开关。厚实的火箭弹以低速在空气中划出一条小小的抛物线。就在发射弹药耗尽时，火箭弹一头扎入目标，接着是一道耀眼的闪光和巨大的爆炸声，瓦砾上当即腾起一股浓厚的黑色灰尘。队员们见状都一起高声欢呼起来，迪克洛夫激动地对瓦格纳的后背打了一拳。

塔利班丢下一堆尸体再次撤退。

那帮塔利班分子丢下那个倒霉蛋的尸体再次撤退。加西亚向指挥中心呼叫火力支援，指挥中心要求他简要报告敌情。

"加西亚，刚才那声火箭弹爆炸怎么回事？"约翰逊上校通过无线电问。

"今天是3之5，"加西亚说，他的意思是三个月零五天。"因此，

第十一章　征途尾声

我们有点收获。"

"加西亚，你这回答太蹩脚了。"约翰逊回答。

塔利班与三排交战六个月，已经学会了与陆战队保持两块农田和一片树林或一个灌溉水渠的距离。通常，他们会与陆战队员们保持两片树林的距离，大约四百米。在这个距离内，他们的命中率为零。除非有人被简易爆炸装置炸伤，且整个巡逻都队都在等待救援直升机，否则塔利班根本不敢靠近陆战队员。如果他们没有规划好逃跑路线，他们就性命不保。狙击手休吉下士曾在一天内狙杀三名塔利班分子。

作为狙击小组的指挥官，布朗宁再三叮嘱大家每天都要开上几枪，确保每支狙击步枪的瞄准仪没有任何偏差，这叫"战场校正"。普通士兵都缺乏速射技能，难以在三百米的距离击中躲避的敌人。这样的技能需要成千上万发子弹的训练量才能掌握，但海军陆战队没有时间、也没有财力提供这样的训练。

截至三月，布朗宁的狙击分队已经击毙五十一人，每一次狙杀都经过了狙击手和观测手的核实。

"有时候，敌人就像一头死猪一样瘫倒在地，"西布利说。"在大多数情况下，他们中弹后会往后退缩，然后就没有了踪影。有一次，我打中了一个家伙的腹部，看他捂着肚子摇摇晃晃地逃开，心里很不是滋味。他可能没死。他们多数穿着黑衣服。很多都穿着长袍。"

他们的战场由照相地图上的八个巡逻区组成，这些巡逻区内一共矗立着一千三百一十四座农民大院。陆战队每天到此巡逻，塔利班都看得一清二楚，但他们无可奈何。一天、一周、一个月……久而久之，每个塔利班团伙都会与巡逻队不期而遇。陆战队坚持不懈的巡逻让塔利班最凶悍的游击队都感到战栗。

3月7号，国防部长盖茨前往一座叫纳乍得的破落小镇视察陆战队员。他后来写道，他不知道"付出这么大的代价是否值得"。

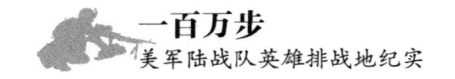

第二天，他视察了五团三营在桑金的指挥中心。

"自从十月以来，五团三营是这场拖了十年之久的战争中损失最大的营。桑金不仅是阿富汗最危险的地方，而且全世界也找不到第二个。"他说。

他祝贺陆战队员们"消灭、俘获或赶跑了大部分塔利班分子"。他讲话的重点是，陆战队如何击败当地的敌人，而不是如何保护当地居民。

"我为你们取得的胜利感到欣慰，为你们的成就感到自豪，看到你们让塔利班胆战心惊，我非常满意。"他说。

他强调了陆战队在战场上取得的战功："在桑金的战斗不亚于瓜岛战役、长津湖战役和贝洛森林战役，一定会永远载入陆战队的光辉战斗史册。"

五天前，他在白宫断定，作为美国武装部队总司令的奥巴马总统已经放弃美军在阿富汗的任务。

"总统不信任他的指挥官彼得雷乌斯将军，"盖茨在回忆录中写道，"他无法忍受卡尔扎伊，不相信自己的战略，也不认为这场战争与他有任何关系。对他来说，要做的是撤军。"

那么，国防部长的态度任何？他拿不定主意，也没有采取果断行动。

"我心力交瘁，"他写道，"一方面，我自己的历史观告诉我应该谨慎行事，另一方面，我的指挥官们坚持要求完成由总统和我托付的使命。"

盖茨也对这场反叛乱战争失去信心。他的目标是帮助阿富汗建立自己的军队，并"大幅削弱塔利班"、"拔除各据点的塔利班"。他希望部队"更重视地理占领"，责怪陆战队把兵员派往"人烟稀少的地区，包括赫尔曼德省"。他的考虑不无道理，像桑金这种天涯海角鸟不拉屎的地方，为什么要派三排过去？

要是盖茨命令他的指挥官把目标缩小为"帮助阿富汗建立军队，并削弱塔利班"，那么肯尼迪上校、加西亚中尉以及其他数百名指挥官就会采取新的策略，减少简易爆炸装置造成的伤亡，出其不意地痛击塔利班。

总统和国防部长都缺乏远见不够直率，没有及时告诉将军们：战争一

第十一章 征途尾声

拖就是十年，太长！于是，他们继续犯错。

第 150 天：九十万步

三月中旬，我返回三排基地。作战任务没有改变，巡逻路线一如往常。

"我们现在要多走很多路，才能遇到敌人，"加西亚说，"我们去 P8Q 区，那里最有可能和敌人交上火。"

这种搜山捡海渴望寻歼敌人的战斗气概是当年越南战场不曾见过的。带领美军在 1991 年海湾战争中大获全胜的诺曼·施瓦茨科夫将军是一名越战老兵，1970 年，他还是一名营长。据他回忆，有一个营因为地雷而伤亡二百零三人，大致是五团三营的伤兵数量，他说"地雷和陷阱让士气一泻千里，我们的部队完全丧失了战斗下去的意志"。

到 2011 年，国内美国民众已经对我们在阿富汗的军事行动感到疲倦。包括老兵在内，45% 的民众都认为美国的伊拉克和阿富汗战争得不偿失。然而，三排非但没有丧失半点士气，而且还四处寻找敌人，只求一战。

在出发前往 P8Q 区巡逻之前，我走到狙击分队把守的区域检查他们墙壁上的小人数量。我一月份来到这里时才四十个，现在已经增加到六十以上。至此，狙击分队和三个班报告说，共歼敌二百七十一名。这个数量可能多算了三分之一，因为士兵有时实际上没有击中目标，但总是认为自己打中了。但如果加上空袭和迫击炮的杀伤数量，完全有理由相信三排确实歼敌二百人。

在小人图附近的一面墙壁上，挂着很多土郊狼皮和一些山猫皮。布朗宁除了率领狙击分队，还负责给三排将士杀鸡烹羊；他的爱好之一，是在

一百万步
美军陆战队英雄排战地纪实

夜幕降临时，爬到瞭望塔上，用带夜视镜的狙击枪射杀在附近活动的土郊狼。负责放哨的后备兵对这种消遣方式非常欢迎。

加西亚召集大家拍摄了一张集体照。十月以来，三排每周损失一名士兵；现在，他们再过两周就能回国了。在这两周内，他们可能还会遭受伤亡，大家心情沉重，拍照时很少有人微笑。

"连续七个月没有休整，"布朗宁说，"太长了。我们都很累。"

在巡逻基地外面，有几个牧羊人在放牧牛羊。离开基地后，亚奇就走在巡逻队伍最前面。据我计算，他离走完一百万步已经不远。

"亚奇，你这样一天又一天地巡逻，怎么熬过来的？"我问。

"习惯了，"他羞涩地笑了笑，"习惯成自然。"

"你找到了多少颗土地雷？"

"不知道，可能有十几颗吧。"

"哦，可远远不止十几颗，兄弟，"麦卡洛克说，"你太出色了，三营最棒。"

亚奇只是摇了摇头，然后跑到巡逻队伍最前面与道尔儿会合。道尔儿参加陆战队只是为了离开自己的家乡莫德斯托。现在，他期盼着早日回家，然后去上大学。

"亚奇和我一共找到了三十八颗土地雷。他是不会告诉你的，他对数字很迷信。"他说。

我们穿过一片又一片没过脚踝的绿色罂粟，朝东北方向进发。阿富汗种植的鸦片为全球海洛因市场提供了80%的原材料。去年爆发的罂粟枯萎病推高了海洛因的价格。桑金的农民认为今年能卖到每公斤二百美元的价格。到四月收割鸦片时，农民将紫色罂粟花中垂下的豆荚切开，里面会流出泪滴状黏性物质。经过几个太阳天后，会慢慢变黑变硬。农民就提着口袋，把它们逐个掐下，就像在佛蒙特州从枫树上采集枫糖一样。

一公顷（也就是一万平方米）的罂粟能产出价值三千六百美元的生鸦

第十一章　征途尾声

片，是一公顷小麦收入的四倍。喀布尔、巴基斯坦和伊朗的买家络绎不绝地来到桑金收购鸦片。大多数罂粟地都由神秘的辛迪加集团控制，佃农只能获得销售收入的 10% ~ 20%。

在桑金，上级对士兵抽鸦片和大麻一般不闻不问，只有在阿富汗士兵抽得神情恍惚、走不动路时才会采取惩罚措施。

"我们都忙着对付塔利班，"五团情报官史蒂夫·沃尔夫上校说，"毒品问题是阿富汗政府的事。我们没有去禁毒。"

我们还穿过了几块大麻地。赫尔曼德河流域土壤肥沃，这里每公顷的大麻产量将近一百四十公斤，是国际毒品市场主要竞争对手摩洛哥的两倍。一个贫困的农民不用拖拉机或多少肥料，就能通过种植大麻获得与种植罂粟同样丰厚的报酬。但大麻的生产过程更加辛苦，他必须滤清大麻叶并将其磨成粉，然后把树脂捏成一块块大麻膏，出售给当地市场的批发收购商。

似乎每个阿富汗士兵身上都揣着大麻，在巡逻时，也很难发现到底谁因为嗑药而处在亢奋状态。阿富汗的失业率高达 40%，越来越多的人染上了吸毒的恶习。在赫尔曼德省招兵过程中，17% 的青年因为没有通过药检而被拒于门外。

亚奇发现一根白色的电线。他割开电线，发现附近就埋了一罐子炸药。三五一群的闲人直勾勾地盯着我们，但不和我们搭讪。亚奇在原地做了标记后，加西亚让他继续前进。

"他们在玩弄我们，"加西亚说，"这个鬼地方有诈，不能久留。"

再看远处的农田上，农民、女人和小孩在四处奔逃，寻找躲避的地方。这表明敌人就潜伏在附近。大家保持队列，单膝跪地，准备还击。跟在亚奇后面的道尔儿转身为他打掩护，他通过瞄准镜扫视了我们前面的空地。在我们东面，四五个人悠悠地骑着摩托车，监视着我们的一举一动。

"狗杂种！"麦卡洛克喃喃自语道。

这时无线电中传来了约翰逊上尉的声音。

一百万步
美军陆战队英雄排战地纪实

"我们在用'天眼'跟踪那些线人，"他说，"别管他们。我们的任务快结束了，不要成为第二个莱文沃斯，闹出个故意枪杀平民的事件来。"

去年秋季，陆战队每巡逻一次都会与敌人交火，现在的交火次数已经骤然降到一周三次。这表明巡逻起到了威慑作用，但并没有改变游击战的基本状态。自从我上次来这里，塔利班变本加厉地要求农民为了伊斯兰教帮助他们。现在，妇女公然拿着对讲机给他们通风报信，她们知道，陆战队员不会朝她们开枪。

当一架眼镜蛇武装直升机飞临那几个骑着摩托车的线人头顶，麦卡洛克一把抢过无线电话筒，暴躁地让飞行员离开。

"麦卡洛克认为，这是他个人的事，别人不应该瞎掺和。"加西亚告诉我。

加西亚一直表现得平静而超然，他给了各班长充分的空间自由发挥。在一次巡逻中，加西亚扛着一挺射速惊人的班用轻机枪。当战斗打响后，他架设机枪，开火掩护。迪克洛夫走到他跟前，不留情面地质问他："怎么能把机枪布置在这里？"于是，他快速爬起身来，按照迪克洛夫的指示调整了射击位置。

在武装直升机离开后，麦卡洛克带领我们朝 P8Q 区进发。到了那里，更多三三两两的游民盯着我们，但无论我们怎么打招呼，都不搭理我们。远处，在"变形金刚"基地以西三百米的地方，一栋大院上空飘扬着一面塔利班的白色旗帜。我非常好奇地看加西亚的反应。

"他们还在向我们竖中指，"他说，"那座大院里埋满了地雷。去他娘的。"

当我们走到一片空旷的农田中央时，麦卡洛克停住了脚步，我们全部卧倒，架起机枪瞄准东北方向，狙击手通过狙击镜扫视着周围的树林。加西亚用无线电通知基地的迫击炮分队做好准备。狙击手报告说，看到一名男子向我们匍匐而来，希望更清楚地看清我们的动静。

第十一章　征途尾声

"他可能是个线人，"加西亚说，"要么就是个大傻子。随他去。"

三十分钟过去了，对面没有任何动静。我们返回了基地。加西亚感到很不好意思。

他说："我当时真正感觉到会有龟孙子朝我们开枪。"

第 158 天：九十四万八百千步

二班进入了 P8Q 区。迪克洛夫中士发现几个人在一座小清真寺前闲荡，通常，陆战队员每次巡逻到那里，都会遭到暗枪射击。妈的，迪克洛夫想，我们现在来了得硬着头皮上了。他一边让机枪分队部署到位，提供火力掩护，一边焦急地等待着对面的动静。其他队员也都单膝跪地，保持巡逻队列。突然，一串 PKM 机枪子弹从二班头顶飞了过去。

过去六个月来，都是等敌人开枪后，陆战队还击；等敌人撤退后，陆战队撤退。迪克洛夫灵机一动，这回他不想按部就班地打。他扭头对队员们说。

"兄弟们上！"

他坚信塔利班肯定没在自己的活动区域埋设爆炸装置，于是带头穿过农田，向清真寺冲去。十几名队员散开队列跟着他一同冲锋。一名队员发射了一枚反装甲火箭弹，火箭弹击中一面墙，一股浓烟腾空而起。塔利班见势不妙，纷纷退回大院内。队员们一路猛冲，来到了大院跟前，猛掷一通手榴弹，清理了所有的房间。

冲在队列后面的是二十二岁的医护兵斯图尔特·富克，他一个趔趄，扑倒在地上。

"我中枪了！"

兰兹内斯特看到他倒地，立刻又跑了回去，在他的大腿附近系上了止血带。噼啪的枪声盖过了他们的呼救声，其他队员都没有听到，继续在往

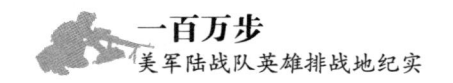

前冲。富克志愿加入陆战队做一名低等兵，因为他喜欢他们的幽默感；但让兰兹内斯特和自己暴露在开阔的田野里，似乎玩笑开过了头。

最终，迪克洛夫发现他们两人没有跟上来，于是二班又撤了回去。高速飞行的机枪子弹从富克的大腿打入，臀部穿出。这是非常严重的创伤，当然，队员们仍然没忘拿他开涮一番。福克被彻底激怒了，他一把抢过无线电，呼叫直升飞机来接他走。

三排并不能随心所欲地呼叫迫击炮支援。刚刚接管桑金北部的一个营提出了要求：在他们的巡逻区附近呼叫火力支援时，必须事先征得同意。三排再坚持几周就能回国了。

"富克医生屁股中枪后，加西亚中尉本可以停止巡逻了。但他没这么做，他依然让我们天天巡逻。迪克洛夫中士和我聊起过这事。最后几周，我们在很多方面都被捆住了手脚，因此我们都很钦佩他的举动。"西布利说。

"钢丝"比尔兹利伸出了援手。他命令，只要"收割鹰"在三排巡逻队附近执行任务，就必须飞临他们上空助威。"收割鹰"的滞空时间长达七个小时，发动机的轰鸣声就像塞满了玻璃弹珠的洗衣机在运转，只要这头巨兽飞临上空，就足以把塔利班吓破胆。情报部门截获了塔利班的一条通信："那架灰色的飞机飞到头顶时，别轻举妄动。"

一周后，"因克曼"基地的电子拦截分队报告说，塔利班在巴基斯坦的舒拉对战局日益感到灰心丧气。在塔利班高级领导层看来，桑金的游击队已经被吓破了胆，不敢去碰陆战队。

舒拉向桑金派出了第二批圣战分子。

位于 P8Q 区的那座清真寺是外国圣战者接待中心。桑金的长老对巴基斯坦人没有好感，他们表示，就算这座清真寺被夷为平地，他们也不会有任何怨言。这个表态不同寻常，因为只要陆战队有任何涉及清真寺的举动，卡尔扎伊总统就痛斥其为外国人对阿富汗的犯罪。3月25号，加西亚随一班去巡逻。悬停在指挥中心上空的飞艇实时视频监控显示，上次塔

第十一章　征途尾声

利班分子从清真寺开火后，纷纷沿着一排树林逃逸。今天，陆战队获得许可，可以用炮火回敬他们。

当巡逻队走到清真寺以南三百米的地方时，塔利班的子弹如期而至。但由于和战地的通讯质量较差，时断时续，"因克曼"基地的指挥中心取消了炮火打击计划。这让埃斯奎贝尔和帕尔马一筹莫展，他们只得再靠近一些，用手中的轻武器还击。

"喂，中士，"今年二十三岁来自康乃迪克州的波菲里奥·阿尔瓦雷斯下士通过无线电呼叫道，"你们正穿过你自己禁止进入的农田。"

埃斯奎贝尔顿时感到脚底掀起一股巨大的推力，下一秒他意识到自己飘在空中。有一瞬间，他认为自己已经死了。下一秒，他掉落到烂泥中。他躺在原地没有动弹——他不敢看自己的伤势，同时也害怕引发二次爆炸。

"埃斯奎贝尔中士！"帕尔马大声喊道，"埃斯奎贝尔，你在哪里？"

这是一次弱爆震。埃斯奎贝尔扭头看了看身旁，地面露出了一只黄色的塑料罐，已经开裂，里面填满了炸药。帕尔马低头看去。

"别弄出个二次爆炸，"埃斯奎贝尔说，"靠，我身上还剩点什么？"

帕尔马看了看满身泥浆的埃斯奎贝尔。

"你没事的，好像只炸断一条腿。你没事的。"

帕尔马这么说也是出于好心，但并没有带来多少安慰。他给埃斯奎贝尔绑了一条止血带，加西亚匆忙跑了过来。在加西亚看来，埃斯奎贝尔只是炸断了脚，腿并无大碍。在三排快完成任务时，这位对自己的弟兄保护有加的中士没能保护好自己。不久，远处传来救护直升机的声音，一名队员扔了一颗烟雾弹，以标示自己的位置。

"我看不到烟，你他妈给我放烟雾弹啊，不然我就不下来了。"飞行员说。

他们所处的农田里种满了翠绿的大麻，甚至连飘浮在田里的一层薄雾都是绿色的。

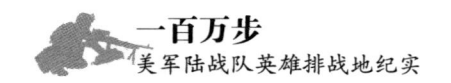

"脑子进水了？"加西亚叫道，"竟然放绿色烟雾弹？"

第 166 天：一百万步

第二天，也就是 3 月 27 号，兰兹内斯特与亚奇交谈了一番。亚奇将担任下次巡逻的尖兵。他心情不佳，起得很早。听到再次前往 P8Q 区的消息也没有提起精神。下周，三排就要把"烈火"基地移交给另一个排，而他本人也已经完成一百次巡逻任务。

"我感觉有人想暗算我。"亚奇说。

"兄弟，你不会有事的。"兰兹内斯特说。

几个小时后，亚奇小心翼翼地靠近 P8Q 区入口处的那排树林。自一月以来，亚奇就一直很讨厌这条路线，当时，一挺俄制重机枪的硕大弹丸和他擦肩而过，险些要了他的命。有道尔在身后掩护，亚奇决定率领麦卡洛克的班走农田，而不是走地面坚硬的小道。

他看到前面泥土里冒出一截电线，立即示意巡逻队停下脚步。他右膝跪地，伸出右胳膊，准备拨去上面的一层松土——他以前也都是这么排雷的。这块压力板的接触非常灵敏，他右手的重量让两根电线形成了回路，引爆了炸药。

"哐！"巨大的冲击波把亚奇高高抛起并在空中翻了个身，他随后背朝黄土面朝天，跌落了下来。他躺在地上一动不动，希望脊梁没有摔断，但右腿不停地抽搐打战。

"这玩的什么！"他尖叫道，"这玩的什么！"

道尔单膝跪地，俯下了身。

"别担心，兄弟，"他说，"我们来救你了。"

爆炸的冲击波让道尔也直打摆子，但他为了救亚奇，尽量保持清醒。

"把我的腿放直，"亚奇说，"被什么撞到了。"

第十一章　征途尾声

医护兵给他注射了一针吗啡。他只记得麦卡洛克在他肩膀上拍了拍，后面发生什么就全不知道了。

"没事的，我们已经包扎好你的腿，没事的。"

亚奇的右腿伤势过重，难以恢复，只好在几个小时后截肢。

当天，另一个巡逻队的医护兵雷德蒙·拉莫斯也踩到了一块压板，被炸断一只脚。

"那个制造地雷的家伙一直在观察我们，"躺在医院病床的亚奇对我说，"他注意到我从来不走那条路。这家伙真聪明。"

当年在越南，在我驻守的那个小村庄，最能打的人是一个姓宋的民兵队长。他在 1964 年就参加了战斗，陆战队里没有人有他那么灵敏的战术直觉。在我们离开多年后，在 1974 年的一个晚上，他在自己的村庄推开一扇门，引爆了一颗暗雷，当场殒命。他参加了不下一千次的巡逻，最终还是没能幸免。

三排进驻桑金时有五十二人，完成任务离开时，共有二十七人伤亡，其中两人牺牲，九人截肢，十六人脑震荡、或被炸伤、或受了枪伤。

亚奇下士就像是战场上的魔术师，也像是三排的护身符。他战术精湛，九死一生，最终截去了一条腿。卡梅伦·维斯特中尉一辈子都喜欢待在户外，他聪明异常，从不会被人愚弄，最终失去一条腿。多米尼克·埃斯奎贝尔中士细心谨慎，很少犯错，他失去一只脚。阿巴特中士是三排的大力士、三排最英勇的战士，他光荣牺牲。在将士们一百万步的巡逻途中，种种不测总是如影随形。

第十二章　适应生活

"在战场上，我们与别人不一样。"

——胡安·科瓦鲁维亚斯，来自得克萨斯州

2011年4月，五团三营撤离桑金。一个新来的排接管"烈火"基地，并开展了为期一周的联合行动。第一次巡逻，加西亚就带上新排长查克·波尔顿中尉前往P8Q区。当战斗打响后，加西亚呼叫眼镜蛇武装直升机支援。

"这里打仗就得这样，能调用什么火力，就尽管用。别让他们喘息。"加西亚说。

这里的指挥环境非常混乱。面对媒体记者，最高指挥部很坦然地把动用特种作战部队消灭更多塔利班的功劳揽到自己头上。但常规部队作战时却面临很多约束。

"我在2011年5月发布了备忘录，让所有部队都温习'战术指令'。"

第十二章 适应生活

彼得雷乌斯说。

一年前，陆战队员们已经隐约感觉到，彼得雷乌斯将军不会严格执行"战术指令"。这几个月来，他越来越多地依赖特种作战部队消耗塔利班的实力。由于对常规部队的任务定位是建设社区，因此他再次收紧了对他们使用武力的限制。

尽管上面三令五申地要求执行"战术指令"，但波尔顿是上过伊拉克战场的老兵，他也才采取了加西亚的策略。每支巡逻队都排成一列快速前进，用机枪、203榴弹发射器提供火力掩护，并由前方观察员提供情报。起初，他们的进展比较缓慢。现在是罂粟收割的季节，农田放眼望去是一片紫色的罂粟花，塔利班也帮着收割。

但几个月后，夏季来临，农田又长满浓密的玉米，双方的枪战和简易爆炸装置的爆炸声再次响彻桑金。六月的一天，该排在一片玉米地里发现了八辆摩托车，于是队员们埋伏在周围，等待敌人的到来。过了几个小时，十名阿富汗人扛着铁铲过来了。他们手上都干干净净，不像干农活的农民；化学拭子测试显示，他们手上都残留了火药。但地方行政长官表示，证据不够充分，最终全部释放。

战争无情地继续着。最终，波尔顿的排副、三位班长以及连长都光荣受伤。他自己的排里，有两名队员牺牲，三十二名受伤。

在美国，国防部长罗伯特·盖茨在2011年6月为自己四年的任期做了总结。他告诉奥巴马总统，战地的指挥官都认为我们获得了成功。

"你在阿富汗滞留的时间越长，就越接近前线，就越感到乐观。"他这样对奥巴马总统说。

波尔顿并不在他所说的"乐观"人群之列。

"我们接管并守住了'烈火'基地，"波尔顿说，"我们是陆战队。我对我们的付出感到自豪。但对于我们的损失，我不怪任何人。我们现在就要撤离阿富汗，但塔利班不会走。"

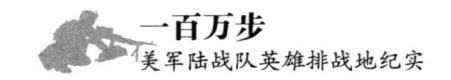

一百万步
美军陆战队英雄排战地纪实

他们营一共找到了八百九十五颗简易爆炸装置，比三营发现的一千三百一十五颗少了很多。

"我们取得了很大进展，"营长汤姆·萨维奇说，"但是，陆战队让鸦片生意不好做，让塔利班的日子不好过，也让一些部落很不爽。来自阿富汗北部部落的阿军能拿下桑金吗？这是关键问题。"

"烈火"巡逻基地关闭了。陆战队缩减了兵力部署。当美军建议让阿富汗军驻守绿色地带中心的巡逻基地时，他们一笑置之。

2011年9月，七团一营从五团一营手中接过驻防任务。我再次返回桑金。当时，美国已经陆续从阿富汗撤军，七团一营驻守桑金的兵力只有此前五团三营的一半。

返回后的第二天早上，我随B连的十几名陆战队员前往唐纳利牺牲的Q5H区巡逻。队员们个个身负四十公斤的弹药和装备，冒着三十五摄氏度的高温在闷热的玉米地里艰难行进。没有阿富汗士兵随队巡逻，他们都待在离绿色地带较远的基地，等玉米收割后才会返回这里。

途中，一条一米多长的眼镜蛇从队员中间溜过，大家耸耸肩，根本没当回事；眼镜蛇不会炸断他们的双腿。队员们钻出玉米地，出现在一座小型伊斯兰小学前面。一名戴着黑头巾的毛拉很快把孩子们叫到院子里，十几个农民默不作声地盯着我们。

我们继续前进，最后到达一个叫"帕布斯特蓝丝带"的小哨所。哨所设置了瞭望塔，上面架着机关枪；在哨所里面，十几名陆战队员和阿富汗民兵在里面休息。陆战队不信任阿富汗士兵，每次巡逻结束返回基地时，阿富汗士兵都必须交出武器才能进入。他们没有配口译员，双方见了面也就点点头。虽然陆战队的每个哨所、每个巡逻队都与阿富汗军"结对子"传授经验，但这些阿富汗民兵基本没学到什么实战技巧。

我们继续前进。工兵队长爱德华·马里尼上士发现了两只采用木制压板的简易爆炸装置，压板下面连着盛满硝酸铵的黄色塑料罐，他随即将它

第十二章 适应生活

们引爆。在六个月的驻守期间，敢死连一共发现了七十七颗简易爆炸装置，有十名队员受伤。这个伤亡数字远低于前一年，这表明陆战队已经清理掉桑金的塔利班活跃分子。

简易爆炸装置被清除干净后，排长库尔特·霍恩中尉必须做出下一个选择。

"我们得前往Q5H区打一仗。我们将在傍晚回到这里，那个时候，就会有新的土地雷等待我们。我不想让我们的弟兄们冒险去做无谓的事。"

霍恩还没有参加过像样的战斗，因此还没获得象征作战经验丰富、代表无上荣誉的"作战行动勋章"。他总是把手下弟兄的生命放在第一位，自己的职业晋升则退居其次。

回到基地，他请我对队员们说几句，因为他们都在质疑驻守桑金的意义。

我首先感谢陆战队员；时隔五十年，再次与我当年的连队一同参加战斗巡逻是我莫大的荣幸。你们也许会问，为什么要来到这个鸟不拉屎的地方？在这里，农民和敌人在表面上都没什么两样，而且通常本质上也是一个鼻孔出气。

我在越南也打过类似的糊涂仗。但时间一长，无论是什么人，还是什么国家，都会忘记曾经存在过什么政策。陆战队创建至今已经打过一百六十次仗，即使历史学家也不可能记住很多战役背后的政策原因。政策不是问题的关键。

你们志愿参加陆战队，不是为了制定政策，而是为了保卫我们的国家。我们的总司令指到哪里，你们就打到哪里。将来有一天，你们的孙子辈会问，"您在阿富汗战斗过吗？"你会回答，"是的！"你们经历了一场非同寻常的冒险，这是国内同龄人永远不会有的经历。你们有的弟兄牺牲了或失去了手臂或腿脚。但你们在志愿加入陆战队那一刻，就做好了牺牲的准备。要是人生可以重来，你们牺牲的战友仍然会选择做一名陆战队员。

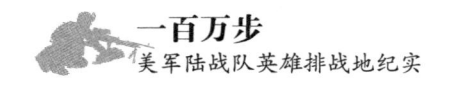

一百万步
美军陆战队英雄排战地纪实

普通士兵的任务是在战场上击败任何敌人，送他们去见上帝；是以生命保卫美国，让任何人都不敢挑战美国。

任何人只要出色完成艰巨的任务，都希望获得他人的认可。2011 年，三排承担了最艰苦的作战任务。三排大多数队员告诉我，他们希望家乡人民能了解普通士兵出生入死的付出。要是他们知道三排最著名的士兵尤金·史赖吉下士在 1945 年也有着同样的想法，他们也许会感到一丝安慰。

史赖吉写道："我走在莫比尔的大街上，平民生活似乎非常陌生。人们在为那些看似微不足道的事情奔波忙碌着，似乎很少有人意识到自己多么幸福，能自由自在地生活、远离战争的恐怖。对他们来说，老兵就是老兵，无论是刚在前线打过一场硬仗且大难不死的老兵，还是穿着军装在后方敲击打字机的老兵，所有老兵都是一样的。"当他在奥本大学报到的那天，注册处的工作人员问他，是否从陆战队军旅生涯中学到什么有用的技能。史赖吉回答说："女士，这是一场你死我活的战争，陆战队教会了我如何消灭日本鬼子，同时保护自己。如果这个技能不符合任何课程的要求，我只能说很抱歉。但是，总得有人上战场杀敌，我的大多数战友不是牺牲就是受伤。"

在美国，莫里斯中校于 2011 年夏走访了烈士的家属。

他告诉美国国家公共电台："一些家属非常愤怒，他们冲我喊叫，为什么让他们的儿子去送命？你该怎么说呢？只能说他儿子为了自己热爱的事业献出了生命，而且对阿富汗人民产生了积极影响。"

五团三营的臂章是一块红黄相间的盾牌。其中一个象限角刻着鸢尾花骑士象征图案，那是法国政府为表彰五团三营 1918 年成功狙击进犯巴黎的德军而授予的。另外一个象限角印了一排青翠的珠子，代表越南的丛林。盾牌的顶部是一条横幅，上面印着代号"黑马"，那是 1950 年长津湖战役中使用的无线电呼号。盾牌的底部印着三营的格言："有所斩获"，时刻提醒队员们，他们的任务就是消灭敌人。

第十二章　适应生活

过去十年里，五团三营有六名官兵被授予海军十字勋章，这是美军对英勇作战士兵的第二大嘉奖。这个数字居陆军或陆战队所有各营之首。2012年8月，我前往加州彭德尔顿营，参加对阿巴特中士的海军十字勋章追授仪式。阿巴特率领的狙击分队和三排大部分队员都出席了仪式，总共有一千多人见证了那个时刻。阿巴特的事迹此前已经传遍整个陆战队。像史赖吉下士一样，他现在也成了一名老兵，新兵训练营都会拿他做典范，反复讲述他的故事。

兰兹内斯特说得最到位："我们是战争中最勇猛的士兵，即使牺牲了，也因为曾经是五团三营的人而得到永生。"

仪式结束后，一百名陆战队员和阿巴特的家人去了圣克莱门特的一个飙车族酒吧。我们的到来让里面的几个飞车党大吃一惊，他们知道由来后和我们一同为阿巴特干杯。大家都追忆起了很多战地往事。军士长卡莱尔给我们看了一张血肉模糊的照片，那是他的臀部被简易爆炸装置炸伤的模样。加西亚喝着啤酒，笑得合不拢嘴。卡梅伦·维斯特向大家展示，他已经习惯用义肢走路。

一名准下士借着几杯啤酒的后劲，黑着脸问加西亚为什么没有提拔他当火力小组组长。

"你没有火力小组长积极。"加西亚说。

"是啊，但我当时在'烈火'基地。"那位准下士说。

"我们回来后，你就懈怠了。你在桑金做的那一套，在这里是不管用的。"

对三排而言，战争已经结束。

维斯特回到了乔治亚州老家，在农场上骑马养牛。加西亚去了陆军游骑兵培训学校。舒曼被转调到一个侦察连。"钢丝"比尔兹利在七个月的时间里共执行了八十九次空袭任务，是阿富汗战争中执勤次数最多的飞行员，他转业做了一名飞行员教练员。"疯狗"迈尔斯回到了俄亥俄州，并

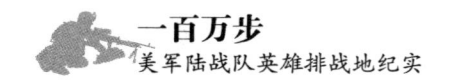

一百万步
美军陆战队英雄排战地纪实

从托莱多大学毕业，他计划做一名联邦警察。

迪克洛夫中士决定继续留在陆战队。托曼中士也决定留下，他庆幸自己能平安回家，战友的伤亡让他非常消沉，但同时也为自己的部队击退塔利班而感到高兴。他认为这场仗"打得很漂亮"。埃斯奎贝尔先被转移到了喀布尔附近的巴格拉姆空军基地医院。不久，亚奇和医护兵拉莫斯也被送到那里。亚奇的脸被一层又一层的绷带绑得严严实实，最终痊愈。住院期间，他们三个相互鼓劲，后来被陆续转移到了德国。

麦卡洛克中士被授予银星勋章，后来成了一名军士教练员。在一次训练中，他对一名新兵大发雷霆，结果被陆战队取消了教练员资格。他终日借酒浇愁，后来与妻子离了婚。一次，在加尔维斯顿的酒吧里，一名持刀精神病患者捅了他几刀，差点要了他的命。过了一年，他才部分恢复。

五团三营回到加州后，统帅部没有立即解散他们，而是保持完整建制继续观察三个月。最后确定他们的精神状态与后方非战斗人员一样后才解散。五团三营承担了阿富汗战争中最艰苦的战斗任务，他们的伤亡数字居各营之首。

"驻守'烈火'基地时，我见过一名队员患上创伤后心理压力紧张综合征，"加西亚说，"那名队员一共踩响了四颗土地雷。我们回国后，我听说排里还有三名队员得了这个综合征病。"

布朗宁中士共杀敌十三名，后来离开了狙击分队。他又执行了一次作战任务，并参加了陆战队国家射击竞技队，周游美国参加射击比赛。他说，参加陆战队时，早已看淡死亡和杀戮。

他说："创伤后心理压力紧张综合征？我们在'烈火'基地时，谁都有过，但那不是综合征。我现在经常做噩梦。这个我不感到奇怪。但是我希望这样的噩梦不要伴随我的余生。真不想那样。"

莱尔德下士结婚八年，生了两个女儿和一个小儿子（随马特·阿巴特，也取名马特）。他在北达科他州的油田找了份工作。在感恩节那次战斗中，

第十二章 适应生活

他背着埃斯皮诺萨穿过"高尔夫球场"巡逻区,被打断两截椎骨。

"爹妈把我们养到十八岁,然后,我们报名参军,陆战队成了我们的家。我们退伍后,过了一年才学会照顾自己。我们有抑郁的时候,但这很正常。三排的精神就是学会调整状态,好好生活下去。"

设想你是三排的一员。连续七个月,你每天的工作是消灭敌人,同时看到战友一个个倒下。你要努力不去想自己会不会战死或两条腿会不会给炸飞。你几乎什么都不去想。战斗生活简单得不能再简单。三排士兵都是你的家人,你天天用着一次性塑料餐盒,打完仗睡个好觉,天天枪不离手。你才二十岁年纪,却主宰着一片天地,走到哪里都能感受到自己的力量。当地的农民、长老、酋长、塔利班、总部人员、军官、不参加巡逻的陆战队员都重视你。你就是驯兽师、走钢丝的空中高人、极速赛车手;你就是一个冒险家,随时都可能丢掉性命和胳膊腿脚。

有一天,你的任务完成了。你不再随身背着枪。早上醒来时,手上再也没有生杀予夺的大权。你只是一名遵守和平时期严格规章的陆战队下士,或者是手机店的销售员。你和成千上万个同龄人没什么两样。你不再是一名勇士之王。

当这一天来到时,你就会感到抑郁。对一些人来说,桑金发生的往事让他们悲郁满怀;对于另一些人来说,抑郁的根源是突然失去在"烈火"巡逻基地时的权力和自信——那种让他们像身上的防弹衣一样坚不可摧的力量源泉。

"心理咨询师说,退伍军人管理局会支付费用,因为我曾在五团三营服役,而且在战斗中受伤。那不行,费用我自己付。一些队员的确很惨。但很多其他人也不拿白不拿。"兰兹内斯特说。

马特·史密斯下士发现家人毫不犹豫地站到了他背后。

"回国后,我开始酗酒,"他说,"即使在开心玩耍的时候,过去的阴影总是挥之不去。我经常会有短暂的抑郁,但我是陆战队员,不能让人

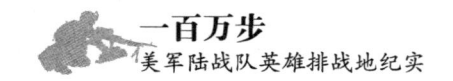

看到软弱的一面。你有问题，就自己处理好。好在我爸爸看出了苗头，帮我走出了阴影。"

对于凯文·弗雷姆下士来说，这种感觉就像是掉进了《爱丽丝漫游奇遇记》中的兔子洞。

"作为陆战队员，我穿越战火硝烟，也算得上叱咤风云的人物，"他说。"现在回归平民生活，工资少得可怜。你要是没有我这样的经历，是绝对没法体会这种落差的。"

洛根·斯塔克下士被密西根大学录取，他根据五团三营的桑金经历，制作了一部纪录片，题为《致二十五个没有回来的战友》。

斯塔克说："我们都是高大威猛的战士，突然间回归平民生活，抑郁症就跟着来了。我情绪阴晴不定，我妈妈非常担心，于是，我一步步学着改变。战斗生涯也给我留下值得永远珍惜的东西，那就是情同手足的战友情。"

西布利下士退役后，去了一个家庭建筑公司。他的业余爱好是开赛车，他希望筹集一笔钱，建立一个赛车队。

"我们在桑金取得了很大的战果，"他说，"但陆战队离开后，塔利班又回来了。我也不愿多想。希望我们的牺牲不是白费的。"

加西亚变得更加超然。

"我们的工作不是去质疑政治或者战斗的战略结果。陆战队的使命是，无论付出多大代价，都要主动出击，消灭敌人。"他说。

当年十月，胡安·多明格斯被炸断双腿和右胳膊，加西亚作为他的军官也处在崩溃的边缘。多明格斯成了三排的精神象征。2013年他邀请三排所有战友参加自己的婚礼。婚礼当日，他穿着蓝色的礼服，当他的一条义肢掉落时，他把它重新装好，然后挽住新娘的胳膊，继续向前走。

"我不是什么踩到了土地雷、然后需要大家可怜的傻缺。"他告诉《圣迭戈联合论坛报》记者格雷特尔·科瓦奇，"我是一个音乐人，为了那些

第十二章 适应生活

永远回不来的弟兄,我要努力过好每一天的生活。"

亚奇回到了亚利桑那州北部的纳瓦霍印第安人保留区,住在父母的农场上。他买了一辆黑色的雪佛兰皮卡,经常驱车九个小时前往加州南部玩。他计划今年九月去上大学。

"桑金的当地人不要我们帮助。他们希望我们离开那里。当然,如果人生能够重来,我仍然选择去桑金。我们'烈火'基地的队友都是兄弟。"

兰兹内斯特也带着相同的心情回到了家里。

"回想起来都心惊胆战,你不知道下一步是不是就走到头了。一天,我正和富克医生聊天,突然几发子弹从我们头顶飞过。有人在朝我瞄准,想要我的命,不是要其他人的命,就是我的。我在桑金都没给打趴下,今后遇到任何事更不会趴下。"

第十三章 谁挺我们?

> "桑金意味着什么?国家是派我们去战斗的。于是我们上了战场。"
>
> ——美国海军陆战队上将约翰·凯利

三排官兵表现出了海军陆战队应有的战斗精神。他们没有像"战术指令"要求的那样被动地投入95%的精力去争取阿富汗人的支持。实际上,他们主动出击,几乎痴迷于消灭敌人,这似乎违背了统帅部提出的节制战略。三排决心要赢得战争。对他们来说,就是要安全穿行于罂粟地,而不会踩到简易爆炸装置或遭到暗枪的射击,这就是他们对"赢"的定义,虽然范围很窄,但十分切合实际。

从反叛乱的角度看,三排的出击还处于"清理"阶段,目的是要为阿富汗军的"据守"和阿富汗政府的"重建"奠定基础。至于这项战略进程实际能否开展，并非由三排驻守时间决定，也不是三排可以控制的。桑金的局势如何发展，是进步还是倒退，取决于美军撤离后塔利班、当地部落和阿富汗军三者的角力。美国不断扩大控制范围、保护当地人口的战略推迟了这种角力的时间，但最终阿富汗人还是需要决定自己国家的未来。有一点是毋庸置疑的：三排的英勇作风和钢板焊合般的凝聚力与美国游移不定的阿富汗战略毫无关系。

走近桑金

五团三营于2011年回国后，陆战队派出四个营轮流驻守桑金。到2012年年底，塔利班的冷枪已基本停息，简易爆炸装置也基本绝迹。他们遭受陆战队的重创，决定不再挑战在桑金巡逻的美国大兵。经过连续两年的主动出击，陆战队终于赢得了这场消耗战。

"战斗已经平息，"《陆战队时报》于2012年刊出的一篇文章这样写道，"但是美军在桑金的总体伤亡数字非常惊人。在不到两年的时间里，超过五十名陆战队员牺牲，至少五百名严重受伤。实际上，某营的队员中只有一半肢体健全。"

在桑金付出这么大的代价是否值得？2011年，三排不认为自己赢得了当地村民的信任或支持，后来接管桑金的几个营也持相同看法。虽然塔利班的主要统治手段是恐吓，但他们在桑金有很深的根基，陆战队撤出后，他们立即乘虚而入。

到2013年秋，如果过了"变形金刚"基地再往北走，611公路沿途再次变得危机四伏。

"桑金就像是塔利班的家一样，他们出入自由。"桑金地方长官2013年9月如是说。

塔利班再次潜入桑金，在英国人六年前建立的市集里发动伏击，讽刺

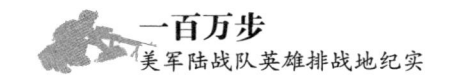

的是，英国人建设市集是为了让当地农民过上好日子，进而抵制塔利班。接替陆战队驻守桑金的阿富汗军根本不受当地人欢迎。

"你很难发现有人反对塔利班的，这个地方——桑金就像一座大牢。"一名阿富汗军上校告诉《纽约时报》记者。

迪克洛夫中士在自己的脸书网页上转载了这篇文章，并附加评论"回到原点的桑金"。这种逆转表明塔利班的触角伸得很远。当地农民也不是渴望从塔利班那里获得自由的无辜平民。整个桑金地区的农民都被疯长的鸦片侵蚀了灵魂。阿富汗的瘾君子比例在居世界之首。任何一个农民都知道自己在摧毁别人的生命。他知道那些目光呆滞、骨瘦如柴的瘾君子的姓名和他们的家人。在丰饶的绿色地带看不到任何吃不饱饭的农民。这里土壤肥沃，无论种植什么——玉米、西瓜、向日葵、小麦、番茄、石榴、大麻、罂粟，你都能大获丰收。

农民辩解说，他们种植鸦片是在听从安拉的旨意。喀布尔的地产大亨、塔利班以及巴基斯坦的买家——是他们决定着贫困的农民应该种植什么。农民不敢反抗塔利班，也不敢拒绝种植鸦片。此外，种植鸦片的收益是种植小麦的五倍。

整个阿富汗的社会结构都已经溃烂，从卡尔扎伊一直到底层农民都是如此，塔利班只是这个结构的一个组成部分。美国人无法改变塔利班控制桑金的事实，我们也从来没听说过阿富汗官员逮捕塔利班的新闻。高层指挥官说当地农民善于见风使舵。但是在感恩节的那次战役后，三排知道农民倒向了获胜一方。无论一时的优势有多么明显，陆战队知道自己永远是匆匆过客。只有阿富汗人才能修复因他们与塔利班沆瀣一气而给自己社会带来的巨大创伤。

三排大多数队员都认为，在他们撤离后，阿富汗将仍是一个烂摊子。他们都猜对了。截至 2013 年底，阿富汗军把桑金的若干哨所拱手让给了塔利班。

第十三章 谁挺我们？

2013 年 12 月，《纽约时报》的一篇文章指出，"当地百姓和官员描绘了桑金市集的诡异的一幕：……中午时分，一队阿富汗军的装甲车驶入桑金，上面坐着当地人熟悉的若干塔利班指挥官。目击者说，他们招摇过市，和大家有说有笑。"

到 2014 年年中，桑金的联军部队已全部撤离。塔利班没有离开桑金，没有任何阿富汗士兵敢进入绿色地带。

"让人痛心啊，"加西亚说，"真让人痛心。"

桑金之战并没有实现战略目标。美国在桑金战斗了十二年，耗费几亿美元，搭上几百条性命，最终回到原点。原来的目标是打通桑金至卡贾基水坝的 611 公路，以便再安装一台涡轮机。这个目标泡汤了。到头来，桑金被塔利班慢慢蚕食，只剩下几个孤零零的哨所。

"我们带着成就感离开了桑金，认为没有白白牺牲，取得了进展。现在三年过去了……我都不想提桑金。"西布利说。

一排排长汤姆·舒曼总结了这种矛盾的心情。

"农民也不全是坏人，但塔利班个个是坏种。回想起来，我最得意和最晦气的时期都发生在桑金。在桑金执行任务是我最大的荣耀。"

2014 年 1 月，五团三营损失了第二十六名弟兄。2011 年初，来自加州夫勒斯诺市、二十五岁的法雷尔·吉列姆下士踩到了简易爆炸装置，炸断了双腿。自打四年级开始，他的理想就是当一名陆战队员。在受伤后的四年里，他的伤口一次又一次感染，上了三十次手术台。2014 年，他结束了自己的生命。

他母亲说："战争并没有随着他们回家而结束。他们的战争没有结束。他们的内心、头脑和身体仍然在战争中煎熬。"

战略

2001年，我们前往阿富汗消灭基地组织。眼看恐怖分子逃入巴基斯坦，布什总统加大了反恐力度，并变更了作战目标。

"给我记下来，"他说，"阿富汗和伊拉克将带领世界的那个角落走向民主。它们将成为中东和世界变革的催化剂。"

当时美国面临的问题是：如何消灭基地组织？布什给出的答案是：在伊斯兰和独裁主义当道的中东建立两个民主国家。我们在阿富汗消耗一万亿美元，并搭上二千四百名士兵的生命，都没有摧毁基地组织，没有击败塔利班，也没有建立真正的民主政府。我们犯了一个低级错误——像送礼一样把自由随意送人，而且一手包办所有的战斗任务。我们的出发点是高尚的，但我们缺乏智慧。

我们的军队指挥官欣然同意扩大反恐战争。2006年发布的战地反叛乱手册最终决定了战争的走向，该手册强调美国的重点是帮助阿富汗开展建设，而不是消灭塔利班，"陆军和陆战队既是战士，也是阿富汗民主建国的帮手。"此文一出，学术界和主流媒体好评如潮。

我们的战略对巴基斯坦给塔利班开放边境并提供援助太过容忍，但要求军队劝说普什图部落抵制塔利班、拥护喀布尔政府。对于这种战略上的自相矛盾，如果将军们只是以在服从总司令的命令的理由来搪塞，未免太过苍白。无论军方提出什么要求，布什总统悉数满足，他还给了军方充分的自主权。从2002年至2008年，卡尔扎伊领导无方，导致阿富汗的局势急转直下。但是布什总统没有拒绝战地指挥官提出的任何要求。

奥巴马总统采取了不同的办法。与布什不同，他无心继续打下去，也没有做出任何动作来争取公众支持阿富汗战争。战争的局势越来越严峻。2010年，国防部长盖茨下掉了美军驻阿富汗最高司令官麦克·克里斯托里斯特尔撤职。因麦克·克里斯托里斯特尔命令部队把重点放在赢得阿富

第十三章 谁挺我们？

汗人们的支持上，而不是击败塔利班。

为了减少平民伤亡，他严格限制联军使用武力。2010 年至 2011 年，联军造成的平民伤亡数字从四百四十人降至四百人，而塔利班造成的平民伤亡从二千零八十人增加到二千三百三十人。虽然塔利班造成的平民伤亡是联军的六倍，但卡尔扎伊却总对美军误伤平民的谴责一次比一次刺耳，并擅自释放杀害美国人的塔利班分子。普什图族部落并没有倒向我们。麦克·克里斯托麦克里斯特尔非但没有积极改变阿富汗人的态度，而且还让自己的军队怨声沸腾。

麦克·克里斯托麦克里斯特尔由彼得雷乌斯接替。奥巴马不信任军方，彼得雷乌斯向他保证，只要适当增加兵力，就能在十八个月内（也就是到 2011 年 1 月左右）解决阿富汗问题。彼得雷乌斯坚持奉行"油斑"战略，即像纸上的油斑一样慢慢扩大美军的控制范围，把"清理"工作扩大到阿富汗军队今后不愿意去控制的地区。我们为阿富汗军的顺利接管做了最大的努力。

我们的指挥官都知道，要真正成功实施"重建阿富汗"的反叛乱战略，需要几十年的时间。然而，他们像挤牙膏一样，不时要求投入更多兵力、给予更长时间，而两任总统都未要求美国民众做出共同牺牲。

桑金的困局是美国军事战略盲目乐观、一厢情愿，又过于宏伟的必然结果。桑金军事行动的成功与否，取决于是否能在卡贾基水坝安装一台涡轮机。除非陆战队永久性驻守，否则这个目标永远也无法实现。既然如此，为何还要派他们去桑金？

不客气地说，实现目标的唯一希望是命令陆战队把塔利班赶尽杀绝，让他们没有足够的兵力补充缺口。我们的常规部队发起了一场慢节奏的消耗战，冒着踩上简易爆炸装置的危险去消灭主动袭击他们的塔利班。同时，我们的特种作战部队发起了一场快节奏的消耗战，动用直升机发动夜袭，降低简易爆炸装置造成的伤亡。

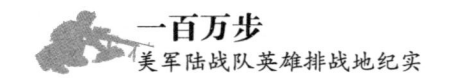

两个办法都稳步地消耗了敌人的实力。到 2014 年，我们的指挥官纷纷表示，塔利班已经元气大伤。这样的成功与其说是得益于反叛乱战略的指导，还不如说是因为克服了反叛乱战略的干扰。

2014 年，阿富汗的城市居民把选票投给了一位新总统，这才是进步的真正表现。但阿富汗的民主类似于俄罗斯、巴基斯坦的民主，都是盗贼统治，若干个寡头瓜分着国家利益。虽然我们让几百万儿童获得了受教育的机会，但阿富汗仍然是世界上最腐败的国家。任何阿富汗总统都会把美国的财富分给自己的亲信。阿富汗的制度就是这样。

我们德高望重的将军们满腔热忱，希望改变阿富汗的文化。更糟糕的是，我们的统帅部摇摆不定，无法确定塔利班到底只是无关痛痒的小问题，还是像基地组织一样不共戴天的死敌。

凯利中将说过："我们的国家正与邪恶的敌人进行一场生死较量。"他说这场较量中，我们"不分昼夜，不惧地势险恶，坚决捣毁基地组织、塔利班和他们的帮凶藏身的老巢"。

凯利的意思非常明确：消灭那帮混蛋。凯利的上级麦克·克里斯托麦克里斯特尔则持完全相反的观点。

他写道："我们只有通过说服阿富汗的老百姓，而不是消灭敌人，才能赢得这场战争。"

到底哪个方法奏效？我们是否与塔利班不共戴天？还是说他们是阿富汗政治中的合法力量，理应分享政治权力？如果没有击败敌人的意愿，任何国家都不应去开启战端。

我们的高层指挥官对特种作战部队的战斗精神赞不绝口，美国民众也纷纷响应。在亚马逊上，四百部关于海豹突击队的图书畅销一时，数量比整个阿富汗部署的海豹突击队人数还多。

麦克·克里斯托麦克里斯特尔命令，常规部队只能将 5% 的精力放在杀敌上；这条命令传递出的信息是：常规部队都是二流部队，不能指望他

第十三章 谁挺我们？

们去威慑敌胆。士兵必须有如饥似渴的杀敌欲望，如果缺乏这种欲望，他就不适合当兵。士兵走上战场后，心里应该只有一个念头：取胜。

彼得雷乌斯接替麦克·克里斯托麦克里斯特尔后，继续将美军部署到更多的人口稠密地区。奥巴马又向阿富汗增派了三万名士兵，将总军力增加到十万名。盖茨部长表示，军官和文职官员都赞同说，这个兵力足以实施"资源充沛的反叛乱战略"。实际上，阿富汗的面积相当于一个得克萨斯州，这个多山的国家散布着成千上万个普什图村庄，要想控制它们，还需要十万兵力。

布什总统和奥巴马总统都发誓要击败塔利班，但他们的目标注定要落空，因为耍两面派的巴基斯坦在向塔利班提供援助和庇护。巴基斯坦官员认为，正因为有塔利班的存在，喀布尔政府才不会与印度联手对付巴基斯坦，也不会煽动巴基斯坦境内的普什图族从事民族统一活动。

2008 年，奥巴马竞选总统时坚持表示："一定要打赢阿富汗战争。"但奥巴马与他的白宫官员都不信任我们的军官。他认为他们在试图给他下套，让他同意他们的决定。身为三军总司令，奥巴马没有坚定地支持自己的军队。他明确表示，他无心恋战。到 2009 年 12 月，他把阿富汗战争的目标从"击败塔利班"下调为"削弱塔利班"。

"这种蜕变很有意思，我敢说，我们看到的阿富汗不再是原来那个阿富汗。"国家安全顾问詹姆士·J. 琼斯于 2009 年 12 月如是说。

用"蜕变"来描述美军没有取得任何切实目标而撤军，似乎有些装腔作势。军队的作战任务越来越模糊，信心在日益消退。盖茨部长写道："我们必须明确告诉我们舍生忘死的士兵，他们的目标是'击败'那些试图消灭他们的敌人。"这种情绪也在慢慢消散。从 2010 年起，我们开始奉行一项纰漏百出、看不到头的战略；我们不愿去审查其基本假设是否成立，于是，这项战略开始自动推进。尽管奥巴马承诺撤军，但"油斑"仍在不停地向四周扩散。

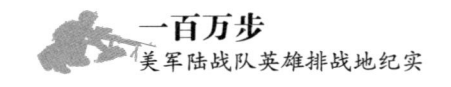

和2008年爆发金融危机后一样，2014年，我们没有总结教训，确定并纠正错误，就匆匆撤离阿富汗。只要开展最基本的风险评估，就不难发现通往胜利的道路上有四块巨大的绊脚石：一、阿富汗政府靠不住；二、普什图族人难以教化；三、阿富汗幅员辽阔，需要几十万军队才能控制；四、塔利班有安全的避难所。

要落实"资源充沛的反叛乱战略"，其实有一个可行的替代办法。早期，经验丰富的指挥官就根据越战经验提出了若干建议。大致意思是只派出少量常规部队，让特种作战部队领导，建立特遣小分队，以培训、指导阿富汗武装部队，并和他们并肩作战。随着阿富汗军不断进步，美军逐步撤出，由国务院负责处理喀布尔的政治问题。但这个建议没有得到采纳。

今天，一些将军开始玩起了倒打一耙的把戏，他们说要是奥巴马总统没有授权派遣增援部队，没有设置撤军的时间节点，反叛乱战略早已经成功了。但很多阿富汗人持完全相反的观点，他们说反叛乱战略根本是隔靴抓痒，要是美军封锁阿富汗与巴基斯坦的边境，并惩罚巴基斯坦，塔利班早已和喀布尔政府妥协。还有人认为，"清理、据守、重建"三步走的反叛乱概念本身很好，但需要部署二十万名美军，需要建立一支强悍的阿富汗军队，并组建具有民族主义意识的阿富汗政府，这个战略才能实现。

当然，这些前提要求都没有实现。相反，2009年，国防部长盖茨说："我们要通过这个策略取得胜利。"到2011年，他认定，我们的部队只能做两件事：消灭敌人，训练阿富汗士兵。他认为重建阿富汗是无法实现的目标。然而，他先后任命的两名最高指挥官麦克·克里斯托麦克里斯特尔和彼得雷乌斯都坚定地认为那是可以实现的。是什么造成这种前后矛盾，至今无人出来澄清。三位将军都是可敬、敬业，努力成就事业的人。

就像盖茨期望的那样，陆战队在赫尔曼德严重消耗了塔利班的实力。肯尼迪上校称他的办法为"大棒镇压叛乱"，意思是说他的目标就是消灭塔利班。这是盖茨的初衷。但与此同时，他也认为把陆战队派到桑金是放

第十三章 谁挺我们？

错了地方，认为陆战队不服从麦克里斯特尔的指挥。盖茨甚至怀疑他们是不是白白做出了那么大的牺牲。但他本人从来没有和陆战队的将军们直接讨论过自己的疑虑。

陆战队士兵不相信阿富汗军能够守住绿色地带，但陆战队的将军们都向上级报告说取得了进展。陆战队底层和高层的观点也许都是正确的。塔利班将统治绿色地带和东部山区密如毛细血管的山沟谷地。但阿富汗军大概能守住桑金地区的总部，防止敌人控制通向城市的公路。他们需要多久才能有这个实力仍是个未知数。

我们的目标是防止恐怖分子攻击美国。要是当初制定任务时，没有提出帮助阿富汗重建国家，我们只需付出少得多的代价和生命就能实现这个目标。要判定任务是否成功完成，只需要问自己：我们能否重来一遍。没有一个总统或指挥官愿意重复我们在阿富汗实施的曲折战略。

盖茨卸任时，没再提到"胜利"的字眼，而是希望不要将阿富汗"视为美国的战略性溃败，或者对世界产生深远影响的失利"。喀布尔政府、塔利班、贩毒团伙和巴基斯坦人就可以免于大规模冲突，自由开展交易。到那时候，阿富汗将从美国媒体和公众的视野良心中慢慢淡出。

奥巴马变更了阿富汗政策，终止了美国的军事行动。2014年，他宣布，新的任务是展示保卫国家的决心，"让恐怖分子永远不敢对我国发动袭击。"于是，我军的任务不再是击败塔利班，也不需要说服普什图族去建立民主国家。奥巴马甚至取消了"不给恐怖主义主分子留任何避风港"的目标，而这是美国2001年入侵驻军阿富汗的主要原因。

到2014年底，我们的部队大部分已经撤离阿富汗，但我们还是留下了一万名军事顾问和特种作战部队，这似乎是合理的保险之举，可以防止塔利班或基地组织大肆卷土重来。但令人心痛且充满讽刺的消息接踵而来，在2014年5月阵亡将士纪念仪式的周末，奥巴马总统宣布，其余人员将于2016年全部撤出阿富汗。在卸任之前，他将从伊拉克和阿富汗撤出所

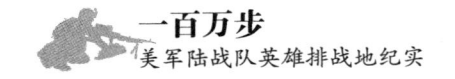

一百万步
美军陆战队英雄排战地纪实

有美军——虽然基地组织和塔利班现在完好无损。

"能否继续取得进展，取决于阿富汗人自己的能力。"他说。

我们的军队指挥层确实犯了错误，但将军们都高风亮节，他们始终坚挺自己的部队，并对我们的盟友言而有信。奥巴马总统作为总司令不如他们尽心尽力。他连续两次当选总统，是获得了大多数选民的支持。他无视专业军事专家的意见，独自做出了最终决定。这个决定是否明智或过于仓促，历史学家将在今后十年给出评判。

战斗凝聚力

三排在阿富汗战争中的作战时间最长、打得最惨烈：他们开展了一百万步的巡逻，每迈出一步都可能性命不保或炸得缺胳膊少腿。我知道，肯尼迪上校把我安排到三排做随军记者是有意而为之。作为一名老兵，我看到了他们钢铁般的意志，但他们的作战决心以及其他排的作战决心来自何处？谁来挺我们？为什么？

首先，战斗效率与士气没有太多关系。三排并非因为有民主的信念才这么善战。斯巴达人和罗马人战技娴熟，但他们的目的是奴役其他民族。纳粹德军战斗力强悍，但他们是为希特勒而战。

然而，爱国主义或民族主义是强大的动力。英国广播公司播出雅各布·鲁兹下士狙杀敌人的过程后，他受到了旷日持久的调查。我问他，关于在桑金的作战任务，希望说些什么。我认为他有权感到愤怒，但他的回答让我大吃一惊。

鲁兹说："上级让我们做什么，我们就做什么。"

说得委婉一些，三排并没有遵守统帅部的战略，这一点他们自己都明白。

"这场战争太愚蠢，""疯狗"迈尔斯说，"不过，那又怎样？这是

第十三章 谁挺我们？

我们国家的战争。"

他们的牺牲没有换来永久的安宁，也没有赢得阿富汗人的支持。反叛乱战略和他们毫不相干。

"我们的任务从来就不是争取老百姓的支持，"获得卓越勋章的劳施下士说，"我们是去打仗的。"

美军的其他排以及英军、荷军等西方联军的野战排可能更了解当地人，但没有一个排能控制绿色地带更多的面积。用著名专栏作家凯瑟琳·帕克的话说："战争需要的是胜利而不是理解。"如果你不愿意战斗，就不要来桑金。三排每走过一寸土地，都要控制那寸土地，这意味着消灭塔利班。这就是他们的目标。

"几千年来，总有一群人与其他人不同。他们是战士阶级。"乔丹·莱尔德下士说。

三排在陆战队内部脱颖而出，他们恪守陆战队纪律严明、作战顽强的优良传统。他们参加陆战队都是志愿的，有些从小学起就梦想着成为陆战队员。他们每个人加入陆战队都是为了战斗，于是，上了战场就能并肩作战。他们学会了使用武器、遵守命令、制订计划、思考战术，适应战场形势。每一名队员都有自己的分工，最终都是为了歼灭敌人。他们相信自己的团队，"精锐之师，军中骄子"。

11月10日，美国驻一百三十五国大使馆和美国很多城市隆重举行舞会，庆祝陆战队生日。在其中一场舞会上，下士们携妻子走到贵宾桌入座，与他们的将军聊天并挽着胳膊一同拍照。一家大型企业的首席执行官看了感慨万千。

"商业界很少能看到这样的场景。"他说。

优秀的军事指挥官都会与自己的部队建立密切的联系。传统与战友情让军官与士兵团结一致，这在整个陆战队都是如此，但这还不足以解释三排为什么如何骁勇善战。

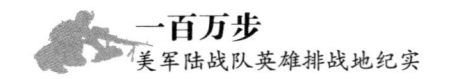

一百万步
美军陆战队英雄排战地纪实

三排将士不仅仅为自己的兄弟而战、让大家活着回家。如果这是他们的目标，他们应该待在"烈火"巡逻基地。但他们反复巡逻，逐步扩大控制范围。

但他们每采取一次行动，都经过了周密的计划。最高法院法官奥利弗·温德尔·霍姆斯曾参加美国内战。回顾那场空前的冲突，他写道："要打仗，你必须有所信仰，有所期望，并为之竭尽全力。"正是这种精神，才让陆战队在二战期间不畏牺牲，在硫磺岛等岛屿冲锋陷阵。

但阿富汗战争的规模非常有限，作战目标也捉摸不定，反复变化。三排打得很聪明。加西亚步步为营，恩威并济地鼓励各班班长。各班长巡逻时相互配合，前后接应。他们的目标是剿灭塔利班，不盲目冒进，以防被敌人打个措手不及。

随着时间的推移，塔利班变得越来越谨慎。他们知道三排希望每天消耗他们一两名有生力量。他们指着三排破口大骂，他们痛恨狙击手。他们请求巴基斯坦总部派出援兵，但没有改变结果：陆战队每天继续巡逻。

三排为何能如此勇猛地战斗善战？成功的人都说自己走运，不成功的则抱怨自己运气不好，但事实通常介于两者之间。三排的成功不是没有运气成分，因为每次遭受袭击后，他们都能成功发起反击，并有所斩获。但三排的内聚力让他们遇到危机时能拧成一股绳。

十月初，在洛佩兹和凯瑟伍德不幸牺牲后，阿巴特把惊魂甫定的队员们组织起来，踏着地雷阵向塔利班发起冲锋。当塔利班围攻"烈火"基地时，基洛连总部的队员扛着弹药箱深一脚浅一脚地穿过泥泞的农田，给他们运送补给。军士长卡莱尔向大家保证，"烈火"基地一定能挺住。面对士气低落的队员们，约翰逊上尉让他们想想当年在朝鲜战场上冒着严寒英勇战斗的先辈。基洛连的呼叫代号分别是"大锤"和"老兵"，都是在向二战期间血战贝里琉岛的前辈史赖吉下士致敬。

历史学家亚伦·奥康奈尔写道："一系列联系纽带把陆战队员牢牢地

第十三章 谁挺我们？

绑在一起，他们的战友情是其他规模较大、建制多样的部队所无法体会的。陆战队员不仅对自己部队的战友讲义气，他们永远忠诚于心中那个永恒的陆战队大家庭。"

在"烈火"基地被塔利班泄洪围困的第二天，波尔克牺牲，维斯特中尉被炸断一条腿和一条胳膊，被转移至后方。全排士气一落千丈。加西亚随即接替维斯特，他的名气为领导权的顺利交接提供了时间。只要他挺身而出，队员们都愿意跟他走。他没有选择龟缩于"烈火"基地，而是带着队员们向敌人出击，结果证明塔利班的确不可能把整个桑金都变成地雷阵。当他们和敌人交火时，他会向连部请求火力支援，比尔兹利会立即派出两架 F-18 战斗轰炸机，表明连部永远有求必应，时刻提供火力支援。

狙击分队成了三排的一部分，他们与各班一同开展巡逻，平均每天歼敌一名。日积月累，他们的狙杀战果影响着双方的力量对比。简易爆炸装置极其阴险，因为你只能防范，无法反击。即使最优秀的队伍也承受不起这种单方面的消耗。就像《贝尔伍夫》传说中吃人怪兽格伦德尔潜伏在青翠的森林里祸害人类一样，凶残的塔利班潜伏在绿色地带，神出鬼没，伺机袭击陆战队。

但狙击手把绿色地带变成了狩猎场。在每天的巡逻中，军官和士兵都面临同样的危险，任何人都有可能被炸断腿脚，甚至失去宝贵的生命。但每天的狙杀战果也让他们感受到复仇的淋漓痛快。面对敌人，复仇就是复仇，没有太多含蓄的说法。他们四处巡逻，寻歼敌人，随着杀敌数量的不断上升，三排信心大增。

他们睡在洞穴里，过着与世隔绝的生活。这种隔离让他们变得更加英勇无敌。他们只有战友陪伴，唯一的娱乐是追杀塔利班。阿巴特的充沛精力感染着身边的队员。他们以"那帮混蛋"嘲笑塔利班，用"等着那天到来"相互问候。

感恩节一战至关重要。三排各班相互掩护，朝着敌人的阵地冲锋。班

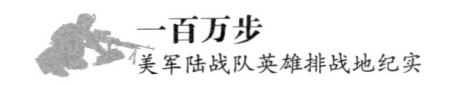

一百万步
美军陆战队英雄排战地纪实

长埃斯奎贝尔、迪克洛夫、托曼和麦卡洛克都是身经百战的老兵。"疯狗"叫来武装直升机，削平了"贝洛森林"。从那天起，三排取得了对塔利班压倒性的优势。狙击手们每天回来都会在墙上刻画线条小人，三排的队员也不断改写着自己的杀敌数量。

晚上，大家围着篝火讲述自己在巡逻途中看到的一切，正常的、反常的，都和战友们分享。三排战士对周围巡逻区的情况都了然于胸，他们的脑海中浮现着共同的画面，在讨论时，每个人都会给这个画面贡献自己的观察要素。在最初的几周里，他们还没有掌握危险区域和可能埋雷区的特点，因此承受了巨大伤亡。于是，他们根据地形特点给敌人活动区域取了名字，如"高尔夫球场"和"贝洛森林"。一圈走下来，他们都记住了巡逻路线周围的景象，以及哪些地方有可能遭遇伏击。

三排的领导结构层次清晰。像狼群一样，陆战队员们习惯了寻歼敌人的日常任务。一位军官倒下了，立刻有人接替他，队员们都拥戴新长官并听从他的指挥。维斯特中尉倒下后，加西亚接任三排排长。阿巴特中士倒下后，布朗宁接替。三排从来没有群龙无首的时候，从来没有退缩到巡逻基地。

大家一同巡逻，一同直面危险。每一名队员都见过战友牺牲或失去腿脚，这种压力激励着三排的每一名队员。加西亚向队员们证明塔利班不可能到处埋设简易爆炸装置后，主动出击的习惯变成了日常工作，大家都没有质疑，而是都想到了一处。他们认为，陆战队打遍天下无敌手。团队精神把他们凝聚在一起。在一次战斗中，迪克洛夫中士向队员们喊道："给我自由发挥！"意思是他对其他各班充满信心。他们主动接触敌人，确定敌人火力点，现场制定策略，猛烈进攻，然后继续前进。

像加西亚和阿巴特这样的陆战队员生来便浑身是胆，但他们如何把这种勇气传递给其他队员？回想起来，如果阿巴特在十月初的战斗中牺牲，那么三排一定会一蹶不振。但当他在十二月牺牲时，三排已经形成自己的"团队契约"。

第十三章 谁挺我们？

到十二月，三排的善战得到了上层的认可引起了上层的注意。在停战期间，他们被派往桑金北部去清理绿色地带中的"美国"巡逻区。到那时，每个班都已经找到自己的战术节奏。他们早已克服恐惧，渴望着与塔利班打一场遭遇战。

他们于一月返回"烈火"巡逻基地，孤立无援的处境让他们的战友情得到了升华——他们还有兄弟。这里没人管理，没有上士指派杂务，也没有与家人往来的日常电邮，互相打趣成了他们唯一的乐子。与后方的士兵不同，他们没法上网，无法享受线下线上生活两不误的快乐。他们无法点点鼠标就和家人联系。"烈火"巡逻基地就像一座城堡，走出大门就能看到说着外国话的中世纪部落。

二月的连日暴雨让地下埋设的简易爆炸装置"泡了汤"，让三排松了一口气。四名队员不小心踩到了压板，但只引发了低爆速爆炸，除了扭伤了脚踝和虚惊一场，没有造成其他伤害。

三月，三排的驻守任务接近尾声。加西亚对 P8Q 等巡逻区保持高压态势，无愧于弟兄们给他的绰号"老炮"。三排驻守"烈火"基地期间，没有让出一寸自己辛苦打下的地盘。

"在那里那时候很容易松懈，"西布利说，"但加西亚中尉自始至终都保持了强硬作风。"

总结起来，三排的凝聚力离不开激励（阿巴特）、领导（加西亚）、火力（比尔兹利）、进取（麦卡洛克）、稳重（埃斯奎贝尔）和粗犷（迈尔斯）。他们的任务是不停地巡逻，直到遇到敌人袭击，然后发起反击，直到击败敌人。统帅部制定的战略是帮助阿富汗开展民主重建，在卡贾基水坝上安装一台涡轮机，赢得桑金地区所有部落的支持。即使乐观地审视，这项战略都是站不住脚的。于是，三排选择了主动寻歼塔利班。

三排都信奉加西亚的战斗格言：竭尽全力。他们不在乎战友来自何方，或回国后会回到哪里。他们驻扎在弹丸孤岛一般的"烈火"基地，左右只

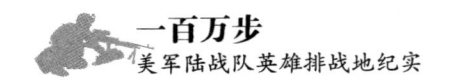

一百万步
美军陆战队英雄排战地纪实

有战友陪伴，前面有一百万步的巡逻任务等着他们。

亚奇告诉我："我们之所以主动出击，因为这里的一切都让我们不爽。"

亚奇总是尽量把话说得明白无误。在他驾驶巨大的皮卡前往拉古纳海滩途中，他也许会对亚里士多德关于勇气的论断一笑而过，但我想他绝不会否认那句话的真理。

2300年前，这位哲人说："我们勇敢行事，才成为了勇敢之人。"

鸣　谢

　　兰登书屋高级编辑威尔·墨菲有两项天才般的能力。首先，还不等作者开口，她就能敏锐地感知一本书的主题，因此她能提供指导，让作者在创作时少走很多弯路，免去很多不必要的担心。其次，威尔的编辑速度极快，会毫不客气地指出哪些部分语言陈腐或者写得糟糕。助理编辑春日美香超级高效，能不折不扣、按时按点地完成每项编辑任务，尽管我每天或每周反复推翻旧稿、递上新稿，她的稿件管理井井有条，丝毫不乱。伦敦·金为了这本书安排了多次采访，她总是充满欢乐，满脑子是睿智的想法。

　　总之，在撰写、编辑和出版作品的过程中，我与兰登书屋团队的合作一直非常愉快。

　　特里萨和马克夫妇与维克多·迪尤准下士（牺牲）的母亲帕蒂·舒马赫合作，共同汇编了五团三营阵亡将士的故事，起名为《五团三营战斗在桑金》。同样，埃德·马雷克在自己的网站（www.talkingproud.us）上详细描述了赫尔曼德省的情况。

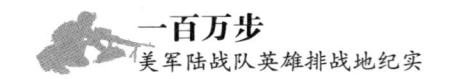

一百万步
美军陆战队英雄排战地纪实

相反不过，官方的信息来源让人失望。我们找不到五团三营的战斗大事记，官方坚决不愿分享"未解密"的地图，虽然打开谷歌地图就看得清清楚楚。更糟糕的是，阿富汗战争期间陆战队的所有遭遇战记录都用一套加密系统传输。国防部允许将军们和前国防部长调取这些记录并将其解密，但普通历史学者无缘这样的优厚待遇。因此，整整一代的作家难以获得最基本的史实材料。我尤其要感谢三排和基洛连的将士在每天战斗结束后，亲手写下当天的作战记录。

就我个人而言，我打心底感谢我亲爱的妻子贝琪。我知道，这些年来她一直为我担惊受怕，但从来没有表现出来。我一次又一次地深入战地随军采访，然后将故事写成一本本书，她义无反顾地鼓励我，理解我，支持我。

作者简介

宾·维斯特曾在里根政府担任助理国防部长。他分别从乔治城大学和普林斯顿大学获得学士和硕士学位。越战期间，他在海军陆战队步兵团服役，并作为侦察队的成员参加了"黄貂鱼行动"，即深入北越防区发动袭击。他还曾在一个联合行动排担任军事顾问。

宾·维斯特是美国外交关系委员会、圣克里斯宾步兵事务协会的成员。他因著有多部军事纪实作品而获得了"科尔比奖"，并因军事作品创作而荣获"安德鲁·J. 古德帕斯特奖"；此外，他还获得了美国海军陆战队战地记者协会颁发的"罗伯特·L. 迪尼格纪念杰出表现奖"和 VFW 国家媒体奖章。他因为纪实作品而两度获得了"海军陆战队遗产基金会奖"。

他的多篇文章刊登在《华尔街时报》、《纽约时报》、《大西洋月刊》、《国家评论》和《外交事务》上，他本人多次在全国公共广播电台、哥伦比亚广播公司和福克斯新闻频道接受采访。他与妻子贝琪目前居住在罗德岛纽波特。他的个人网站是：HYPERLINK "http://www.westwrite.com"。